LA
DIVA
MARIA CALLAS
la voz de la pasión

Si tienes un club de lectura o quieres organizar uno, en nuestra web encontrarás guías de lectura de algunos de nuestros libros. **www.maeva.es/guias-lectura**

MICHELLE MARLY

LA DIVA

MARIA CALLAS
la voz de la pasión

Traducción:
Lidia Grifoll y Patricia Losada

MAEVA

Título original:
Die Diva: Maria Callas

© Aufbau Verlag GmbH & Co. KG, Berlín, 2020
Publicado por acuerdo con Aufbau Taschenbuch; «Aufbau Taschenbuch»
es una marca registrada de Aufbau Verlag GmbH & Co. KG
© de la traducción: Lidia Grifoll y Patricia Losada, 2022

© MAEVA EDICIONES, 2022
Benito Castro, 6
28028 MADRID
www.maeva.es

ISBN: 978-84-19110-10-7
Depósito legal: M-4286-2022

Diseño e imagen de cubierta: www.buerosued.de

Fotografía de la autora: © Sally Lazic Fotografie
Preimpresión: MCF Textos, S.A.
Impresión y encuadernación: CPI Black Print (Barcelona)
Impreso en España / Printed in Spain

Vivo para el arte,
vivo para el amor.

Tosca,
GIACOMO PUCCINI

1

Venecia
3 de septiembre de 1957

—ME ALEGRA QUE hayas dejado atrás el frío y la humedad de Edimburgo para venir a mi pequeña fiesta —dijo Elsa, que saludó a su amiga Maria Callas estrechándola contra su exuberante pecho. La corona ducal, dorada y cubierta de perlas, con toda probabilidad una pieza original del siglo XVI o incluso anterior, se le resbaló de la cabeza—. Esta noche eres mi protagonista.

«La pequeña fiesta» era el baile de otoño que Elsa Maxwell organizaba en el aristocrático Hotel Danieli, el punto culminante del Festival de Cine de Venecia al que acudía de lleno la alta sociedad. A Maria no le hacía falta mirar alrededor para saber que el salón renacentista estaba repleto de personalidades de Hollywood, millonarios y princesas y príncipes de verdadera sangre azul. Aun así, no cabía duda de que ella era la más famosa: la *diva assoluta*. Una soprano cuyo nombre conocían incluso los que no amaban la ópera. La mujer más conocida del mundo, treinta y cuatro años, atractiva, rica y es probable que en el punto culminante de su carrera, aunque el horizonte todavía era muy amplio.

Su amiga Elsa, una mujer de setenta y cuatro años entrada en carnes, era periodista, publicaba los ecos de sociedad de la escena internacional y decidía en sus columnas el ascenso y la caída de los grandes del *show business* y de la *high society*. Se sentía como en casa tanto en Europa como en Estados Unidos, organizaba desde carreras de caballos hasta excursiones en velero y fiestas, fraguaba alianzas románticas y de negocios, y nadie que tuviera interés en hacer carrera rechazaba sus invitaciones. No obstante, esa noche Maria Callas no había ido solo a brillar con su presencia, sino que estaba realmente agradecida por haber tenido un motivo para huir de la llovizna escocesa.

El verano había sido estresante. La fatiga de las actuaciones, junto con una serie de obligaciones sociales, la habían llevado al borde del colapso hacía unas semanas. A pesar de que el médico se lo había desaconsejado, viajó con la compañía de La Scala de Milán al prestigioso Festival de Edimburgo. Triunfó en Escocia, pero cada día se encontraba peor. Resistió cuatro noches y sintió un gran alivio al ver que no tenía problemas con la voz. Sin embargo, cuando le añadieron por sorpresa una quinta actuación, la canceló. No solo porque de repente empezó a sentir escalofríos y a sufrir fuertes dolores de cabeza, además de hipotensión, sino también porque la nueva fecha coincidía con el baile de otoño de Elsa. Maria estaba segura de que no tendría fuerzas para otra actuación y voló a Milán para recuperarse en la calidez de su refugio en el lago de Garda antes de acudir a la fiesta.

Fortalecida por unos cuantos días de sosiego y rodeada por los invitados de su íntima amiga, subió con ligereza la centenaria escalinata de piedra, cubierta por una alfombra roja, para dirigirse a los salones en los que se serviría una cena exquisita. Había subido y bajado tantas veces del escenario que apenas tenía que estar pendiente de los pies para moverse con una elegancia impresionante. Sin gafas no veía muy bien dónde pisaba, pero no le hacía falta mirar. La ropa que había elegido para la velada, bastante sencilla pero muy favorecedora, la hacía sentir en armonía consigo misma, igual que cuando cantaba un aria: una prenda superior blanca y ceñida, y una falda ancha con vuelo, de satén de color blanco y topos negros, además de una faja ancha y blanca, y unos guantes negros largos. Había renunciado a ponerse un sombrero espectacular, su única deferencia con el lema de la velada eran unas esmeraldas, que brillaban a la luz de los centenares de velas que había, y los diamantes que le habían entrelazado en el pelo recogido. Se sentía de maravilla, sobre todo porque al mirarse en el espejo había visto que esa noche se parecía muchísimo a su ídolo: Maria admiraba profundamente a la actriz Audrey Hepburn. Sabía que nunca conseguiría su fragilidad de cervatilla, pero cuatro años atrás había logrado adelgazar casi cuarenta kilos en doce meses gracias a una férrea disciplina, y desde entonces guardaba la línea. Antes, con una estatura de un metro setenta y tres centímetros, había llegado a pesar ciento veinte. Un médico suizo la había ayudado a hacer dieta con pastillas hormonales, medicamentos para la tiroides y píldoras diuréticas, un régimen más útil que comer nada más que con los ojos. Para no perder de vista los resultados de sus esfuerzos, había encargado un retrato en el que parecía la hermana de Audrey Hepburn. Cuando veía las fotos, tenía una sensación de felicidad que no había conocido hasta entonces: por primera vez en la vida se sentía cómoda en su piel. Su única amargura era que el régimen no había cambiado la robustez de sus piernas, pero las escondía con faldas de vuelo largas como la que lucía esa noche.

Maria inclinaba la cabeza con majestuosidad, saludaba, sonreía. Los invitados se arremolinaban a su alrededor, luchaban por que les prestara atención. Entraba la diva.

El hombre que estaba a su lado cogió una copa de champán de la bandeja de un camarero y se la ofreció.

—Estoy seguro de que quieres apoyarte en una copa —le dijo Giovanni Battista Meneghini con cariño.

Sabía mejor que nadie que ella disimulaba de ese modo su profunda timidez, puesto que no bebía nunca. Meneghini era su mánager desde hacía diez años y su marido desde hacía ocho. Era treinta años mayor que ella, bastante más bajo, calvo, rechoncho y muy rico. Contratista de obras y gran amante de la ópera, había ganado mucho dinero fabricando ladrillos, pero su verdadera vocación era estar casado con la Callas. Sin embargo, Maria pensaba a veces con temor que su condición de mujer se estaba perdiendo en esa relación. En los últimos tiempos tenía, cada vez más, la sensación de que las atenciones de su marido la asfixiaban. Se ocupaba de todo lo necesario para que ella pudiera actuar con la perfección habitual, pero cuando la soprano preparaba los papeles y ahondaba en los sentimientos tempestuosos de felicidad y en las oscuras pasiones de sus personajes protagonistas, a veces se preguntaba dónde estaba la pasión en su propia vida.

—¿Ves a aquel hombre del fondo? —Elsa había aparecido a su lado. Por lo visto, había terminado de hacer los honores a sus invitados. Maria notó en el brazo el tacto suave y sedoso de la estola de visón que su amiga llevaba sobre el vestido de noche de encaje—. Es Aristóteles Onassis, el hombre más rico del mundo. Sus amigos lo llaman Ari.

Una mujer como ella, que seguía la prensa rosa y además se movía en la alta sociedad, sabía quién era el invitado de Elsa. Había visto fotografías suyas, pero nunca había coincidido con él. Al verlo de lejos, rodeado de hombres y mujeres que querían conocerlo, constató que las fotos no le hacían justicia. El hombre de negocios de Asia Menor, excepcionalmente exitoso, era más bajo, pero mucho más atractivo de lo que había imaginado. Y llevaba el esmoquin con la elegancia del mismísimo Cary Grant. Tenía algo que lo hacía brillar como a una estrella en medio de la oscuridad.

—Al menos no parece recién llegado de Anatolia —se le escapó.

—¿Y por qué iba a parecerlo? —preguntó Elsa sorprendida—. Es griego. Como tú.

Maria negó con la cabeza.

—Leí que nació en Turquía. Antes había allí una gran colonia griega, pero esa gente no es como los griegos del Peloponeso o de tierra firme. Los llamamos *tourkosporos* y te aseguro que no se trata de un piropo. Ya sabes que los otomanos ocuparon Grecia durante siglos y por eso no somos muy amigos de los turcos.

—¡Vaya! —Su amiga la miró con los ojos muy abiertos y una sonrisa en los labios—. ¿Quieres decir que me he equivocado al escogerlo para que te acompañe en la mesa? Creía que la griega y el griego más famosos del mundo harían buenas migas… ¡Oh, ahí está la marquesa de Cadaval! Mira el maravilloso tocado que lleva.

Era cierto, aquella señora se paseaba con la reproducción de un campanario veneciano en la cabeza.

Maria aceptó de buen grado el cambio de tema. Era evidente que nadie ponía patas arriba el orden en las mesas que había decidido Elsa Maxwell, ni siquiera una *prima donna*. Se sentaría al lado del armador multimillonario; la cena acabaría en algún momento y ya no haría falta que se quedara en el asiento que la habían asignado. Lo lamentó sobre todo porque Battista no estaría a su lado. O, mejor dicho, ella no estaría con él. Su marido solo hablaba italiano y le costaba integrarse en su círculo de amigos internacionales. No había podido seguir la conversación en inglés que su mujer acababa de mantener con Elsa.

Giovanni le sonrió y la interrogó con la mirada.

—Elsa me decía dónde tengo que sentarme —le explicó en italiano. Y levantó la copa—. Por una hermosa velada.

Meneghini brindó con ella y Maria se permitió tomar un sorbito del exquisito champán burbujeante. Dirigió los ojos con disimulo hacia el hombre que Elsa acababa de señalarle.

La silla ubicada junto a ella crujió cuando Aristóteles Onassis se sentó con demasiada energía.

—Lo lamento, pero el arte no es mi fuerte —le confesó después de presentarse. Hablaba deprisa y, a diferencia de los demás invitados de Elsa, que en su mayoría hablaban inglés o francés, lo hizo en un griego sin acento—. Los negocios me dejan poco tiempo y paso la mayor parte de ese tiempo navegando, manteniendo charlas agradables, con buena comida y un puro excelente. Y eso es incompatible con la ópera, puesto que en sus santuarios no se puede fumar —dijo y le dedicó una sonrisa radiante, como si acabara de hacerle un gran cumplido.

—No habla usted como un verdadero *tourkosporos* —le contestó ella en el mismo idioma.

La lengua materna de Maria era el inglés; no aprendió griego hasta que se trasladó a Atenas de niña, pero lo dominaba a la perfección y podía replicar sin problemas a Onassis, y también era capaz de maldecir como un pescadero del Pireo si hacía falta. La palabrota para referirse a los griegos de Asia Menor que huyeron a Grecia en masa tras las masacres de los turcos a principios de los años veinte se incluía en la categoría del habla menos distinguida. A Elsa no le había contado que el término despectivo significaba algo así como «descendiente del esperma de un turco» y que podía interpretarse claramente como una ofensa. O como la respuesta al comentario de su interlocutor sobre la ópera, a la que evitaba ir por motivos de lo más profano. Menudo ignorante.

Como era obvio, Onassis conocía la expresión. La miró fijamente, pero ella no consiguió interpretar su mirada. La luz de la lámpara de araña se reflejaba en sus ojos brillantes.

—Sí, nací en Esmirna, pero en Asia Menor nacieron también muchos griegos célebres: Aquiles, Homero, Heródoto…

Evidentemente, aunque su formación escolar fuera más bien modesta, Maria conocía los nombres que su acompañante acababa de mencionar. Había dejado la escuela a los trece años; los estudios de canto en Atenas siempre habían sido prioritarios.

Había estudiado sobre todo los papeles femeninos más importantes para el registro de su voz, y sus clases de historia se habían limitado a la historia de la ópera y nociones básicas sobre Grecia. Así pues, desde joven solo había ampliado su cultura general leyendo cosas que le parecían necesarias y dignas de atención. Los conocimientos de Onassis sobre la cultura clásica no la impresionaron, pero sí lo hizo la pasión con la que defendía su lugar de nacimiento.

—No pretendía ofenderle —lo interrumpió—. Me sorprende que sea tan auténtico. Un griego de verdad.

—¡Pues claro! —exclamó Onassis riendo tan fuerte que los invitados más cercanos volvieron la cabeza un instante.

Maria captó la mirada interrogativa de su marido, que estaba sentado enfrente, al lado de Tina Onassis, la mujer de Ari. Saltaba a la vista que Meneghini se esforzaba por captar retazos de la conversación que la cantante mantenía con el armador, aunque no entendiera una sola palabra. El ruido de fondo, el golpeteo de los cubiertos, el tintineo de las copas y el murmullo de los invitados eran tan fuertes que también le habría costado seguir la charla si hubieran hablado en italiano. Pobre. Seguro que se aburría. Daba la impresión de que su compañera de mesa había renunciado a conversar con él, puesto que la joven Tina, hermosa como una muñeca, pero algo descocada, inclinaba la cabeza rubia, coronada por una cofia con largas plumas de garza blanca de dos metros y medio de longitud, hacia el hombre que se sentaba a su derecha.

—¿Me imagina comportándome como un aristócrata británico? —prosiguió de buen humor el millonario griego.

Maria volvió a prestarle toda su atención.

Y él se lo recompensó con una pequeña actuación estelar. Torció la cabeza con gran teatralidad, sacó pecho y frunció los labios.

—Será un placer hablar con usted de sus últimas actuaciones en el Covent Garden, *madame* —dijo con voz ligeramente gangosa y en un inglés perfecto de clase alta—. Aunque, por desgracia, no tengo ni idea de lo que hablamos, puesto que me limito a fingir que me interesan otras cosas aparte de la hípica.

Maria soltó una sonora carcajada. Aquel hombre era realmente divertido.

—Prefiero que siga siendo griego —le pidió en su idioma.

—¿Aunque no sea un gran conocedor de las bellas artes?

—Si hubiera querido charlar con alguno, me habría quedado en el Festival de Edimburgo y habría podido discutir con el director de La Scala. Pero estoy aquí, a su lado.

—Oh, leí algo al respecto. Estuve en Londres hace unos días y leí unos titulares impresionantes sobre «la Callas», y que se habían sentido tratados injustamente. La prensa británica elevó a la categoría de escándalo su negativa a actuar. —Onassis meneó la cabeza sonriendo divertido—. Cuando me enteré de la afrenta a los británicos, aún no sabía que coincidiríamos esta noche. —Hizo una pausa y luego prosiguió—: Doy las gracias por que se decidiera por Venecia.

Ella también. Sobre todo, por aquel ameno compañero de mesa. Mientras que ella le hizo reír contándole anécdotas del mundo de la ópera, él la dejó pensativa al contarle su historia. Onassis le habló de Esmirna, su ciudad natal, que fue destruida casi por completo a principios de los años veinte en la guerra greco-turca. En sus relatos, aquella metrópoli única caída en desgracia era una ciudad viva en la que convivían cristianos y musulmanes con las raíces más diversas. Hijo de un empresario de origen griego, tuvo una infancia privilegiada y fue a la escuela evangélica hasta que su mundo ardió, de manera literal. Tuvo que abandonar su lugar de nacimiento a los dieciséis años. Después, con tan solo sesenta dólares en el bolsillo, embarcó hacia Buenos Aires para probar fortuna en Argentina y sentó las bases de su patrimonio comerciando con tabaco turco.

—Ahora ya entiende —dijo sonriendo y jugueteando con el puro que tenía entre los dedos y había encendido después del segundo plato— por qué me gusta tanto el tabaco: me ayudó a salir de la nada.

—Dicen que los mejores puros son los cubanos —replicó Maria.

Él sonrió.

—Tiene razón. Nada supera a un buen habano como este Montecristo —dio una calada placentera antes de proseguir—: Y hay otro pequeño matiz: lo que me ayudó fueron los cigarrillos. O, mejor dicho, contribuí a educar el gusto de los argentinos. Hasta entonces, en Sudamérica solo conocían el tabaco americano y el cubano, que no son tan suaves como el de Tracia o Macedonia. Así pues, me dediqué a su importación y a exportar carne de vacuno a Europa. Un día decidí comprar mi propio barco. Ahora tengo novecientos.

—Asombroso —replicó Maria.

Lo miró y se dio cuenta de que sentía una mezcla de simpatía y respeto por aquel hombre. Lo que la fascinaba y la atraía no era lo que había logrado en la vida, sino la similitud de los caminos que ambos habían recorrido.

Pensó en la multitud de conciertos privados que su madre le había obligado a dar cuando era una niña y, al fin, en su primera actuación con público a bordo del barco que la alejó de Nueva York y de su padre, y la llevó a Grecia en compañía de su hermana y su madre. Después, la música llenó su vida. Apenas tenía amigos porque su madre le había impedido tenerlos a ambos lados del Atlántico, y tampoco tenía aficiones. En realidad, aparte del canto, no tenía nada. Sobre todo, porque desde pequeña había comprendido que el único momento en que la gente no se fijaba en su físico, no muy agraciado en aquella época, era cuando cantaba. A la misma edad en que Aristóteles Onassis ponía en Buenos Aires los cimientos de su imperio, ella actuaba por primera vez en la ópera de Atenas, y cinco años después brillaba por primera vez interpretando *Tosca*. Ese fue el comienzo de su carrera.

—Los dos hemos empezado de cero y hemos alcanzado la cima —dijo pensando en voz alta—, y todo gracias a nuestra fuerza de voluntad y nuestro talento. Es probable que se deba a nuestras raíces griegas… Somos cabezotas.

—Siendo griega, seguro que ama el mar; no podría ser de otra manera. —Su voz sonó algo más vital que al hablar de Esmirna—. Soy un gran admirador de Ulises y me apasiona navegar. ¿Qué le parecería hacer un crucero en mi yate? Me gustaría invitarlos, a usted y a su marido.

—Algún día, quizá… —murmuró vagamente.

La idea de navegar por el Mediterráneo en su barco era maravillosa. Pero también un sueño lejano. Su agenda no le permitía disfrutar de unas vacaciones largas; además, Meneghini no aguantaba muy bien las marejadas.

Por un momento, Onassis pareció desconcertado. Maria se lo notó en el brillo de los ojos. Por lo visto, no estaba acostumbrado a que rechazaran sus invitaciones.

Un silencio pesado se interpuso entre los dos mientras las conversaciones proseguían a su alrededor. Onassis se llevó el puro a la boca, dio una calada y volvió la cabeza para no echarle el humo a la cara. Al fondo, la orquesta cambió: la hora de la música ambiental había concluido y los instrumentos de cuerda desalojaron el escenario para dejar paso a la orquesta de baile.

Al cabo de unos instantes, Onassis volvió a mirarla.

—Acepte al menos mi lancha para desplazarse por Venecia, por favor —le propuso en tono reposado y tranquilo, y con el buen humor que le había caracterizado durante la velada. Su renovada desenvoltura atestiguaba su convicción de que al final nadie podía negarle nada—. Me gustaría poner la Riva a su disposición durante su estancia.

Por supuesto, Onassis poseía el Rolls-Royce de las lanchas. Maria no pudo evitar una sonrisa. «Es una compañía interesante y agradable», pensó. Así pues, ¿por qué no iba a aceptar su oferta durante la semana que iba a pasar en Venecia y que, además, seguro que le permitía pasar tiempo con él y su mujer?

—De acuerdo —dijo asintiendo con la cabeza.

—Y si no puede ser en los próximos meses, el año que viene haremos todos un crucero por las islas griegas —decidió Onassis radiante—. Nuestra amiga Elsa puede acompañarnos si quiere.

«Le das la mano y se toma el brazo entero», pensó Maria. Pero no se lo tomó a mal, su tenacidad le divertía. Volvió a asentir para no desilusionarlo, aunque sabía a la perfección que nunca harían ese viaje juntos.

Pasó casi toda la velada al lado de Aristóteles Onassis, que después le presentó a su bella y joven esposa.

—Tina no entiende una palabra de griego —le contó cuando nadie escuchaba—. Su padre, el armador Livanos, prefirió educarla como a una princesa americana. Ella siempre dice que aprendió a hablar en Inglaterra, a pensar en Nueva York y a vestirse en París. Grecia no le importa demasiado. Así es Tina —dijo sonriendo con el orgullo de quien habla de una posesión, aunque luego la mirada se le oscureció, como si le molestara algo.

La fiesta fue un éxito y duró toda la noche. Un grupo de camareros atentos reponía las velas que se apagaban en los candelabros de las mesas, abrían botellas de champán sin parar y rellenaban las copas. Las filas se vieron algo mermadas a última hora, pero cuando Elsa Maxwell se sentó al piano y dejó volar los dedos sobre las teclas al ritmo vertiginoso de un swing, los invitados se arremolinaron delante de la anfitriona y de los músicos, que iban vestidos con unos trajes blancos relucientes. Maria y su marido, así como Onassis y su esposa, también escucharon el famoso solo desde la pista de baile. Elsa tocó canciones rápidas y melancólicas de los años treinta y de la época de la guerra, cuyo estallido vivió mientras trabajaba de reportera en Hollywood. En un momento dado hizo una señal a los músicos para que la acompañaran con los instrumentos. Luego le hizo una señal a Maria para que se acercara.

Un solo de trompeta, unos acordes de piano y la melodía de la canción *Stormy Weather* llenó la sala. Elsa tocó más suave, le hizo un gesto a su amiga y la soprano más famosa del mundo entonó la canción sobre un amor frustrado. La interpretó con el dramatismo típico en ella, pero una octava más grave que si fuera un aria. De repente se hizo tal silencio a su alrededor que el menor tintineo de copas sonaba como las campanas de San Marcos al tocar el Ángelus.

Ella se acercó a la tarima en la que se encontraba el grupo y se entregó al jazz con entusiasmo. No le importaba actuar de una manera tan espontánea, abarcaba a todo el público con la mirada y no había críticos musicales pendientes solo de que no sostuviera las notas altas. No tenía miedo de que le fallara la voz, puesto que cantaba en el mismo registro grave que Lena Horne, la intérprete de la canción.

La sensación de cantar por el simple placer musical era maravillosa. Paseó la mirada por su público exclusivo, tan entusiasmado como los fans de la ópera en los grandes teatros. Detuvo un momento los ojos en Onassis, que rodeaba a su esposa con el brazo y parecía hechizado por el canto de Maria.

Mientras cantaba el verso «There's no sun up in the sky», el cielo de Venecia se cubrió de estrías en tonos pastel al otro lado de los ventanales, y unos rayos de color albaricoque y violeta anunciaron la salida del sol.

2

Por encima de la nubes
Principios de agosto de 1968

MARIA BAJÓ LA persiana de la ventanilla del avión antes de que el aparato despegara. Lo último que quería en ese momento era contemplar una puesta de sol romántica, típica del sur. Sus ojos, escondidos tras unas gafas de sol oscuras, se clavaron en el indicador luminoso de la aeronave de Air France, en primera clase, y esperó la señal para abrocharse el cinturón.

Obviamente, no había reservado el vuelo en la compañía aérea Olympic Airways, propiedad de Onassis. Cuando se marchó del yate, furiosísima, lo único que quería era alejarse de él. Temía que el armador detuviera el despegue si reservaba un vuelo en uno de sus boeings, y por eso decidió viajar con la aerolínea francesa. Al subir la escalera de embarque se dio cuenta de que se había preocupado por nada. Si Onassis hubiera querido que volviera con él, no le habría supuesto ningún problema ordenar que la retuvieran en el aeropuerto de Atenas. Aristo, como lo llamaba ella, disponía de muchos instrumentos para demostrar su autoridad. La insignia nacional de una aeronave no era motivo suficiente para no imponer su voluntad. Si quería. Obviamente, no era el caso.

Comprenderlo fue como un mazazo y le causó vértigo. ¿Había sido un error abandonarlo, arrastrada por la ira, en vez de plegarse a su voluntad y aguantar hasta que su nueva aventura formara parte del pasado? Tal vez, pero últimamente no solo le importaba que hubiera entrado en juego otra mujer. Se trataba de ella misma, de Aristo y del gran amor que ella sentía. Ese cariño, ¿bastaba para soportar todo lo que él, movido por un complejo de Napoleón que lo cegaba, hacía? Era probable que Lawrence Kelly, el amigo que había presenciado su nada gloriosa despedida, tuviera razón al asegurar que también se trataba de la Callas, de salvaguardar la dignidad de la diva.

Quizá el emperador francés no se había equivocado al afirmar que en la guerra y en el amor todo está permitido. En el combate se luchaba ante todo por el honor y el poder, y si en el amor ocurría lo mismo, no quería cederle el campo de batalla a Aristo, no iba a rendirse. No obstante, se preguntó qué había conseguido al comportarse como lo había hecho, excepto sentirse fatal. Una victoria pírrica, y ni siquiera sabía en qué sentido había triunfado. Onassis había permitido que desembarcara sin despedirse. ¿Cómo podía saber si su partida lo había herido? Lo admitía, no se habría sentido tan desgraciada si hubiera sabido que él se sentía tan mal como ella. Pero tenía que ser razonable y no confiar en ello.

El empuje del despegue la presionó contra el mullido asiento de cuero. La butaca de al lado estaba vacía. Una suerte que allí no se sentara nadie; le habría resultado muy desagradable que alguien la viera en su estado o que incluso quisiera entablar una conversación. Otra cosa habría sido que Larry se hubiera quedado con ella. Pero su amigo había decidido esperar a otro vuelo.

En el aeropuerto de Atenas, Larry le había confesado que sus caminos se separaban: él tenía que volar a Roma, hacía tiempo que había quedado allí.

—Iré más adelante —le aseguró compungido—. La semana que viene estaré contigo en París.

Algo parecido le había dicho Aristo.

—Iré más adelante. En septiembre estaré contigo en París.

Aunque ese período de tiempo fuera más largo, no dudó de las palabras de Aristo, igual que no lo había hecho de la promesa de Larry. Sin embargo, no cabía duda de que la fidelidad del primero era cuestionable, mientras que la lealtad de su amigo no. ¿Se había equivocado? ¿Se había precipitado al dejarse convencer para rebelarse contra el hombre al que amaba? Al fin y al cabo, el hecho de que Aristo quisiera tener un encuentro con Jacqueline Kennedy no era más que una suposición suya. Visto con perspectiva, tuvo que reconocer que no lo sabía con seguridad. ¿Había exagerado al reaccionar como lo había hecho? Quizá el armador solo quería pasárselo bien con unos amigos, aunque lo cierto era que, cuando añoraba la compañía masculina, solía decantarse por los tugurios de los puertos en los que atracaban sus cruceros por el Mediterráneo, bebía ouzo con los pescadores, charlaban como hacen los hombres y jugaban al tavli, el juego de mesa tradicional griego. Maria lo acompañaba a menudo y disfrutaba de esos encuentros. Cuanto más se movía en los círculos de la alta sociedad internacional, más la atraían la cordialidad de esas gentes, ajenas al mundo de lo material, y su alegría de vivir. Solo sentía esa libertad en el mar. ¿Por qué había renunciado a todo aquello sin pensárselo dos veces?

Una voz interior le contestó: «Porque Aristo ha mentido». La visita a bordo de los amigos desconocidos solo podía ser «cosa de hombres», como él había dicho, en un sentido. Estaba segura: quería tenerla lejos cuando subiera a bordo la viuda del presidente americano John F. Kennedy.

—¿Le sirvo una copa de champán antes de la comida? —preguntó la azafata interrumpiendo sus pensamientos.

Volvió la cabeza hacia la joven que se ocupaba de los pasajeros de primera clase. La miró a través de los cristales de las gafas de sol.

—No, gracias. No quiero champán ni ninguna otra cosa —contestó—. Tampoco quiero comer.

«Quiero morirme», pensó.

3

Mar Jónico
El mismo día, horas antes

EL MAR ESTABA sereno y cristalino como el lago de Garda en primavera; el agua brillaba en tonos de zafiro oscuro y debajo se perfilaban las rocas y las algas. El cielo era tan azul que parecía recién pintado expresamente por Urano para ese día estival, ni una sola nube alteraba el color perfecto. Delante de ese azul ultramar casi perturbador, en la orilla de la isla de Scorpios, se alzaba una hilera oscura de cipreses; el telón de fondo montañoso que se veía detrás resplandecía en todos los tonos de verde imaginables, miles de árboles jóvenes extendían las ramas hacia el sol. Aristo los había plantado después de que el paisaje hubiera sufrido las talas de los venecianos durante casi quinientos años. Era evidente que no había hecho la reforestación él solo, pero había colocado la primera piedra para iniciar la recuperación de una naturaleza maravillosa y, durante mucho tiempo, había atracado todas las mañanas en la isla para pasar el día sin camisa con los arquitectos y los trabajadores para planificar y hablar de los trabajos con ellos.

¿No decían que las personas que amaban la naturaleza tenían un lado bueno y eso era lo mejor de ellas?

Mientras contemplaba ensimismada la costosa repoblación del bosque que se veía en el horizonte, no se le iba de la cabeza aquella pregunta. El propietario de la isla, su amado, ¿poseía en realidad ese rasgo especial o solo restauraba el bosque para demostrar que también era capaz de dominar la naturaleza, igual que intentaba imponer su voluntad a casi todo el mundo?

En cierto modo, Aristóteles Onassis también la había doblegado a ella. La cantante también había sucumbido a su encanto, a su carisma, y creía en su lado bueno. Por eso aguantaba sus cambios de humor y sus aventuras ocasionales. Al fin y al cabo, sabía que nunca había querido herirla a propósito, siempre se trataba de triunfar, de ganar reconocimiento. Y, en una época en que la sexualidad se vivía cada vez de forma más abierta, algunas de esas mujeres no habían sido más que trofeos. Ella se lo consentía sonriendo porque sabía lo importante que era para él impresionar... en lo que fuera. Aristo no quería ser solo el hombre más rico del mundo, también deseaba ser el más admirado. Por lo tanto, lo más probable era que no tuviera un lado bueno, sino tan solo una autoestima complicada. Algo que los unía más estrechamente de lo que ella desearía.

—He oído que Pier Paolo Pasolini va a rodar una película sobre el mito de Medea...

La voz de su amigo le llegó como el suave murmullo de la piscina instalada en la cubierta del barco, que estaba anclado frente a la isla de Scorpios. El agua de la piscina resplandecía en tonos verdes azulados, un reflejo del cielo y del mosaico del fondo, que era una copia del fresco de la tauromaquia del palacio de Minos, en Cnosos. Las fuentes situadas en el borde de la piscina funcionaban con electricidad y se habían colocado de manera que el agua se derramaba pocas veces, y las gotas se esparcían entonces por la cubierta como la suave espuma de las olas.

Larry le hablaba desde la tumbona de al lado, pero ella solo le prestaba atención a medias. Bien pensado, no tenía ni idea de lo que le estaba contando su viejo amigo. Lawrence Kelly era cofundador de varios teatros musicales magníficos en Estados Unidos, donde la había acompañado en su carrera desde su primer gran éxito. De eso hacía trece años y el empresario seguía siendo un hombre atractivo, mucho más bajo que la espigada Maria, aunque eso carecía de importancia, igual que en el caso de Aristo. Larry también tenía mucho carisma y era un hombre importante en los teatros de ópera del otro lado del Atlántico.

—Nadie ha cantado Medea tan maravillosamente como tú —prosiguió Larry. Al parecer, aún no había terminado y, por lo visto, no le hacía falta coger aire durante su monólogo—. Por eso vas a ofrecerte para el papel protagonista…

—No creo que el teatro se pueda transformar en cine —lo interrumpió cortante. Era el momento de poner reparos.

No obstante, el torrente de palabras no cesó.

—Franco Zeffirelli acaba de rodar *La fierecilla domada*, de Shakespeare, con Elizabeth Taylor y Richard Burton como protagonistas —insistió el empresario.

Maria se incorporó en la tumbona y se echó las gafas de sol hacia atrás, colocándolas sobre su tupida cabellera negra.

—Eso no es una ópera —constató.

No le gustaba que le llevaran la contraria y ya había demasiadas cosas en ese crucero que la deprimían. Achacaba el malestar al calor. No quería reconocer que en realidad estaba más enfadada con Aristo que con el sol. Tenía los nervios a flor de piel y reaccionaba con más acritud de lo que su fiel amigo merecía.

—El escenario y la pantalla no hacen buenas migas. Punto.

Luego volvió a reclinarse en la tumbona.

Cerró los ojos, que le escocieron de un modo extraño al ser consciente de que no tendría que haberle hablado así a él, a ese hombre encantador que siempre la había tratado con cariño. Era la persona que menos merecía exponerse a su acritud. La culpa de que ella tuviera la piel tan fina era el mal humor de su amado, sus despistes, la falta de tacto y la desidia con que la trataba aquellos días. Además, ella había creído que las discusiones acaloradas de los meses anteriores habían concluido. Durante un tiempo pareció que todo volvía a ir bien entre ellos...

—Tendrías que volver a hacer ejercicios de voz.

Maria levantó la cabeza.

—¿Qué?

—Puedo conseguirte una actuación en Estados Unidos ahora mismo. Una gira entera si quieres. Allí celebrarían tu regreso.

Como si ella no lo supiera.

—Estoy de vacaciones —dijo contestando con una evasiva.

No quería explicarle que, aunque hubiera dejado de lado los ejercicios, no había parado de trabajar para alcanzar de nuevo las notas más altas. Llevaba meses grabándose para comparar su voz con las grabaciones de sus discos antiguos. De esa manera esperaba descubrir lo que le fallaba, por qué su registro vocal ya no abarcaba tres octavas. Hasta que no desistió a la hora de actuar en público, había provocado más de un escándalo por fallar en mitad de un aria. Los altibajos eran constantes. Pero de un tiempo a esa parte tenía la sensación de estar atrapada en una espiral que la arrastraba hacia abajo en su arte. Y puesto que se había visto obligada a renunciar de manera temporal al aplauso del público, se sumergió en la vida opulenta y errabunda de la *jet set* internacional. Se sentía como el náufrago Ulises, que se había visto obligado a muchas aventuras, algunas peligrosas y otras edificantes, en su viaje de regreso a casa. El hogar de Maria eran los escenarios y, si quería encontrar el camino de vuelta, quizá ella también tendría que convertirse en una heroína clásica. En cualquier caso, a veces le parecía que interpretar un aria exigía fuerzas sobrehumanas.

Larry tenía razón. En realidad, ella siempre había querido ser ama de casa y cuidar de su marido y su perro, pero tenía que volver a cantar. Era la única manera de combatir la inquietud y las preocupaciones secretas que la embargaban. Pero no sabía si tenía que entrenar la voz para alcanzar el nivel ni si sus temores a que su amado la abandonara estaban justificados. Hasta que no lo tuviera claro, no se lo contaría a nadie. Ni siquiera a Larry.

—Lo vemos luego —le dijo brindándole una sonrisa—. No me apetece hablar de temas serios con este calor.

Para subrayar sus palabras, alargó la mano hacia la pila de publicaciones de prensa que la azafata había dejado al lado de la tumbona. Cogió una revista cualquiera y se puso a hojearla sin fijarse en realidad en los titulares, artículos y fotografías que informaban de la próxima boda del príncipe Harald de Noruega con la plebeya Sonja Haraldsen, o de la separación de Frank Sinatra y Mia Farrow, y que presentaban la moda de otoño en el cuerpo flaco de la modelo británica Twiggy. Nada de todo eso le interesó. Solo prestó atención a la página de recetas de cocina. La comida siempre había sido un consuelo para su alma, aunque hiciera ya quince años que comiera sobre todo con los ojos. Desde entonces, gracias a una dieta estricta, mantenía las medidas ideales de una cervatilla. En líneas generales, su estómago recibía lo mismo que su corazón en aquel momento: migas de pan.

UNA SOMBRA SE posó sobre las páginas abiertas de la revista *Anabelle*. Maria levantó la vista. Aristo se había acercado a la tumbona sin que ella se hubiera dado cuenta. Al verlo, en el rostro se le dibujó una sonrisa.

Aristóteles Onassis no se la devolvió. Aun así, ella no pudo resistirse a su atractivo. Medía un metro sesenta y cinco, con lo que no era un gran hombre en cuanto a estatura, pero su carisma superaba a cualquier efendi turco de dos metros de altura. En el fondo, las marcadas ojeras, la nariz prominente y una boca sensual, pero demasiado grande, hacían que nunca tuviera buen aspecto. Sin embargo, su personalidad y su inigualable carisma convertían a ese hombre de sesenta y dos años en el más guapo del mundo a ojos de Maria. Cuánto lo amaba. Era el primero y el único que separaba a la persona de la voz: Maria, sin la Callas. «Te quiero —pensó—. Siempre te he querido y siempre te querré.»

—¿Has hecho la llamada? —le preguntó contenta, y en vez de esperar una respuesta evidente, se apresuró a añadir—: ¿Por qué no te sientas con nosotros? Larry acaba de proponerme…

—Espero invitados —la interrumpió el armador. Habló en tono neutral, como si estuviera a punto de cerrar un negocio para una de sus navieras o para su compañía aérea, a punto de comprar otro petrolero o un *jet*—. Dentro de una semana tendrás que irte del barco, Maria. —No parecía inclinado a mantener una larga conversación y se quedó de pie—. Cosas de hombres.

Más que verlo, percibió el movimiento que hizo su amigo Larry, notó que se tensaba. Y resoplaba. No obstante, la reacción fue tan sutil que casi se perdió entre el murmullo de las olas que rompían contra el casco del barco. Por un momento, pensó que había delfines jugando cerca del barco. El mar y el viento estaban demasiado tranquilos para provocar una fuerte marejada. Aunque de eso se ocupó el requerimiento de Aristo.

No era la primera vez que había tenido que irse del *Christina* porque su presencia como amante chocaba con la moralidad de algunos invitados que Aristo consideraba importantes. El antiguo primer ministro británico, William Churchill, y su mujer se contaban entre ellos. La relación extramatrimonial habría sido interpretada por el viejo matrimonio como un desaire, de modo que la mujer más importante a bordo se marchó antes de que los Churchill embarcaran, aunque a esas alturas hiciera tiempo que había adoptado el estatus de ama y señora del barco. Maria aprovechó la ausencia para cumplir con sus compromisos profesionales y mostró cierta comprensión por su moral anticuada, que era probable que siguiera viendo el yate de lujo como el barco de guerra que en junio de 1944 había participado en el desembarco de los aliados en Normandía. Aristo lo había transformado con posterioridad en un castillo flotante, pero el sentimentalismo de un importante hombre de Estado vería más allá del elegante equipamiento. No obstante, hacía tres años que el político había muerto y la vida privada y profesional de la cantante había cambiado. De repente abrigó la leve sospecha de que aquella petición no tenía nada que ver con la moralidad.

—¿Cómo dices? —preguntó.

—Quiero que te marches la semana que viene —le aclaró—. Vete a casa, Maria.

La cantante no supo qué la indignaba más: que la echaran del yate, que sus vacaciones terminaran o tener que volver a Francia, donde la quietud imperaba en esa época del año. En agosto, en París no quedaba nadie que estuviera en su sano juicio, al menos ningún parisino. A no ser que se tratara de una mujer abandonada que no supiera adónde podía ir…

Se asustó. Pánico, miedo, rabia. Comprensión. Pero también inseguridad y desesperación. Una mezcla de los sentimientos más dispares le recorrió las venas.

—Yo iré el mes que viene —le aseguró Onassis cambiando el tono de voz y hablando con más dulzura—. En septiembre me reuniré contigo allí.

La vida en París recuperaba su ritmo habitual en septiembre. Maria dudó de que esa verdad fuera a cumplirse también en el caso de Aristo y ella, por mucho que él dijera. De pronto supo con toda certeza por qué tenía que irse y quién ocuparía su puesto en el yate. Era un *dejà-vu,* una repetición de la misma escena que en otra época probablemente había subestimado y que, en vista del peligro que amenazaba su amor, le provocó temblores. Por muchas promesas que él le hiciera, no le creyó una sola palabra.

Las lágrimas le asomaron a los ojos. Se las tragó, puso los pies en el suelo y se levantó. La revista se cayó al suelo y crujieron las páginas abiertas.

Le sacaba a Aristo una cabeza y, por primera vez desde que mantenían una relación, la diferencia de estatura tuvo un papel importante para ella. Lo miró desde arriba.

—¡Te odio! —masculló.

—Maria... —comenzó a decir él.

Se fue, furiosa consigo misma, con él y su colección de trofeos, y con la mujer que embarcaría. No podía soportar la mirada de Aristo ni percibir la presencia de Larry, tampoco que los miembros de la tripulación, que estaban en algún lugar de la cubierta, se enteraran de lo que ocurría. La gran Callas estaba a punto de caer en un agujero negro a la vista de todos. No podía permitirlo. Aunque ella no asociaba el amor con el orgullo, perder la dignidad iba más allá de soportar cualquier humillación.

Quería estar sola y dar rienda suelta a las lágrimas.

El CAMAROTE DE Onassis y Maria estaba decorado en estilo señorial, como la *suite* presidencial o real de un gran hotel. No se había escatimado en muebles venecianos pintados a mano con motivos florales ni en paredes decoradas con seda de color verde agua, iconos bizantinos y espejos venecianos facetados. La grifería del cuarto de baño, decorado con mármol de Siena amarillo, era dorada y ningún elemento carecía de lujo. El habitáculo de cuatro estancias situado en el puente del *Christina* era el segundo hogar de Maria, el primero era su piso en París y tenía su sello personal: fotografías privadas suyas en un aparador; un tocadiscos, una grabadora y un montón de revistas de las que arrancaba y guardaba recetas de cocina; las joyas que lucía en las fiestas elegantes esperaban en la caja fuerte y en los armarios del vestidor tenía ropa para cualquier ocasión. Era el pequeño mundo de las tres almas que albergaba su pecho: Mary, la joven desarraigada que cantaba por amor; la gran Callas, que temía por su carrera, y Maria, la griega tradicional a la que, lejos de los papeles que interpretaba en el escenario, le gustaba representar a la perfecta ama de casa y atendía a los compañeros de su amado y a los amigos famosos que tenían en común. Y ahora Aristo quería que despejara el lugar para otra, aunque solo fuera por unos días. Eso le dolió muchísimo.

Él nunca había dicho nada al respecto, pero le habían llegado rumores durante los últimos meses. Al principio se negó a hacer caso de los cotilleos que lo relacionaban con Jacqueline Kennedy. Cerró los ojos ante la amenaza y a mediados de mayo, cuando el armador le pidió que desembarcara en el puerto de Saint Thomas al terminar el crucero que cada año hacían por el Caribe, se aferró a las palabras que le había dicho: «Tienes que volver a casa en avión desde Nueva York. Así te ahorrarás la travesía hasta Europa. Diecisiete días de viento y mar te aburrirían. Nos vemos en París». Maria deseó con todas sus fuerzas que fuera verdad. Sin embargo, no pasó mucho tiempo hasta que la alcanzaron los rumores a través de pretendidos amigos y de la prensa sensacionalista: Aristóteles Onassis estaba de crucero por el Caribe con la viuda del presidente americano.

No hubo fotos de Aristo con su nueva conquista que permitieran concluir que se tratara de un crucero romántico. Pero la antigua primera dama era la mujer más famosa del mundo en aquel momento y un foco de atención; el atentado contra John

F. Kennedy, perpetrado hacía cinco años, la había desplazado al segundo puesto. Y la envidia y los celos la embargaron como pocas veces le había ocurrido antes.

Maria no sabía qué era lo que más le molestaba, si el hecho de que la viuda del presidente fuera seis años más joven que ella, más elegante y también un icono de la moda, o bien que el hombre al que consideraba su marido, aunque no estuvieran casados, no tuviera miramientos para conseguir lo que quería.

«Nos vemos en París. Iré más tarde.»

El tono suave de la voz de Aristo le retumbaba en la cabeza mientras hundía la cara llena de lágrimas en la gruesa almohada de plumas de su gran cama francesa.

Estaba dispuesta a perdonarle cualquier cosa al hombre al que amaba. Incluso una aventura. Pero no era tan dura como para que no le afectara saber que estaba con una mujer a la que consideraba una amenaza porque ambas estaban al mismo nivel o, probablemente, que la otra incluso la superaba.

A principios de verano ya no pudo continuar haciendo oídos sordos ante los rumores y empezó a encontrarse cada vez peor. Nunca se había sentido tan vacía y desamparada. Él la engañaba y, además, ella no podía sustituir su compañía por el público. Los aplausos se habían apagado, ya eran cosa del pasado, igual que el amor de Aristo. Su silencio le rompió el corazón. Es posible que fuera la manera más terrible de reconocer su infidelidad y, en esos momentos, ella ni siquiera contaba con su arte para hacer soportable el engaño. Su vida se había fundido con la del armador y, desde que no cantaba en público, tenía la sensación de que no poseía nada propio. La perspectiva de pasar el mes de agosto en París, donde casi todas las tiendas y escaparates estarían cerrados porque los comerciantes y la mayoría de la gente se iban de vacaciones, la perspectiva de que no podría llenar esos días con ejercicios de voz, ensayos ni el ajetreo previo a una actuación, esa perspectiva le daba mucho miedo, y probablemente era más terrible que la imagen de Jackie Kennedy que albergaba en la mente.

Llamaron con suavidad a la puerta y el torrente de pensamientos y lágrimas que la anegaban se interrumpió. Prestó oído. Se le paró el corazón.

Aristo había ido a disculparse. A rogarle que se quedara a bordo.

Pero, por mucho que las anhelara, no aceptaría sus disculpas sin más. Esa vez se apuntaría ella la victoria.

Se incorporó en la cama, se secó las mejillas y buscó las gafas que había dejado sobre la mesita de noche.

—¡Vete! —gritó, y su voz sonó como si un animal malherido implorara compañía.

Volvieron a llamar a la puerta. Luego se oyó una voz.

—Soy yo. Larry.

El corazón le dio un vuelco al ser consciente de que no había ido a pedirle perdón. El que quería entrar era su viejo amigo. Probablemente quería consolarla. Y seguro que lo que necesitaba con más urgencia en ese momento era el consuelo y la lealtad de un amigo. Sin embargo, perder la esperanza que había albergado hacía unos instantes la había conmocionado. Abrió de forma inconsciente la boca para echarlo...

—¡Por favor, Mary! Déjame entrar. Quiero hablar contigo.

El hecho de que utilizara el nombre con que la habían inscrito en el registro civil de Nueva York surtió efecto. No lo echaría. Quizá también porque no la había llamado como solían hacer Aristo y el resto del mundo. En ese momento se sentía como Mary, la niña que quería que la protegieran, a pesar de que en su infancia no se había sentido protegida, sino que había sufrido los planes y las imposiciones de su ambiciosa madre. Quizá también de su padre en algunas ocasiones, aunque casi nunca tuviera tiempo para ella. Sin embargo, al otro lado de la puerta estaba ahora Lawrence Kelly, el hombre en el que seguro que podía confiar más que en los dos hombres a los que había amado más que a nadie en el mundo. Larry no era George Kalogeropoulos ni Aristóteles Onassis, pero estaba allí para apoyarla.

Por eso se levantó, se ciñó el cinturón del albornoz que se había puesto antes por encima del bikini, cruzó la *suite* y abrió la puerta.

Él entró y la abrazó, y al mismo tiempo cerró la puerta de un puntapié. La abrazó y ella se sintió pequeña y vulnerable a pesar de ser más alta.

—Lo siento mucho —le dijo estrechándola con fuerza. El aroma de su loción de afeitado, a aire salino, y de su crema solar impregnaron la nariz de Maria—. No mereces que te trate de esa manera.

Eso seguro. Ella asintió en silencio y le apoyó la frente en el hombro, cubierto por una suave camiseta de algodón.

—No voy a permitir que sigas sufriendo sus ofensas.

Las palabras de Larry eran bienintencionadas, pero algo en ella se rebeló contra el consuelo, en su interior surgió una protesta. No quería que su amigo hablara mal de Aristo; a pesar de todo, ella continuaba creyendo en su amor.

Sin embargo, Larry siguió exhortándola antes de que ella pudiera replicar.

—Lograrás recuperar la voz, créeme. Yo me ocuparé de ti, no te preocupes por nada.

La mención a su voz la desquició por completo y abrió todas las compuertas. De repente, los misteriosos invitados que Aristo iba a recibir sin ella pasaron a ser secundarios. Tembló mientras lloraba convulsivamente.

—Mi carrera está acabada —dijo sollozando.

—No, no —la refutó Larry, que le acarició el pelo con cariño, como solo saben hacer los hombres que no se interesan por las mujeres en el ámbito sexual—. Todo saldrá bien. En cuanto recuperes la rutina de los ejercicios y te prepares para las actuaciones adecuadas, todo volverá a ir bien. El público americano te espera, reclama tu presencia y te aplaudirá como de costumbre. Ya te lo he dicho antes.

La montura de las gafas le apretaba el puente de nariz y le hacía daño. Maria se soltó del abrazo, se echó las gafas hacia atrás por encima del pelo y parpadeó para alejar las lágrimas. Tenía los ojos nublados, pero de repente pensaba con claridad.

—¿Crees en serio que puedo volver a actuar?

—Eres la Callas —replicó optimista—. La *diva assoluta*. La mejor cantante de la época. Y lo has logrado con tu propio esfuerzo. Ni siquiera Onassis puede quitarte eso.

Pensó que seguramente no, pero sus necesidades habían cambiado al lado de Aristo. No obstante, la insistencia de Larry por recordarle su posición en el mundo de la ópera tocó una cuerda en su interior que hacía mucho que no sonaba: era la Divina, nadie podía discutirle esa categoría, ni en los grandes escenarios ni en la cubierta de un yate. Si él creía que podía expulsarla de su paraíso flotante, estaba apañado. No se iría como a él se le antojaba. Haría… ¿Qué? ¿Qué haría?

Larry pareció leerle el pensamiento.

—Ahora mismo haces el equipaje y te vas a América. Allí recuperarás tu fama. ¡Confía en tus amigos, Mary!

Le gustó la idea de castigarlo por su conducta regresando a los escenarios. Reconquistaría su lugar único en el mundo y de esa manera relegaría a su rival al segundo puesto. Y el armador comprendería que había cometido una equivocación. Un error de bulto. Entonces la otra ya no estaría por encima de ella.

En la mente de Maria apareció una leve señal de advertencia para indicarle que el factor tiempo hablaba en su contra. Ejercitar la voz y organizar una gira por Estados Unidos duraría más tiempo que un crucero por las islas griegas, incluso más que un verano solitario en París. Con todo, borró las dudas silenciosas con un gesto de la mano.

No se quedaría a bordo poniendo al mal tiempo buena cara hasta que Aristo la echara. No iba a consentirlo. Esa vez no se doblegaría a los deseos del armador.

Respiró hondo, como si interpretara uno de sus grandes papeles, y luego habló con voz profunda y elocuente.

—Yo me encargo de que un bote nos traslade hoy mismo a tierra firme. ¿O prefieres que el helicóptero nos lleve al aeropuerto?

A Larry se le cortó la respiración. Luego se le iluminó el rostro.

Aunque no se sentía tan aliviada como fingía, sonrió. Y esa sonrisa la colmó de seguridad. Volvía a ser la diva. La *prima donna*. Era la estrella. La mujer más famosa del mundo. Igual que lo era la primera vez que coincidió con Aristo en Venecia. No había cambiado nada. Incluso sus problemas como artista eran los mismos, puesto que en aquella época se enfrentó por primera vez a graves problemas con su voz. Sin embargo, aquel año consiguió superarlos, volvió a empezar. Si daba crédito a las palabras de Larry, pronto ocurriría lo mismo.

AL CABO DE media hora se abrió la puerta oculta que daba al vestidor desde el dormitorio. Esa vez nadie llamó. Onassis la abrió de un empujón y entró precipitadamente desde el puente de mando. Se detuvo de repente al ver lo que ella estaba haciendo.

La diva recogía a toda prisa sus objetos personales y las prendas de ropa imprescindibles. Encima de la cama había una bolsa de suave cuero azul oscuro abierta, en la que como mucho cabía equipaje para un fin de semana. Era un regalo de Aristo, que tenía el mismo modelo. Maria iba del vestidor a la bolsa y tiraba dentro sus cosas sin el menor cuidado. Normalmente, una empleada se ocupaba de esa tarea, pero aquel día no había tiempo. La cantante se esforzó por no hacer caso del intruso, aunque le habría encantado observarlo al detalle para verle la cara y saber lo que pensaba.

El capitán Zigomalas le habría dicho que quería irse. Saltaba a la vista que no se había presentado para rogarle que se quedara a bordo. Daba la impresión de que le molestaba que sus «cosas de hombres» tuvieran consecuencias.

—¿A qué viene esto? —preguntó con voz cortante.

Ella se encogió de hombros con indiferencia y consiguió seguir sin dirigirle la mirada.

—Ya ves —contestó con insolencia—. Me marcho.

—¿Por qué?

Parecía francamente sorprendido. A pesar de que era probable que la pregunta fuera un indicio de la intrascendencia del encuentro con sus amigos, Maria decidió no dejarse engañar. Recordó las palabras de consuelo de Larry y eso la ayudó a resistirse a hacer las paces con Aristo. Al fin, lo miró.

—¿En serio esperas una respuesta?

—He invitado a unos amigos y me gustaría pasar unos días a solas con ellos. —Se pasó una mano por el pelo canoso y corto—. No tiene más importancia. ¿Por qué te alteras tanto?

Apretó los labios, meneó la cabeza con fuerza, agarró un chal de seda y estrujó la fina tela entre las manos como si se tratara de Aristo.

—Quédate unos días. —Sus palabras no sonaron a ruego, no era una petición, sino una orden. Con todo, luego añadió con voz más dulce—: Tranquilízate y…

—No —masculló la diva—. No, ¡no pienso hacerlo!

Aristo dio un respingo, empezó a ir arriba y abajo disimulando los nervios, igual que había hecho ella antes. Pero él no estaba solo enfadado. Saltaba a la vista que le costaba contener la ira que lo invadía. Luego se paró delante de ella como si hiciera un gesto de amenaza.

—Te he dicho que nos veremos en París. Eso no cambia.

El chal todavía no estaba en la bolsa. Sus dedos acariciaron el material casi con melancolía, como si rozara con ternura la piel de su amado. De repente apretó la prenda y volvió a estrujarla con el puño cerrado.

—No —repitió y lo miró furiosa a los ojos—. No nos veremos en ningún sitio. No me encontrarás en ningún lugar del mundo. Tú no.

Y le tiró al pecho el pañuelo de seda hecho una bola, un gesto teatral de la diva. Como en el escenario. La Callas se imponía.

Por un momento temió que él respondiera a su gesto violento, aunque no podía haberle hecho daño de ninguna manera. Vio el brillo en sus ojos y se dio cuenta de que apretaba los puños. Saltaba a la vista que mantenía una lucha interior.

Maria no se echó atrás.

Aristo dio media vuelta sin contestar. Pisó el pañuelo y salió precipitadamente. La puerta del camarote basculó sobre los goznes.

Ella no se había doblegado, no había cedido. Una victoria momentánea. Pero ¿a qué precio?

Acabó de hacer el equipaje con más lentitud.

Al subir a la cubierta se dio cuenta de que se había dejado el chal tirado junto a la cama después de que Aristo se hubiera ido. Tenía tanta prisa por alejarse de él que incluso había olvidado las joyas en la caja fuerte. No le importaba. No había vuelta atrás para ella. Tenía que mirar adelante. En esos momentos le daba igual lo que ocurriera con sus cosas, su corazón roto le parecía más valioso que cualquier bien terrenal.

4

París
Agosto de 1968

DE TODOS LOS papeles que había interpretado, no se le iban de la
cabeza las palabras de Amelia en *Un baile de máscaras,* de Giuseppe
Verdi.

—«¿Qué te quedará, pobre corazón mío?» —canturreó mientras caminaba inquieta por su piso—. «¿Qué te quedará, ya perdido el amor?»

Su propia voz resonaba como un eco desde los altavoces
del equipo de sonido estéreo que tenía en el despacho. Se trataba de una actuación grabada en La Scala de Milán hacía once
años. Pero el motivo por el que tenía tan presente a Amelia en
su primera noche sola en París no era ese, sino el hecho de que
el libreto se centraba en el amor y la traición, los celos, el des-
engaño y la venganza.

«Bueno —pensó—. ¿Acaso no tratan todas las óperas esos
temas?» El papel principal siempre le correspondía a un amor
perdido. Y casi todas las historias terminaban con la muerte
de la protagonista. Maria había ardido incontables veces en la
hoguera interpretando a Norma; en *La traviata,* Violetta moría
de tuberculosis; Lucia di Lammermoor se volvía loca y, en el
papel de Tosca, se había precipitado más de treinta veces desde
el castillo de Sant'Angelo, casi tantas como se había clavado un

puñal en el pecho interpretando a Medea. La única que sobrevivía a la muerte de su amado era Amelia. «Curioso —pensó—. ¿Por qué precisamente ella no muere de dolor?»

Maria se detuvo delante del equipo de música, quería parar la grabación, pero dejó la mano suspendida en el aire. Paseó la mirada por la sala, que se había convertido en un hogar para su alma, como si buscara una señal que le indicara lo que tenía que hacer. Sin embargo, en vez de dar con una respuesta imaginaria, sus ojos toparon con las fotografías en marcos de plata que había sobre la repisa de la chimenea, ribeteada con mármol decorado con opulencia. Una foto de cuando era niña; fotos de su preciosa hermana Iacinthy, seis años mayor que ella; fotos de actuaciones, con amigos... y con Aristo a bordo del *Christina*. Encima, los certificados enmarcados de los galardones que le habían otorgado a lo largo de su carrera.

No había ningún recuerdo de sus padres. Ni uno solo de su madre, que quería más a Iacinthy, pero la había utilizado a ella, la había exprimido como a un limón para satisfacer su vanidad y financiar sus derroches. Evangelia ni siquiera tuvo reparos para publicar un libro, un panfleto contra su hija desagradecida, con el que hizo caja. Maria también maldijo a su padre cuando decidió abandonar a la familia después de haber mantenido durante años una relación con Alexandra Papajohn, su amante. El amor de su padre por otra mujer sobrevivió a todas las crisis, incluso soportó el rechazo de las hijas de su primer matrimonio. Y en eso radicaban las diferencias entre George y Alexandra y Aristo y Maria. Por mucho que se había esforzado en granjearse la simpatía de Alexander y la pequeña Christina, a los dos hijos de Aristóteles y Tina Onassis nunca les había entusiasmado la nueva mujer que había entrado en la vida de su padre. No lo había conseguido, igual que no había logrado estrechar su relación con Aristo y, si bien su padre había acabado casándose con su amante, un hecho que había consternado a Maria, Onassis no la había llevado nunca al altar.

Apagó el magnetófono con tanta vehemencia que el aparato resbaló unos centímetros hacia atrás sobre el borde del estante. Su voz, que poco antes todavía llenaba la sala y que en cierto modo la había consolado, enmudeció en mitad de un aria. El silencio se posó sobre ella. Aguzó el oído de manera inconsciente, intentó oír algo, pero a esas horas ni siquiera el típico ruido del tráfico de la Avenue Georges-Mandel penetraba a través de las ventanas con doble cristal del edificio número 36. Eran las tantas de la noche y París dormía. Ella también debería acostarse.

Salió del despacho sin apagar la luz. El dormitorio la recibió con su gran luminosidad. Bruna Lupoli, su asistenta desde hacía años, lo había dispuesto todo para que estuviera cómoda: había abierto la cama, había deshecho la bolsa de viaje, había puesto una parte del contenido en la ropa sucia y el resto lo había guardado en el armario en fundas de celofán, como le gustaba a ella. La diva apreciaba el orden en el hogar, donde cada cosa tenía su sitio. Como el gran koala de peluche que estaba sentado en una butaca, al lado de la cama adornada con tallas y zarcillos de flores, y del que ella esperaba que velara su sueño. No esperaba lo mismo del caniche, que roncaba feliz en su cesta y ni siquiera había levantado la cabeza cuando entró en la habitación. Los muebles de estilo rococó, la cama, el secreter, la mesa auxiliar y la silla formaban parte de lo poco que le quedaba de su matrimonio con Meneghini, el dulce sueño de color albaricoque de una jovencita. Se había llevado el dormitorio a ese piso cuando se había mudado, dos años atrás.

En realidad, Maria habría preferido una casa en el campo, la villa de Sirmione había significado mucho para ella, pero Aristo consideró que era más práctico un piso en la ciudad y se lo compró. Como era evidente, se lo podría haber pagado ella misma, pero el armador quiso regalárselo a toda costa. Probablemente, lo que más quería era tomar una decisión importante para el futuro de la artista. Durante mucho tiempo, creyó que Aristo se había empeñado en comprar ese piso en el Distrito 16 porque se encontraba a apenas un kilómetro y medio de su propio piso, en la Avenue Foch, aunque, bien mirado, el trayecto de quince minutos a pie por las hermosas calles de Chaillot hacia el noroeste suponía un buen trecho. En cualquier caso, estaban demasiado alejados para mantener una relación de vecindad que pudiera convertir el amor en amistad. La ubicación de las dos viviendas impedía encuentros accidentales.

El dolor por la separación la acompañaba de continuo desde que se fue de Grecia, y la cosa iba a más, no a menos. Maria estaba de pie en el dormitorio, inmovilizada por la fuerza de los hechos: no volvería a verlo. Se acabó. El amor había fracasado, tenía el corazón roto. La felicidad la había abandonado. Su vida estaba destrozada.

Le temblaba todo el cuerpo, como si esa noche no fuera una velada sofocante de un mes de agosto caluroso en París, sino una de las noches gélidas y sin calefacción que había vivido durante la guerra en Atenas bajo la ocupación italiana y alemana. En aquella época consiguió algunas ventajas para su madre, su hermana y ella misma gracias al canto, mejor comida o dinero para comprar en el mercado negro, donde también vendían combustible.

Había interpretado *Tosca* por primera vez en la Ópera Nacional griega con tan solo dieciocho años, ella, una estudiante del Conservatorio de Atenas, todavía torpe y que se sentía fea, pero dotada con una voz potente, talento para la interpretación y mucha disciplina. Cuando pensaba en ello, todavía notaba el cansancio posterior a la actuación en el escenario del Cinema Palais, a donde se mudó la compañía durante la guerra, y podía oír de nuevo los aplausos del público. La envidia de sus colegas, hombres y mujeres, se le había grabado aún con más fuerza en la memoria. El éxito de Maria se convirtió desde el principio en su mayor vulnerabilidad. Había tenido que renunciar a muchas cosas, había sacrificado su infancia y su juventud, pero muy pocos veían el trabajo duro que se escondía detrás de sus actuaciones perfectas o conocían por experiencia propia el esfuerzo físico y mental que requerían. Cuanto más la envidiaba por la gran dicha de los aplausos, menos entendían que el talento no bastaba para ser mejor artista que muchos otros. No había logrado averiguar nunca lo que movía a la gente a cuchichear a sus espaldas o a mostrarle rechazo cuando ella esperaba cordialidad.

Pensó en todas las noches en vela que había pasado después de las representaciones. La enorme cantidad de adrenalina liberada entre la actuación y los aplausos que siempre recibía la mantenía despierta, y hacía imposible que se tranquilizara rápido después de una representación. Durante años se sintió como una máquina de canto. Primero la impulsó su madre; después, su marido... hasta que Aristo entró en su vida. La única persona cercana a la que no le interesaba su arte o, al menos, no tanto como la mujer que encarnaba ese arte. Fue la primera persona que no le quitó nada, solo le daba. Aristo, quien la había despachado por querer pasar unos días con otra mujer. El hombre al que la Callas no le bastaba. Al que no le bastaba Maria.

Se pasó la mano por la cara. El silencio la volvía loca. La quietud nocturna parecía decirle como una amenaza que por fin se acababa ese día terrible y tenía que irse a dormir. Pero ella tenía miedo de los pensamientos que la invadirían al cerrar los ojos... y también de las pesadillas. El único remedio eran las pastillas. Se tomaría unos somníferos, eso la ayudaría.

En el cuarto de baño había un pequeño armario con los medicamentos que tomaba con regularidad. En realidad, el aseo era su tocador: enorme y con baldosas de mármol rosa, incontables espejos en las paredes, un sofá, plantas colgantes y un tocadiscos. Al entrar la recibió un aroma a jazmín. Dulce y cautivador. Era el perfume de la isla de Scorpios. No olía a lirio de los valles de la marca Myrto, la colonia que usaban todas las griegas viejas. A Aristo le encantaba el jazmín. Había comprado una especie singular de Asia Menor para que la plantaran en su isla, y algunas noches la brisa llevaba el aroma hasta el *Christina* cuando este estaba anclado delante de la costa. Maria había puesto una planta en su cuarto de baño como recuerdo de aquellos momentos de vida en pareja. Igual que la grifería dorada, que se parecía a la instalada en la *suite* Ítaca...

Siempre Aristo. Le dio la impresión de que no podría seguir viviendo sin ese hombre.

5

París
19 de diciembre de 1958

Un miedo espantoso le provocó un nudo en la garganta y le dejó mal sabor de boca. Fue tan solo una sensación, pero lo notó con tal claridad que le causó una fuerte acidez de estómago. Desde el grave resfriado con que había vuelto a Italia desde Edimburgo a principios de septiembre del año anterior, y el escándalo que montó la prensa británica por que hubiera rechazado una actuación extra en Escocia, sus problemas habían aumentado de manera alarmante. La voz le fallaba cada vez con mayor frecuencia, Maria se sentía perseguida por los *paparazzi*, que lo único que querían era ponerla en evidencia, y, peor aún, su público había empezado a dejar de seguirla.

No había dejado atrás un buen año. Todo había empezado el 2 de enero con la suspensión de *Norma* en Roma, había continuado en primavera con un fuerte resfriado en La Scala de Milán y había alcanzado el cénit hacía escasos tres meses, cuando el director de la Ópera Metropolitana de Nueva York la había despedido. Por último, las discusiones con la dirección artística, los abucheos de los fans y la mala prensa habían provocado que fuera incapaz de resistir a una actuación. ¿Acaso la Callas no podía permitirse enfermar? ¿No podía mostrar nunca signos de debilidad, algo del todo humano? Por lo visto, no.

La gente que la veneraba como a una divinidad esperaba de ella una salud inquebrantable y una perfección sempiterna. Por algo la *diva assoluta* era una diosa. Y los directores artísticos no toleraban las cancelaciones porque no querían renunciar a sus ingresos o, y eso habría sido más aceptable, porque temían la decepción del público operístico. En abril, Antonio Ghiringhelli intentó proteger La Scala de Milán de las protestas mediante una escolta de *carabinieri*, porque temía que el público se sublevara si la Callas fracasaba interpretando a Ana Bolena. Maria había dado en todo momento con el tono apropiado, pero eso no había cambiado el mal ambiente que le llegaba de todas partes ni la inusual presencia de la policía en un momento en que de lo que se trataba era de disfrutar de la música.

«Las cosas han cambiado», se dijo por enésima vez. Lanzó una mirada de desconcierto al espejo y alargó el cuello para poder contemplarse por encima de los numerosos ramos de flores que empezaban a llenar la *suite* del Hotel Ritz como estrellas en un cielo mediterráneo. Todo el mundo le deseaba suerte para la gala que iba a celebrarse en la ópera Garnier. Sin embargo, tenía la sensación de que su nerviosismo aumentaba con cada rosa. No tenía ni idea de quiénes eran los críticos más acérrimos que se ocultaban entre las personas que le hacían reverencias, pero sabía que estaban al acecho. Las expectativas eran muy elevadas. No solo las del público, también las suyas.

—Radiodiffusion-Télévision Française calcula cien millones de televidentes y radioyentes para la emisión en directo del concierto —le anunció Battista Meneghini en tono desenfadado mientras ordenaba las tarjetas que habían entregado con las flores. Como si la retransmisión por radio y televisión no fuera suficiente motivo para que se pusiera nerviosa, añadió—: Gracias a Eurovisión, hoy en día se puede retransmitir el concierto en directo. Después de todo, se trata de una gala benéfica en honor de la Legión Extranjera y la inaugura el presidente de Francia. La televisión y la radio tendrán que esmerarse.

Maria percibió la sombra de su marido en el espejo y de repente deseó que no estuviera allí, o que al menos cerrara la boca. No contestó, intentó prescindir de su presencia y concentrarse en la actuación inminente. Era su debut en París y también el concierto más espectacular que se vería en Europa desde el final de la guerra. Meneghini no se cansaba de certificar la importancia de la actuación. Se vanagloriaba de la organización y se centraba sobre todo en detallar los datos económicos: empezando por el asombroso caché de cinco millones de francos, que ella donaría después, y acabando por las casi dos mil doscientas entradas, a 35000 francos cada una, que se habían vendido en un abrir y cerrar de ojos. Incluso se habían pagado 300000 francos por un palco. Las cifras eran impresionantes y la velada no podía ser más prestigiosa.

—El presidente francés, Coty, está entre el público —prosiguió Meneghini—. Pero eso ya te lo había dicho. ¿Te he comentado que también han venido los duques de Windsor? Y también los Rothschild. Charles Chaplin ha volado desde Hollywood y también están el señor y la señora Onassis…

Maria apretó los labios para no ponerse a gritar. Se controló para preservar el tono. No tardarían mucho en ir a buscarla para llevarla a maquillaje, hacía horas que había calentado la voz.

Mientras su marido seguía con el traqueteo de exponer sin piedad la lista de espectadores importantes, ella enumeró mentalmente las arias del programa. Empezaría con «Casta diva», de la ópera *Norma*, de Vincenzo Bellini, luego cambiaría a *El barbero de Sevilla*, de Rossini, y antes de la pausa interpretaría un fragmento del segundo acto de *El trovador*, de Verdi; la segunda parte estaba reservada enteramente a *Tosca*…

De pronto prestó atención y se volvió hacia su marido.

—¿Qué has dicho?

—¿A qué te refieres? —replicó Meneghini, que empezó a ordenar de nuevo las tarjetas que acompañaban los ramos de flores. Maria pensó que parecía un jugador calculando el valor de sus cartas. Dio la impresión de que su marido recordaba algo de repente y contestó forzando una sonrisa—: He dicho que, si todos tus fans te enviaran tres ramos de flores el mismo día, tendríamos que alquilar un almacén.

—¿Tres? —Abrió bien los oídos y, aunque tenía que cuidar la voz antes de la actuación, siguió preguntando—: ¿Quién hace algo así?

Meneghini se acercó al tocador y desplegó las tarjetas en su mano como si jugara a las cartas.

—A la vista del tamaño del ramo y las letras griegas, supongo que los saludos son de parte de Onassis. ¿Me equivoco?

Maria echó un vistazo a la escritura y asintió. No había vuelto a ver al armador desde que pasaron unos días en Venecia en septiembre. Después del primer encuentro en el baile de Elsa Maxwell, se convirtieron en un cuarteto: Meneghini y ella, y Ari Onassis y su esposa, Tina. Los cuatro pasearon juntos por las callejuelas, tomaron el sol en el Lido, bebieron en el Harry's Bar, examinaron las capturas de pescado en la lonja y navegaron a toda velocidad por los canales en la lancha de Onassis. Fue una semana divertida; después, sus caminos se separaron; una relación somera, superficial, nada que ver con entablar una profunda amistad y, aún menos, con forzarla. Sin embargo, Maria no había dejado de pensar en Aristóteles. Se había sentido muy próxima a él, unida por sus trayectorias vitales, muy semejantes en más de un sentido y que habían marcado de forma similar su manera de ver el mundo. Además, consideraba una providencia del destino que ambos tuvieran raíces griegas.

Meneghini le dejó una tarjeta delante, encima del tocador.

—¿Qué ha escrito? Esta venía con el ramo de la mañana.

—«Con los mejores deseos de Aristóteles Onassis» —leyó en voz alta.

Meneghini puso otra tarjeta al lado de la primera.

—Esta ha llegado a mediodía con un ramo idéntico.

—¡Oh! —Sonrió inconscientemente, divertida, al descifrar el escrito por segunda vez—. «Con los mejores deseos de Aristóteles Onassis».

—Hace poco han entregado un tercer ramo con esta nota. Las flores son una copia exacta de los dos ramos anteriores.

Maria abrió mucho los ojos. Esa vez no leyó en voz alta lo que él había escrito en griego.

—¡Qué romántico! —se le escapó.

—¿Cómo?

Con una sonrisa que se fue ampliando y que le colmó el corazón con una alegría poco habitual, le dio una explicación a su marido.

—Vuelve a enviarme sus mejores deseos, esta vez sin firma. Supone que sabré de quién es el saludo y eso me parece romántico.

—¿De verdad? —Meneghini parecía confuso; luego, de repente se echó a reír aliviado—. Bueno, si el que te mandara rosas tres veces con una tarjeta misteriosa fuera Aly Khan, seguramente tendría que preocuparme. Pero con Onassis no hace falta. Basta con ver a su joven esposa. No puedes competir con ella.

A Maria se le borró la sonrisa.

—Tampoco con Rita Hayworth —replicó aludiendo enfadada a la hermosísima actriz que había estado casada con el hijo del Aga Khan.

—Seguro, seguro —murmuró Battista, que ya pensaba en otra cosa y le preguntó—: ¿Te he comentado que los programas de mano cuestan dos mil francos? Naturalmente, el diseño ha sido idea mía... —Se dio cuenta de que ella miraba fijamente las tarjetas, se interrumpió y añadió—: ¿No crees que mandar tres veces un ramo de flores idéntico es un despilfarro y poco imaginativo?

En vez de esperar la respuesta, se alejó meneando la cabeza.

Maria guardó silencio, no solo para preservar la voz.

Hizo una reverencia en agradecimiento por los aplausos. Se encontraba sobre una larga alfombra en el centro del escenario, la escalinata por la que acababa de bajar quedaba a su espalda; el coro, a su izquierda y su derecha. Sorbió el cariño que le llegaba del público como una abeja al beber el néctar. Se había llevado la mano izquierda al pecho, en el punto donde latía el corazón, y con ella sujetaba al mismo tiempo la estola que le cubría los hombros. Inclinó con majestuosidad la cabeza. Los pendientes de diamantes pesaban y no permitían ningún movimiento temperamental. Esas alhajas, sumadas al collar que lucía en el cuello, tenían un valor de un millón de dólares; ambas joyas, que le había prestado el joyero Van Cleef & Arpels, subrayaban el prestigio de la Callas y el carácter esplendoroso de la velada. Ornamentos brillantes para la televisión. Lástima que los espectadores de Europa no tuvieran televisión en color y vieran en blanco y negro, aunque fuera de un rojo arrebatador el sencillísimo vestido de noche que llevaba.

Maria salió del escenario cuando sonó *La marsellesa*. Entre bastidores pululaban los *negros*. La palabra no aludía a personas con un color de piel determinado, sino a las almas serviciales que se ocupaban de las representaciones en la oscuridad y que solían vestir prendas de tonos apagados. Maria tuvo la impresión de que el personal de reguriría se había doblado para facilitar la grabación a los equipos de radio y televisión. La magnitud de esa *Grande Nuit de l'Ópera* superaba en realidad cualquier cosa antes vista, y eso incluía su miedo escénico. Intentó recuperarse en el camerino, se concentró... y la indignación se apoderó de ella.

Acababa de echar un vistazo al grueso programa de mano. Pesaba medio kilo y seguro que los dos mil francos que los espectadores tenían que pagar por cada ejemplar eran una buena inversión. Al hojearlo, Maria se detuvo a mirar su retrato, una foto que le gustaba, pero debajo no aparecía en negrita el texto de costumbre:

MARIA CALLAS

Meneghini, que había abanderado la organización de la velada y seguro que había reclamado intervenir en todos los detalles, había dispuesto que actuara con otro nombre:

MARIA MENEGHINI CALLAS

Un nombre nuevo para la mujer más famosa del mundo. Ella era la Callas. No la Meneghini. Tampoco la Meneghini Callas.

¿Cómo se le había ocurrido a su marido poner de relieve su apellido? ¿Y delante del célebre apellido de su mujer? Eso no era lo habitual, las italianas siempre conservaban el apellido de soltera cuando se casaban, tanto daba si eran dependientas o una diva de la ópera. En abril se cumplirían diez años de la boda de Maria Callas y Battista Meneghini. Se habían casado en Verona según el derecho italiano y por eso en sus documentos aparecía Maria Callas, casada con Meneghini. Tanto su nombre civil como su nombre artístico era ese. ¿Qué pretendía su marido saltándose de repente la ley y las costumbres, y sin consultárselo?

El vistazo al programa de mano se transformó en enfado. Tuvo la sensación de que se asfixiaba. Se sentía como si una cobra se le hubiera enrollado al cuello. Una serpiente que tenía el rostro de su marido.

Él la consideraba una posesión y hacía tiempo que eso la disgustaba. Sabía lo que tenía que agradecerle: había impulsado su carrera cuando más lo necesitaba. Y mientras los escenarios llenaron la vida de ambos, el matrimonio funcionó; trabajar por su carrera los unió como si estuvieran engarzados. Sin embargo, no era la primera vez que Maria pensaba que su amor se ceñía a la ópera, no a su pareja, aunque a lo largo de los años se hubiera desarrollado un profundo afecto basado en el respeto, la amistad y la admiración. Y en ese momento se preguntó si Battista Meneghini solo la amaría mientras conservara la voz y ganara millones gracias a ella. Le ingresaban el importe de sus cachés en una cuenta común. Se llevaban treinta años, Meneghini pertenecía a la generación de su padre. ¿La traicionaría también algún día Battista, igual que había hecho George? «Al final, siempre se trata de dinero», reflexionó, y la invadió la amargura.

Pero también se trataba de su voz, de su camino como cantante. Del amor que sentía al cantar. Se controló. Dejaría esos pensamientos para más tarde. Ahora no podía seguir dándoles vueltas, no podía leerle la cartilla a Meneghini. «Concéntrate en la actuación —se dijo en silencio— y reza a la Madre de Dios por llegar a las notas altas.»

Deslizó los ojos hacia la imagen de la Virgen con el Niño que siempre llevaba consigo, una pintura que tenía colgada encima de la cama en su casa de Sirmione y que antes había tenido en la villa de Milán. El cuadro viajaba con ella de ópera en ópera y ahora se apoyaba en la pared de su camerino, ornado con flores, en la venerable Ópera Garnier. Elevó una breve súplica al cielo. Luego se concentró de pleno en la actuación.

Y ahora se encontraba en el escenario, bajo los focos y en el punto de mira de la cámara, ante la mirada crítica del público, esperando a que los aplausos terminaran y que el director de orquesta Georges Sébastian levantara la batuta.

El corazón le latía con fuerza en el pecho. Colocó la mano derecha sobre la izquierda, a la altura del corazón, y hundió los dedos en la tela de la estola. Se concentró en la respiración y en la música. Al fin, solo pensó en la música.

LA LLUVIA GOLPEABA sin cesar contra los cristales del camerino.

—Todos han venido a oírte cantar con el mal tiempo que hace —dijo Meneghini—. Incluso el presidente de Francia. Ha venido de verdad. Y también todos los demás invitados de la alta sociedad. Cuesta creer que nadie haya querido perderse la velada. Un grupo selecto de cuatrocientos cincuenta parisinos ha pagado otros quince mil francos por un banquete. Es increíble, ¿verdad? Te esperan en el vestíbulo.

Ni una palabra sobre lo brillante que había sido la actuación.

La primera parte del concierto había transcurrido de forma espléndida y la representación del segundo acto de *Tosca* después del descanso había sido un triunfo para la Callas. Maria sintió un alivio infinito cuando apareció delante del telón entre sus compañeros de escena, el tenor Albert Lance y el barítono Tito Gobbi. Estrechó con fuerza la mano de sus colegas, se inclinó y no se limitó a recibir la ovación atronadora, sino que también absorbió el entusiasmo del público. Incluso el presidente, René Coty, se levantó de su butaca en el centro de la platea; Maria no pudo verlo a causa de la miopía y de la luz cegadora de los focos, pero se lo susurraron al oído en el escenario, entre saludo y saludo. El auditorio entero se puso en pie. El público se entregó a la diva en el teatro de la ópera más grande del mundo. Maria estaba radiante, como pocas veces antes.

La sensación de felicidad se debilitó al volver al camerino. Le dio la impresión de que casi notaba cómo descendía, deslizándose lentamente del séptimo cielo. El resumen de la velada que le hizo Meneghini quizá era correcto, pero le pareció tan frío que sintió un estremecimiento en la piel que le cubrían las mangas abullonadas del vestido de corte imperio y color champán que llevaba puesto. Notó el peso de la cola del vestido, ribeteada con piel de marta cibelina, que sujetaba con el brazo. Observó a su rechoncho marido y se preguntó sin querer cuándo había abandonado su afabilidad benevolente y la había cambiado por la causticidad de un tacaño. ¿Cuándo había dejado de ser la persona que irradiaba seguridad y confianza, el amante de su arte al que le habría confiado de buena gana la vida? «Es mi carcelero», pensó.

—Solo hablas de dinero —le soltó de repente. Después de la actuación, su voz sonó ronca—. ¿Tampoco te interesa saber cómo estoy?

Meneghini le devolvió la mirada con cara de incomprensión.

—¿Por qué iba a hablarte de eso? Ya veo que estás espléndida.

—¿Y esto qué es? —Maria levantó del tocador el grueso programa de mano y se lo tiró. Cayó al suelo con un leve ruido y allí se quedó.

—Un folleto que cuesta dos mil francos —contestó sorprendido.

—He leído que hoy cantaba Maria Meneghini Callas. ¿Quién es? ¡Nadie conoce a Maria Meneghini!

Battista meneó la cabeza, desconcertado, y se agachó para recoger el programa. En esa postura, el frac no le hacía muy buen tipo.

—Pues claro que te conoce todo el mundo —le aseguró mientras se levantaba—. ¿Cómo se te ocurre dudar de tu fama?

—«La Callas» es un concepto. Maria Meneghini, ¡no!

—*Ecco* —murmuró él, utilizando la palabra italiana que significaba tantas cosas que con ella podía decirlo todo y nada.

Maria supuso que era su forma de confirmarle que al menos había entendido por qué estaba furiosa. Guardó silencio y esperó una respuesta detallada. Pero su marido se limitó a mirarla sin decir nada.

—¿Quieres ponerme un nuevo pseudónimo? —le preguntó en tono cortante cuando no soportó más el silencio.

—Eres mi mujer —contestó sin más.

—Pero no me llamo Maria Meneghini. ¡Soy Maria Callas!

El hombre suspiró, sopesó el programa con las manos, lo miró un instante y luego volvió la vista hacia ella.

—Pensé que, ya que estamos en Francia, estaría bien que llevaras el apellido de tu marido, como la mayoría de las francesas.

—¡Qué tontería! En este país muchas mujeres utilizan de forma habitual el apellido del marido, pero legalmente conservan el suyo propio después de la boda. —En el descanso, Maria le había preguntado por esas costumbres a la maquilladora mientras esta le empolvaba la nariz, le recolocaba las pestañas postizas, le retocaba los labios… y Meneghini no estaba cerca. Levantó un poco la voz al añadir—: No había ningún motivo para esa arbitrariedad, Battista.

—¿Desde cuándo te interesan esos detalles? —replicó él, demostrando con ello que solo había seguido sus propias ideas, fuera cual fuera el objetivo del cambio de nombre—. Hasta ahora todo ha transcurrido a tu entera satisfacción, *ma prima donna*. Después de esta noche, habrás alcanzado definitivamente la cumbre. ¡Qué más da un apellido!

La miró con afabilidad y cariño, como hacía antes. Pero ella se preguntó si solo trataba de calmarla.

—La Callas es la *diva assoluta* —masculló—. Ni la Meneghini ni la Meneghini Callas. Toma nota. Y que sea la última vez.

6

París
Agosto de 1968

—*Madame*...

La voz, apenas comprensible y extrañamente sorda, le llegó como a través de una niebla espesa. No consiguió distinguir si era de hombre o de mujer. En realidad, no podía especular. Ni pensar. Ni oír bien. Se sentía atrapada en un sueño que parecía arrastrarla hacia un profundo remolino, como si tuviera la cabeza debajo del agua.

Se sentía como Ulises intentando navegar entre Escila y Caribdis. Los barcos que caían en los remolinos que provocaban los dos monstruos marinos estaban perdidos. Ni siquiera Poseidón podía ayudar a los tripulantes...

«Estoy perdida como los compañeros de viaje de Ulises», pensó.

Qué extraño. De pronto recordó que Ulises había sobrevivido al encuentro con Escila y Caribdis en su odisea. ¿Acaso no se había aferrado a una higuera para escapar de la muerte?

—*Madame*...

Se notaba el cuerpo paralizado. No podía moverse. Lo intentó y comprobó que ni siquiera la obedecían los músculos de la cara. Las cuerdas vocales también le fallaron, tenía la lengua pastosa. No podía hablar.

—Dios mío, *madame*...

El agua que le cubría la cabeza se hizo menos profunda. Consiguió reconocer vagamente la voz nerviosa de una mujer. Sabía que la conocía, pero no consiguió identificarla.

—*Madame*... ¡Dios mío! ¡Maria! ¡Despierte!

¿Por qué iba a hacerlo? Ella no tenía una higuera cerca a la que aferrarse.

7

Nueva York
Julio de 1929

—¡Mary! ¡Despierta!

La voz de su madre sonó chillona. Era obvio que estaba impaciente. Solía estarlo. Desde que Mary había espiado una conversación de sus padres y se había enterado de que en realidad habrían querido tener un hijo, creía entender por qué su madre la trataba con más severidad y firmeza que a su hermana Iacinthy. Había sido una decepción para ella desde el principio, desde que nació. No era un nuevo Vassilios, alguien que pudiera compensar a su madre por la muerte prematura de un hijo de tres años. Por si eso no bastaba, al cumplir los seis quedó patente que el físico de la pequeña Mary quedaría muy por detrás del de la hija mayor de Evangelia y George Kalogeropoulos, con la que se llevaba seis años. Era corpulenta, gorda y morena como su padre, y nunca tendría la elegancia de los parientes de su madre. Lo último lo sabía solo de oídas. La familia Dimitriadis vivía en Atenas, una urbe que a Mary le parecía tan increíblemente hermosa como la ciudad Esmeralda de *El mago de Oz* y tan lejana como la Luna. Casi tanto como Florida, donde había pasado unas vacaciones maravillosas con su madre y su hermana.

Se alojaron en casa de una prima que vivía en una villa en Tarpon Springs. Iacinthy le contó que esa localidad de la costa del golfo de México era el hogar de los pescadores de esponjas, emigrantes griegos como su familia, pero originarios de las islas del Egeo, donde se comerciaba con esponjas de mar desde la antigüedad. Los buceadores la impresionaron, pero el paisaje, la playa pedregosa bordeada de palmeras y las olas, que rompían incesantemente en la orilla, la fascinaron por completo. La madre no la vigilaba ni la controlaba todo el día como en Nueva York, de manera que pudo jugar con otros niños. Mary fue feliz. De vuelta al barrio donde su padre acababa de abrir su propia farmacia, conocido como la Cocina del Infierno, solo pudo volver a contar con Iacinthy, la hermana a la que quería más que a nada en el mundo.

—Tengo que decirles la verdad, señor y señora Kalogeropoulos —oyó decir Maria a una voz desconocida—. Si su hija no recupera pronto la consciencia, no podremos hacer nada más por ella. Doce días después del accidente, mis recursos como médico son limitados.

Mary comenzó a darse cuenta de que había ocurrido algo grave. ¿Su madre gritaba porque estaba preocupada? ¿Por ella, por Maria Anna Sofía Cecilia, la hija pequeña a la que todos llamaban Mary?

Recordó que había pedido a sus padres ir a buscar a Iacinthy al colegio. Acababa de memorizar una rima nueva en la guardería y quería recitársela de inmediato. Su hermana mayor le leía muchas veces en voz alta y ella, gracias a su agilidad mental, se aprendía rápidamente de memoria los poemas o las letras de las canciones. Iba por la acera de la mano de sus padres y... vio a Iacinthy al otro lado de la calle.

Tenía la imagen grabada en la memoria como si fuera una fotografía que no se puede cambiar de sitio. Como las de la boda de sus padres y de su pasado en Grecia, que colgaban en su dormitorio al lado de las coronas del enlace y de un icono. Mary no podía tocar los marcos para que no se movieran o se cayeran. La madre siempre temía por sus recuerdos… Y ahora también por ella, su hija pequeña. Eso era muy poco habitual, pero le provocaba una sensación agradable. Lástima que ella no supiera por qué su madre estaba tan preocupada.

—¡Hija! —gritó su madre—. ¡Despierta de una vez!

Quiso decirle que no dormía. Intentó mover la mandíbula, pero el dolor aquejó todo su cuerpo, desde la cabeza hasta las extremidades, incluidas las puntas de los dedos de los pies. De repente, le dolió todo.

—¡Mary! —Evangelia gritó más alto.

—¡Por favor, señora Kalogeropoulos! —la amonestó el desconocido, y a Mary la impresionó que alguien se atreviera a replicar a su enérgica madre—. Comprendo su nerviosismo, pero está en un hospital. Tengo que pedirle que se modere. Además, no la ayudará gritándole así.

—Callas —intervino finalmente el padre—. Señora Callas, no Kalogeropoulos. —Evangelia chasqueó la lengua, pero George siguió hablando, imperturbable—: He simplificado nuestro apellido griego. Según lo previsto en una nueva ley. De ahí el cambio. Ahora, nuestra hija se llama Maria Callas.

Un apellido nuevo. Era emocionante. Si se llamaba como una auténtica americana, quizá no la educarían con tanta severidad, siguiendo las normas griegas, y podría moverse con libertad, igual que las niñas de origen estadounidense a las que envidiaba en lo más profundo. El nuevo apellido sonaba raro, pero se acostumbraría.

Maria Callas.

Mary abrió los ojos de golpe.

8

París
Agosto de 1968

SE OÍAN UNOS pitidos desagradables, por mucho que siguieran un ritmo regular; como un metrónomo, pero más agudos. El sonido no encajaba en el sueño que la tenía atrapada, aunque sabía a la perfección que el recuerdo de su ingreso en el Hospital Saint Elizabeth de Nueva York pertenecía a un pasado lejano. Aun así, se veía en una gran cama de hospital, cuidada por monjas y un médico afable que la llamaba *Lucky Mary*. Su madre le había contado, un poco en tono de reproche, que había estado inconsciente doce días. ¿Cómo podía haberle hecho algo así? Evangelia se había preocupado de verdad, pero probablemente más por ella que por su hija. Al pensar en el accidente que había estado a punto de costarle la vida a los cinco años y medio, Maria supuso que su madre solo consideró un fastidio que su hija pequeña le soltara la mano para correr al encuentro de su hermana, al otro lado de la calle. El coche que circulaba a toda velocidad no la vio. Quizá ella tampoco calculó bien la velocidad, cosas de niños. No lo sabía. Solo conocía esa parte de su historia por lo que le habían contado, ella solo recordaba que echó a correr.

Pero hoy… ¿Qué significaba «hoy»? En el estado de semiinconsciencia en que se encontraba no consiguió catalogar la palabra. No tenía la menor idea de lo que en realidad significaba «hoy», era incapaz de determinar qué día de la semana era ni la fecha aproximada. El ruido poco melódico no la ayudaba. El ritmo de los pitidos no encajaba en las grandes arias; al menos ella no recordaba haber cantado nunca una ópera en la que aquel sonido tuviera un papel. Poco a poco fue consciente de que hacía mucho que no subía a un escenario. ¿Cuánto tiempo había pasado desde entonces? Si lo recordaba, era probable que aclarara el significado de «hoy».

El sueño se desvaneció despacio. No obstante, Maria deseó poder seguir durmiendo. Estaba muy cansada. Acababa de advertir que la cama era muy estrecha y no especialmente cómoda, pero lo soportaría.

Al cabo de unos instantes, un poco más despierta, le extrañó estar en aquel lugar. Tocó las sábanas con cautela, deslizando la mano por encima, y constató que eran de calidad, pero no tanto como la ropa de cama a la que estaba acostumbrada. De repente, la cuestión de qué día era dejó de ser decisiva, lo que importaba sobre todo era dónde diantre se encontraba. Siguió palpando la tela de algodón, un poco áspera.

—Por fin —suspiró una voz masculina en inglés.

Curiosamente, en ese momento cayó en la cuenta de que hacía poco que había viajado a París. ¿Por qué oía palabras en inglés y no en francés? ¿Volvía a ser la niña pequeña que yacía en la clínica de Manhattan? Sin embargo, notaba con claridad que se encontraba en el cuerpo de una mujer adulta. ¿Había perdido el juicio?

Levantó la vista asustada.

Unos ojos la miraban con cariño desde una cabeza calva; pertenecían a su amigo Larry Kelly. Reconoció al empresario enseguida. Pero ¿no tenía que estar en Roma? ¿Acaso estaban los dos en Italia?

—Bienvenida a la vida.

La somnolencia la hacía sentir deprimida. Además, notaba un martilleo doloroso en las sienes y le entraron náuseas. Alargó la mano hacia Larry, pero le costó porque le habían conectado el tubo de un gotero en el brazo.

—¿Dónde estoy? —Tenía la garganta áspera y las palabras le rascaron al murmurarlas.

—Tu asistenta y tu mayordomo te han traído al American Hospital. Gracias a Dios, te encontraron a tiempo. Actuaron con inteligencia e hicieron muy bien los trámites. Tu ingreso aquí no levantará revuelo, te tratarán con la máxima discreción.

«O sea que estoy en París», concluyó Maria.

—¿He tenido un accidente? —preguntó con una voz extraña y ronca, todavía bajo el influjo del sueño que aún no había desaparecido de su consciencia.

—Es una manera de decirlo. —Larry le estrechó la mano con ternura—. Te has tomado unas cuantas pastillas de más.

—Ah, me pasa muchas veces —replicó sin pensarlo mucho.

Al fin y al cabo, tomaba medicamentos de forma continua y no siempre prestaba una atención meticulosa a las dosis. Pero hasta entonces no había tenido ningún problema. Es decir... Unos años atrás se había visto en apuros por lo mismo. Había tomado demasiados somníferos por error y al final Aristo había pasado toda la noche caminando con ella por la casa, sosteniéndola y encargándose de que no se durmiera, de que se moviera. Con eso le salvó la vida.

—¿Dónde está Aristo?

—Voy a llamar a la enfermera —contestó Larry.

Intentó soltarse de su mano, pero Maria lo retuvo. Ella misma se sorprendió de ser capaz de movilizar tantas fuerzas.

—¿Sabe que estoy en el hospital?

—No, Maria. No lo sabe. En cualquier caso, nadie lo ha avisado y hasta ahora ha sido posible evitar que la prensa se entere de tu... accidente.

Larry recurrió a la ayuda de su otra mano para soltarse de Maria. Se levantó del sencillo taburete en el que se había sentado y llamó a la enfermera. A su espalda, ella distinguió ventanales en vez de paredes, y también puertas abiertas; a la derecha de la cama había un biombo de lino blanco. Vio sombras que se deslizaban con agilidad al otro lado de los cristales, en otra habitación también en penumbra. Aunque la atmósfera recordaba a las oficinas de una empresa de seguros, saltaba a la vista que se encontraba en cuidados intensivos. Al parecer, la cosa era grave. ¡Y Aristo no lo sabía!

«Cree que a Aristo no le importa lo que me pase —pensó mientras observaba a su viejo amigo—. Pero se equivoca.»

—Propongo que se lo comuniques lo antes posible —dijo con voz ronca—. Por si se filtra algo a la prensa. Tiene que saber de primera mano lo que me ha ocurrido. No quiero que se preocupe.

«Quiero que se preocupe y venga corriendo a mi cama», pensó.

La respuesta de Larry quedó en suspenso porque apareció en escena una enfermera de la misma edad que Maria. Llevaba un uniforme blanco almidonado y los rizos de color castaño oscuro que se enrollaban por debajo de su cofia estaban trufados de mechones grises.

—*Madame* Callas —dijo con la voz amable pero un poco autoritaria de una gobernanta—, me alegro de que vuelva a estar con nosotros. —Le tomó el pulso—. Voy a buscar al doctor para que la examine —añadió antes de desaparecer.

—Cuando venga el médico, me iré. —Larry se inclinó para darle un beso fugaz en la mejilla—. Volveré mañana, te lo prometo. No me perdonaré nunca haber dejado que volaras sola a París.

Era un detalle, pero la amabilidad de Larry no le interesaba en ese momento.

—Avisa a Onassis, por favor —le rogó—. Aristo…

—Maria… Mary… —Larry titubeó, luego habló en voz tan baja que ella tuvo que esforzarse para entender sus palabras—. Yo me ocupo —dijo, y el tono de voz débil y la vaguedad de lo formulado permitieron suponer que no lo haría.

Estaba demasiado cansada para insistir. No obstante, la certeza de que había sido un error dejar a Aristo era como una daga clavada en el corazón. Retenía la escena con mucha claridad en la mente: había abandonado a Onassis, igual que había abandonado a Meneghini en su momento. La diva se había ido. Pero ¿cómo podría seguir viviendo si había perdido a su gran amor? ¿Cómo superaría los días que pasaran sin que Aristo diera señales de vida y le rogara que volviera?

Larry pareció leerle el pensamiento.

—Lo he estado pensando y creo que… —empezó a decir, pero no pudo continuar porque en ese momento entraron dos médicos, la enfermera y una auxiliar.

—*Madame* Callas, me alegro de que vuelva a estar con nosotros. —El médico de más edad, que Maria supuso que era el jefe, repitió las palabras de la enfermera—. Señor Kelly, ¿sería tan amable de salir?

Larry asintió y le tocó el hombro a Maria, con suavidad y cierta impotencia, como si no pudiera separarse de ella.

—Cuando salgas del hospital, nos iremos a Nueva York.

—¿Qué? —exclamó, y aunque le costó un gran esfuerzo, abrió mucho los ojos.

—He hablado por teléfono con Mary Mead, tu amiga de Dallas. Ella también considera que lo mejor para ti es que viajes a América para distanciarte un poco. Te apoyaremos todos, Maria. Además, tiene sentido que prepares allí las actuaciones de las que hablamos hace poco.

Casi se había olvidado de la gira por Estados Unidos. La aguja del gotero le pinchó la vena como si quisiera señalarle su debilidad física. Era imposible que pudiera hacer una actuación, por no hablar de una gira entera. *Lucky Mary*. El nombre sonaba tan falso ahora como antes. No era una Maria con suerte.

—No sé si me conviene un vuelo transoceánico —murmuró.

Larry señaló al médico.

—El doctor decidirá lo que es mejor para tu salud, y luego ya veremos. Volveré mañana —dijo, y salió de espaldas por la puerta abierta con una sonrisa optimista en los labios.

En esos momentos, un viaje a América le pareció una versión moderna de la odisea de Ulises. Ni siquiera la idea de subir a los escenarios conseguía animarla. En realidad, solo quería irse a casa y dormir. Y esperar el regreso de Aristo, como Penélope, la mujer de Ulises, que esperó durante diez años a su querido esposo en el mismo sitio. Casi tanto tiempo como había durado su relación con el armador.

9

Londres
Mediados de junio de 1959

MARIA CONSTATÓ, DE manera objetiva, que no era tan difícil enviarle un mensaje sin que su marido o alguna persona del séquito que la acompañaba se enteraran. No hacía falta sobornar a un empleado del Hotel Savoy ni buscar un confidente entre el personal del Covent Garden. Bastaba con enviarle una nota escrita en griego. De forma oficial.

Sin embargo, observándolo con ojos de mujer, concluyó que Onassis podría haberse esforzado un poco más. Un botones le llevó a la *suite* un enorme ramo de rosas de color rosa, propias de una antigua especie sumamente exuberante. Cuando Meneghini le preguntó de quién eran las flores, Maria contestó la verdad, aunque un poco malhumorada.

—De Aristóteles y Tina Onassis.

No le contó que solo ella podía descifrar el texto de la tarjeta que las acompañaba. Aristo se había preocupado por la discreción, pero la vanidad de la artista reclamaba a toda costa un esfuerzo mayor.

—Esos dos se están poniendo pesados —afirmó Meneghini—. A pesar de todo su dinero, Onassis no conseguirá nunca brillar tanto como tú ni acaparar la atención que tú recibes por tus actuaciones. Por eso busca nuestra compañía. Sus llamadas e invitaciones constantes para que hagamos un crucero en su yate solo se pueden calificar de obstinación; empiezan a ser un incordio.

Aunque no le gustaba admitirlo, Maria tuvo que darle la razón. En diciembre, cuando volvieron a verse al finalizar la gala de París, Aristóteles y Tina Onassis reiteraron la invitación, pero el jaleo general que hubo esa noche le impidió darles una respuesta. Todo el mundo quería felicitarla por su magnífica actuación, todos los honorables invitados parecían buscar su compañía, intercambiar unas palabras con ella y saborear un momento las mieles del triunfo de la diva. No quedó tiempo para mantener una larga charla con Onassis. Lo mismo ocurrió en el baile de Venecia que había organizado la hija del director de orquesta Arturo Toscanini, a la que también acudió el millonario. Al cabo de unas semanas, el teléfono de Maria sonó una mañana soleada de primavera en su despacho de la villa de Sirmione.

—Llamo desde Montecarlo —dijo Onassis con su voz profunda y porfiada—. Estaba planeando las vacaciones con Tina. Nos gustaría que nos acompañaran en un crucero por las islas griegas y la costa de Turquía. Será fantástico, ya lo verá.

La sorprendió en un mal momento. Evidentemente, él no podía saberlo, pero Maria no quiso ocultarle que le molestaba. Estaba estudiando el libreto de *Medea*, de Luigi Cherubini, y el papel le exigía una concentración absoluta y mucho tiempo de preparación, aunque llevara seis años interpretándolo y cantándolo en los escenarios. Supuso que, si su asistenta le había pasado la llamada en esa fase de trabajo, había sido por la voz autoritaria del hombre más rico del mundo.

«A mí no —pensó enfadada—. A mí no puedes tratarme como si fuera un títere.»

—No tengo la cabeza para pensar en un viaje en barco —contestó no muy amablemente—. Pronto tendré que ir a Londres para cumplir un contrato importante. —Fue decirlo y recordar los titulares que la prensa británica había publicado hacía dos años.

Hasta entonces había conseguido reprimir el recuerdo, pero en aquel instante también le acudió a la cabeza la imagen de su primer encuentro con Aristóteles Onassis en el baile de Elsa Maxwell en Venecia. Pensar en lo primero fue tan doloroso como agradable era recordar la sensación de bienestar en compañía de Onassis.

Titubeó un momento y luego insistió, aunque con voz más suave.

—No estoy en condiciones de hacer planes para un crucero.

—¿Dónde va a actuar en Londres? —preguntó el armador.

—En el Covent Garden. Voy a interpretar a Medea.

Seguro que él no había oído hablar nunca de esa ópera, ya que dudó un poco antes de contestar.

—Compraré entradas y organizaré una recepción en su honor en el Hotel Dorchester para después de la representación. Confío en que podremos contar con su presencia.

La pilló de sorpresa.

—Sí, claro... Seguramente... Quiero decir que... Sí, ahí estaré.

—En tal caso, espero su respuesta en Londres —contestó y colgó sin decir nada más. Por el tono de voz, Maria notó que sonreía.

La diva se quedó mirando fijamente el auricular. ¿A qué respuesta se refería? Acababa de dar su visto bueno a la fiesta del día del estreno. Tardó unos instantes en darse cuenta de que se refería a la invitación a un crucero.

CUATRO SEMANAS DESPUÉS, al mirar la tarjeta que tenía en la mano en el Hotel Savoy, no le hizo falta especular:

Me debe una respuesta.
¿Cuándo me la dará?

Durante un momento mágico, se sintió halagada. Pero el instante siguiente fue de desilusión. ¿Qué esperaba Onassis de un *tête-a-tête*? La pregunta no parecía expresar otra cosa. ¿Era igual de insistente con todo? ¿Buscaba su amistad o recrearse con su fama? ¿Acaso solo la admiraba por su arte, como tantos otros?

Le ardieron las mejillas al ser consciente de que acababa de creer que habría algo más. Qué tonta. Casi ridícula. Onassis estaba casado, y con una mujer joven y guapa. Elsa Maxwell afirmaba que Tina no se tomaba muy al pie de la letra la fidelidad matrimonial y que a los griegos no les gustaba que les pusieran los cuernos, y Onassis jamás le permitiría una infidelidad. Seguro que prefería encerrarla bajo llave antes que consentir que tuviera un amante.

«Además —reflexionó Maria—, yo también estoy casada.» Se horrorizó al darse cuenta de que no lo había pensado hasta ese momento. Fue como si, al imaginarse coqueteando con Onassis, se hubiera olvidado de su matrimonio.

Rompió la nota rápidamente en pedazos.

DESDE SU LLEGADA al hotel, una jauría de fotógrafos de prensa sitiaba la estrecha calle que conducía al Savoy. A veces, cuando la lluvia de *flashes* era excesiva, Maria se escabullía por la puerta de atrás. Con todo, pocas veces jugaba así al escondite, puesto que solían reconocerla de todos modos y entonces le hacían las fotos en otro sitio, de camino a un ensayo, en un restaurante o de compras en Marks & Spencer o en Selfridges. Aquel día salió a sabiendas por la puerta principal, puesto que allí la esperaba un Rolls-Royce que pertenecía a un miembro de la familia real británica. El torrente de fotografías se inició en cuanto Maria salió por la puerta giratoria.

Llevaba un vestido de viaje de color verde lima y un sombrero de paja de color y ala ancha doblada hacia dentro. El modelo perfecto para pasar un fin de semana soleado en el campo. Por eso posó al lado del coche mientras el chófer la esperaba con paciencia junto a la puerta abierta y Meneghini se abría paso por el otro lado entre la multitud y se sentaba sin ayuda en los asientos traseros. Ella sonrió paciente porque sabía lo importante que era tener buena prensa con las fotografías correspondientes. Las imágenes de una diva encolerizada detrás del escenario que había ofrecido en sus actuaciones, cuando los nervios le fallaban tanto como la voz, siempre le provocaban un vago sentimiento de culpa. Como si aún fuera la niña a la que su madre regañaría. Una cobertura mediática negativa no causaba buena impresión en el público. Lo sabía de sobra.

Sin embargo, ese día brillaba el sol y, aunque era probable que nunca se hubiera sentido guapa de verdad, sabía que tenía muy buen aspecto y le hacía ilusión que el conde de Harewood la hubiera invitado a visitar su residencia familiar en West Yorkshire. De hecho, no debería aceptar aquel tipo de reuniones cuando faltaba tan poco para el estreno de su *Medea* en Londres, pero George Lascelles era con total seguridad el mecenas más importante de la ópera en el Reino Unido... y del fútbol inglés. El sobrino de la reina le gustaba porque era un verdadero experto en el mundo de la ópera, pero también porque se parecía un poco a Gary Cooper. Además, era inteligente y encantador, y estaba casado con una magnífica pianista. Maria subió al coche que le había enviado el conde, con la perspectiva de pasar allí un par de días.

—¿Hay algo más aburrido que un fin de semana en el campo inglés? —comentó Meneghini cuando el Rolls-Royce arrancó—. Se hablará sobre todo de caballos y perros, del jardín y de la mala comida... Y yo no puedo intervenir en esos temas de conversación.

El lamento de su marido la irritó. Le estropeaba la ilusión que le hacía pasar el fin de semana en West Yorkshire. Además, era el preludio de una discusión que ya habían mantenido infinidad de veces por otros asuntos. Palpó en busca de las gafas, se las puso y le dirigió una mirada penetrante a Meneghini.

—No creo que George Lascelles hable solo de clichés. Fue director de la Royal Opera House, como bien sabes, y ha escrito una notable guía sobre la ópera.

Su marido siguió en sus trece con los prejuicios.

—El italiano es el idioma internacional de la ópera, pero seguro que el resto de invitados de *lord* Harewood solo hablan inglés.

—Podrías haber aprendido idiomas —le replicó enervada.

Maria se inclinó hacia delante y miró ostensiblemente por la ventanilla. El coche circulaba por el Victoria Embankment, el terraplén a orillas del Támesis, de manera que la diva disfrutó de unas vistas espléndidas al río esa mañana radiante de sábado. Justo cuando empezaba a relajarse un poco, Meneghini empezó a quejarse de nuevo.

—¿Cómo quieres que me encargue de tus actuaciones si no puedo hablar con la gente?

—Si no estás capacitado para ser mi mánager —dijo volviendo la cabeza hacia él y con una chispa de rabia en los ojos—, ¡déjalo!

—Después de todo lo que he hecho por ti, eso no ha sido muy amable por tu parte —gruñó él desviando la mirada.

A lo lejos apareció el famoso reloj de la torre del Big Ben. Maria supo a ciencia cierta que Meneghini no había contemplado con admiración el histórico edificio de camino al aeropuerto.

AL LLEGAR A Heathrow, se sorprendió al darse cuenta de que el chófer no los llevaba a la zona de salas VIP que conocía, sino que se dirigía a un hangar alejado de las terminales.

—El señor Onassis ha dispuesto su avión privado para llevarlos a Leeds.

—¡Oh! —En los labios de Maria se dibujó una pequeña sonrisa. Al parecer, el armador se esforzaba por impresionarla—. ¿Volará el señor Onassis con nosotros?

—No, *madame*. Según me han informado, a bordo solo viajarán usted y el señor Meneghini.

Se le borró la sonrisa. El vuelo habría sido mucho más entretenido con Ari Onassis que con su marido, que no había intercambiado una sola palabra con ella desde la discusión. Sin embargo, acto seguido comprendió que quizá el empresario la esperaba en casa de los Harewood. Le habría gustado preguntarle al chófer si tenía información sobre quiénes eran los demás invitados, pero prefirió guardarse la pregunta.

LA RESIDENCIA DE los Harewood era un edificio impresionante de piedra arenisca clara, con un portal soportado por columnas y rodeado de césped inglés, que parecía cortado con tijeras de uñas por los jardineros y regado con pintura verde brillante. El césped desembocaba en una elegante plantación de boj y hayas que se perdía en un paisaje de colinas sobre el que se extendía un cielo estival de color azul celeste. Si no lo hubiera visto con sus propios ojos, Maria habría pensado que era la imagen de una postal paisajística retocada.

Meneghini se alzó el cuello de la gabardina.

—Hace mucho aire. El viento frío del norte de Inglaterra no es para nosotros. Tienes que cuidarte, Maria, no puedes resfriarte.

La diva meneó la cabeza sin ser consciente de ello. La brisa le pareció más suave que fría y le resultaba agradable. La amplitud del terreno le transmitió una sensación de libertad que solo sentía en el mar.

—Tú puedes descansar si quieres, a mí me apetece dar un paseo.

—¡Maria Callas! —George Lascelles bajaba por la escalinata con los brazos abiertos. Lo seguía su mujer, Marion, una austríaca de pelo castaño muy atractiva—. ¡Qué alegría poder saludarla como invitada de honor!

Maria se metió de inmediato en el papel de diva. Del mismo modo que en los escenarios daba un toque especial a sus papeles gracias a su talento para la interpretación, en ese momento actuó como una invitada elegante y cosmopolita. Disimuló su timidez, entró en la casa levitando entre los anfitriones, pidió que le enseñaran el mobiliario y la galería de pinturas... Y apenas vio nada porque se había quitado las gafas. El dueño de la casa la entretuvo contándole la historia de la finca, que se remontaba al siglo xviii, y de los condes de Harewood, que habían encargado los muebles al ebanista Thomas Chippendale, cuyas piezas eran en aquel momento únicas. Ella escuchó las explicaciones con interés y también hizo preguntas interesantes cuando tocaba, pero se guardó para sí lo que realmente quería saber. Ni siquiera preguntó por el matrimonio Onassis cuando Marion Stein Lascelles empezó a hablar de los otros invitados, que se habían reunido en el jardín para jugar al tenis o a la petanca. En vez de eso, se prometió reunirse con los demás en cuanto se hubiera refrescado un poco.

—Te conviene descansar —le advirtió Meneghini después de instalarse en dos dormitorios unidos por una discreta puerta y de que el personal se retirara. Maria le había pedido a la criada que se disponía a deshacer su equipaje que volviera más tarde.

Dejó el sombrero encima de la cama con dosel, que estaba cubierta con una colcha de brocado y terciopelo.

—Te he dicho que me apetecía dar un paseo —masculló.

Se acercaría a las pistas de tenis y petanca solo para averiguar quiénes eran los demás invitados. No pensaba jugar. Pero no se lo diría a su marido porque le molestaba tener que justificarse por querer estirar las piernas después del viaje.

—Recuerda que tienes que estar en condiciones óptimas el día de la actuación —contestó Meneghini hablando en un tono más propio de un mánager pendiente de los problemas que de un marido cariñoso—. No puedes permitirte otra cancelación. Podría provocar disturbios. La gente hacía cola en la Royal Opera House tres días antes de que las entradas se pusieran a la venta y se agotaron en tres horas. Le debes tu presencia al público.

—Tengo la sensación de que crees que estoy en deuda contigo —replicó Maria—. Si estás cansado, descansa. Yo estoy muy despierta y quiero ir al parque... Sola —añadió con cautela, por si Meneghini pretendía acompañarla.

El hombre dudó.

—No me parece bien que prestes tan poca atención a tu salud.

—¿Ahora también vas a erigirte como mi tutor? —Puesto que la pregunta era retórica, añadió de inmediato—: Sé mejor que nadie lo que me conviene.

—Eso espero —refunfuñó su marido, pero se retiró. La puerta se cerró provocando un ruido sordo.

Maria lanzó un profundo suspiro. Entonces se dio cuenta de que había estado aguantando la respiración.

Se cambió de ropa en un santiamén, como si temiera que Meneghini volviera a aparecer para impedirle dar el paseo previsto. No quería perder tiempo recogiéndose el pelo y se ató un chal de seda a la cabeza que, como pudo comprobar al mirarse en el espejo, le quedaba de maravilla. La falda ancha del vestido veraniego de color amarillo limón ondeó ligeramente alrededor de sus piernas como un símbolo de la libertad por la que acababa de luchar, aunque era probable que no durara mucho. Se echó una rebeca sobre los hombros, se calzó unos zapatos cómodos y salió de la habitación.

En la terraza se encontró con Randolph Churchill, el hijo del antiguo primer ministro británico. Churchill junior tenía un vaso en la mano, seguramente lleno de whisky, que no parecía ser el primero del día. Al verla, se levantó de la butaca de mimbre desde la que contemplaba con comodidad el jardín.

—¡Maria Callas, la Divina! Su visita a esta humilde morada es todo un honor. Lascelles ha invitado a un montón de vecinos y son tan aburridos como solo pueden serlo los miembros de la nobleza rural británica. Me siento honrado de ver a una persona tan especial como usted. —Se tambaleó un poco al hacerle una reverencia.

Maria conocía su lengua afilada y se abstuvo de preguntarle lo que más le urgía saber.

—¿Dónde están los demás? —preguntó con voz tranquila.

Churchill junior movió la mano con tanto ímpetu que se le derramó un poco de bebida por el borde del vaso.

—En algún lugar del parque. Consagrados a fortalecer el cuerpo y el espíritu. Jugando al tenis o a la petanca. Siga los golpes sordos de las pelotas de tenis o los choques de las bolas de hierro y los encontrará. —Se dejó caer en la butaca y estiró las piernas como si se hubiera fatigado más de la cuenta al hablar. Acercó otra butaca de mimbre con el pie—. ¿No quiere sentarse conmigo?

—Después lo haré con mucho gusto —le aseguró Maria con amabilidad, aunque nada más lejos de su intención que pasar el tiempo con un borracho cínico—, pero ahora me apetece pasear un poco.

El hombre asintió. Al parecer, había perdido el interés por ella, puesto que volvió a concentrarse en el whisky con los párpados medio caídos.

Maria se alejó de los arriates de flores con elementos barrocos situados al pie de la escalinata y paseó lentamente por una avenida que conducía al típico jardín inglés, con césped, arbustos y muretes. Bajo la sombra de las hayas tuvo frío y se ciñó la rebeca a los hombros. Las indicaciones de Randolph Churchill eran acertadas: oyó a lo lejos el típico ruido sordo de un saque de tenis y, al poco y algo más cerca, el golpe de una bola de petanca y gritos entusiastas seguidos de un murmullo de admiración. Decidió tomar el camino de arena que conducía a los jugadores de petanca. Le gustaba ese juego, su característica calma y la precisión. Por desgracia, era demasiado famosa para unirse a los jugadores de petanca de Sirmione; su presencia siempre provocaba revuelo y un ambiente tenso. Pero allí, con los amigos del conde de Harewood, las cosas eran algo distintas: si bien la observaban como a una celebridad, eran demasiado conscientes de la posición social que ocupaban para que su presencia los intimidara.

Maria pasó las horas siguientes en un ambiente relajado, con media docena de nobles rurales británicos que no le parecieron ni mucho menos tan aburridos como le habían vaticinado el hijo del antiguo primer ministro o su propio marido. Tiró bolas, observó cómo jugaban al tenis, se rio y se divirtió de lo lindo. Tina y Aristóteles Onassis no se encontraban entre sus nuevos conocidos, pero se enteró de que por la noche llegarían más invitados. No le dieron nombres y la atmósfera alegre y distendida consiguió que al fin se olvidara de la curiosidad que mantenía en silencio. Aquella tarde soleada y clara, en la que un viento suave hacía ondear los extremos de su chal y el dobladillo de su vestido veraniego, la embargó una sensación de libertad poco habitual.

Cuando volvió a la *suite*, la puerta que separaba su dormitorio del de Meneghini estaba abierta. Observó un momento en silencio a su marido, que, sentado al secreter, escribía notas. Era bajo y rechoncho, cualquier cosa menos guapo, veintisiete años mayor que ella, y no parecía encajar ni en el círculo cosmopolita del nieto de la reina María de Inglaterra ni al lado de una estrella internacional. Había vivido en Verona con su madre hasta que se casó con Maria, un empresario de la construcción muy trabajador y apasionado por la ópera. No era una belleza, pero tampoco un casanova, y era lo mejor que, hasta aquella fecha, ella había conocido.

Pensó que quizá ahora no se casaría con él, pero Meneghini había puesto los escenarios a sus pies y le había brindado seguridad justo cuando lo que más necesitaba eran esas dos cosas. No tenía que poner en duda su matrimonio solo porque a él no le hiciera gracia que ella necesitara un poco de diversión y distracciones normales, como hacer deporte y bailar. Aquel tipo de desavenencias se daban en todas las relaciones. Forzó una sonrisa y llamó al marco de la puerta.

Meneghini levantó la vista.

—Eres tú. ¿Has pasado un buen día?

—Sí. Ojalá hubieras venido conmigo, habrías visto el parque.

—Lo siento. Estaba cansado. Además, no aguanto bien este clima —dijo y tosió intencionadamente.

Maria se apoyó en la pared y pasó por alto sus reparos.

—¿Sabes? He estado pensando que debería pasar más tiempo en la naturaleza. Me siento agotada con tantos compromisos y me gustaría disfrutar un poco más de la tranquilidad. Ahora me doy cuenta de lo bien que me sienta pasar unas horas de recreo en un entorno tan bonito.

—Quítatelo de la cabeza. Tienes que seguir actuando —replicó Meneghini, que no parecía muy interesado en las necesidades de su mujer—. Tienes que ganar dinero para mantener tu estilo de vida.

—Bah, he ganado tanto en el pasado que…

—No queda nada —la interrumpió.

—¿Cómo dices?

—Se ha acabado —repitió él con voz seria.

Maria tuvo la sensación de que el suelo se hundía a sus pies. Se irguió y se sujetó con la mano al marco de la puerta. El peso de una tormenta de verano se cernió sobre su estado de ánimo.

—¿Qué quieres decir?

—Bueno, había que devolver los préstamos que pedí para promocionar tu carrera. Cuando aún no ganabas suficiente dinero, los gastos eran enormes. Y había que financiarlos de alguna manera, ¿no?

En su cabeza apareció la niña que no tenía juguetes porque su padre siempre pasaba apuros económicos y no podía comprar nada para satisfacer las necesidades de su pequeña. Desde que la madre se dio cuenta de que su hija menor tenía talento, no le vio ningún sentido a no exhibir a la niña prodigio. Hizo todo lo posible por convertirla en una máquina de cantar que tenía que estar siempre disponible para demostrar su talento. Esa presión todavía continuaba. Ahora era su propio marido el que no le concedía su deseo de tranquilidad, solo para que cantara y cantara y cantara toda la vida.

Si hasta entonces había mantenido la calma en cierta medida, en ese momento perdió la compostura.

—No puede ser verdad. ¿Dónde está mi dinero? ¿Dónde han ido a parar los pagos de mis actuaciones?

—A mi cuenta, claro, como habíamos quedado. —Meneghini suspiró con cara de pena, pero también de desconcierto—. Acordamos que yo me ocuparía de la parte económica de tu trabajo. ¡Ese fue el acuerdo, Maria! —El tono de su voz, por lo general afable, sonó de repente extrañamente amenazador. Se había vuelto hacia ella, pero seguía sentado al secreter y la miraba sin pestañear—. Siempre hago lo mejor para ti.

El primer impulso de Maria fue ponerse a gritar. Desahogarse del enfado como solía hacer cuando algo no le cuadraba.

Pero se mordió los labios. De repente comprendió que tenía que obrar con inteligencia y mostrarse prudente. Imaginó que un ángel se le posaba en el hombro y le daba fuerzas para tomar una decisión. En vez de ceder al pánico que empezaba a invadirla y soltarle que en el futuro quería ver sus cuentas, recordó sus próximos compromisos con una frialdad sorprendente. Después de la actuación en Londres tenía que viajar a Ámsterdam, al Festival de Holanda, y luego a Bélgica. Debía ocuparse de que su marido no metiera la mano en sus ingresos. Tenía que ocurrírsele algo para impedir que hiciera lo que quisiera con lo que ella ganaba.

Notó que su silencio ponía nervioso a Meneghini. Golpeteaba la libreta con los dedos. ¿Anotaba allí los gastos y los ingresos? Ella no lo había controlado nunca, ni una sola vez le había preguntado lo que hacía con su dinero. Para ser exactos, incluso creía que su marido había invertido su propio patrimonio en su carrera y su vida en común. Eso había sido en otra época, cuando se conocieron y él se convirtió en su mánager. Jamás había contado con que tuviera que pedir préstamos para financiarlo. La villa de Milán, la casa de Sirmione…, ¿de quién eran? Los pensamientos que le bullían de repente en la cabeza le provocaron vértigo. Sin embargo, no dijo una palabra.

Se apartó de donde estaba y volvió a su habitación. Cerró la puerta sin decir nada más.

En un principio, María había temido que pasar el fin de semana con gente más o menos desconocida sería agotador. Después de la discusión con Meneghini dio las gracias por la continua presencia de otras personas, lo cual impedía que hubiera ocasión de mantener otra conversación desagradable fuera de la *suite*. Se encargó de que el acceso a sus aposentos permaneciera cerrado hasta la hora de la cena. No volvió a ver a su marido hasta que se encontraron en el pasillo para ir juntos al cóctel.

Una de las puertas macizas que había más al fondo se abrió, y una voz masculina y profunda mascuIló un comentario que Maria no entendió. No obstante, se detuvo en el acto, volvió la cabeza y vio que los que salían por la puerta eran... el matrimonio Onassis.

—Ya me extrañaba a mí que esos dos no estuvieran también aquí —murmuró Meneghini a espaldas de su mujer.

La diva miró un instante a su marido y vio que la sonrisa se le helaba en los labios. Meneghini no se lo pasaría ni la mitad de bien de lo que pensaba pasárselo ella en compañía de Onassis... El millonario no permitiría que le diera más largas y reclamaría una respuesta a su invitación.

—*Kalispera* —le deseó Maria en griego con una sonrisa, y luego se dirigió a Tina Onassis en inglés—: Buenas noches.

—Hola —gorjeó Tina, que la abrazó como si fueran muy buenas amigas y le dio besos en las mejillas al estilo francés—. Qué alegría volver a verla.

—Lo mismo digo.

Onassis le besó la mano.

—*Kalispera* —dijo simplemente.

—Tengo que darle las gracias —dijo Maria en tono amigable, aunque se sofocó un poco al percatarse de que Onassis le estrechaba demasiado tiempo la mano. No se dio cuenta de que volvía a hablar en griego y, cuando fue consciente, ya era demasiado tarde para cambiar de idioma con elegancia—: Ha sido muy amable por su parte poner a nuestra disposición su avión privado.

—Espero que hayan tenido un buen vuelo —contestó él con galantería—. Es la forma más cómoda de viajar. Sin contar con un barco, claro.

Ella se soltó la mano.

—Claro —aseguró sonriendo.

Se dirigió despacio hacia la gran escalinata que había a su lado. No volvió la cabeza, pero estaba segura de que Meneghini se sentiría obligado a ofrecerle su brazo a Tina Onassis para seguirlos.

Aristóteles Onassis no pareció preocuparse por el paradero de su esposa. Remarcando sus palabras con gestos animados, le contó a Maria que el avión había regresado a Londres después de dejarlos a ellos para ir a buscarlos, a Tina y a él, y después trasladarlos a Leeds.

—Acabamos de llegar y nos hemos perdido las diversiones deportivas a las que se entrega la gente los fines de semana en el campo, en West Yorkshire. ¿Juega usted al tenis?

—No —contestó Maria—. Tampoco practico la equitación.

—Magnífico. —Onassis sonrió—. Yo tampoco.

Maria se alisó el vestido de noche largo y de color esmeralda antes de bajar las primeras escaleras. Aunque tenía claro que Onassis la cortejaba, no quería tomarse muy en serio sus intentos de conquistarla. La conversación que mantenían incluso le pareció un poco tonta; al fin y al cabo, sus respectivas parejas los seguían. Sin embargo, si prestaba atención a sus adentros, le gustaba cómo la miraba, que aprovechara cualquier ocasión para forzar un roce fortuito, que no dejara de señalarle lo que quería. Después de la libertad que había sentido en el parque de la finca de los Harewood, notar el deseo de otro hombre le pareció la guinda del pastel.

Sin quererlo, en su cabeza apareció la imagen de su marido inclinado sobre una libreta en la que probablemente anotaba cifras, y la idea de sus supuestos problemas económicos amenazó con estropearle el buen humor. Para distraerse, buscó refugio en el mejor tema que se le ocurrió para charlar con Onassis.

—¿Le han dicho que, después de la cena, Benjamin Britten interpretará la última obra que ha compuesto?

—Sí. Por desgracia. No soy muy amigo de la música moderna. Ni siquiera de las grandes sinfonías clásicas.

Entonces recordó que le había contado que no le iba la alta cultura.

—Sin embargo, va a la ópera…

—Solo cuando canta usted —dijo Onassis—. He comprado treinta y tres entradas para su *Medea* en el Covent Garden.

—Es densa —advirtió Maria.

Otra vez aquella sonrisa carismática, llena de encanto.

—Lo sé.

Entretanto habían llegado al pie de la escalera, donde los esperaban los anfitriones con algunos vecinos a los que ella ya había conocido por la tarde. Durante los saludos, la separaron de Onassis, que se reunió con su mujer, y ella buscó de inmediato a Meneghini con la mirada. Como siempre, el hombre permanecía torpemente a su sombra. Maria se esforzó por disimular que estaba enfadada con él, le sonrió una y otra vez, le tradujo algunas conversaciones, le prestó atención y hasta se permitió dar unos mordisquitos a los canapés que servían con el aperitivo. Un gesto íntimo que avivaría los rumores de que el matrimonio de la Callas era feliz. Y eso estaba bien, puesto que era lo que quería dar a entender en público.

Como invitada de honor, Maria se sentó a la mesa con George Lascelles mientras que a Onassis le tocó en el otro extremo, al lado de Marion, de manera que no tuvo ocasión de charlar con él durante la cena como esperaba. De tanto en tanto notaba que una mirada se posaba en ella. Al principio no hizo caso porque creyó que era Meneghini, pero luego se dio cuenta de que el que la miraba era el empresario. En aquellos momentos, el murmullo de voces de los invitados que conversaban a su alrededor se transformaba en una suave música de fondo y Maria pensaba en las flores y los mensajes que le había enviado a lo largo del tiempo. ¿Seguro que al hombre más rico del mundo solo le interesaba adornarse con ella como si fuera un trofeo? Eso afirmaba Meneghini, que añadía que Onassis también presumía de su amistad con Winston Churchill, Margot Fonteyn o Greta Garbo. Pero esa galantería ¿era de verdad tan solo la expresión de un advenedizo que, por el motivo que fuera, buscaba intimar con la mujer más famosa del mundo? ¿O también escondía el deseo de un hombre, griego para más señas, al que Maria le gustaba? Maria, no su voz.

Acababa de decirle que solo iba a la ópera si cantaba ella, y eso era claramente un halago. Aunque, bien pensado, lo que probablemente impresionaba a Onassis era su voz, no ella como mujer. Una lástima.

Volvió a mirar sonriendo a George Lascelles y retomó el hilo de la conversación, que giraba en torno a la próxima temporada de ópera. Maria le habló de los discos que planeaban grabar en septiembre en La Scala, donde cantaría *La Gioconda*. De manera automática recordó que aquella había sido la ópera con la que había debutado en Italia hacía doce años. Al lado del Arena de Verona conoció a Battista Meneghini, que se ganó su corazón, sobre todo por la admiración que él sentía por su voz. Apartó el recuerdo de inmediato al rincón más alejado de la memoria. Al mismo lugar en que acechaba su pesar por el supuesto interés de Onassis por ella.

Marion Stein Lascelles se levantó al fin de la mesa. Mientras las damas se dirigían charlando al salón, donde ya habían colocado algunas filas de asientos alrededor del piano de cola, los hombres se congregaron en la terraza para fumar un cigarrillo o un puro. Apenas media hora más tarde, los maridos se reunieron con sus respectivas mujeres, pero Maria se fijó en que Tina Onassis estaba sola. Con todo, la joven no parecía echar de menos a su marido, sino que miraba radiante a Benjamin Britten, el atractivo compositor. A Maria le hizo gracia. Elsa Maxwell le había contado que la mujer del armador tenía debilidad por los hombres con mejor planta que su marido. Por lo visto, Tina no conocía al tenor Peter Pears, la pareja de Benjamin Britten. La anfitriona condujo a Maria a un asiento en la primera fila, casi al lado de la mujer de Onassis. La silla reservada al armador permaneció vacía durante el concierto. Con todo, la música melódica, pero también llena de fuerza, del compositor acabó atrapándola hasta el punto de olvidarse de la ausencia de su compatriota.

Después le pidió a Meneghini que fuera a su dormitorio y le llevara una estola de visón. Ataviada con ese accesorio de abrigo, salió a la terraza a respirar un poco de aire. Los demás invitados hablaban de la interpretación musical o intercambiaban las fórmulas insustanciales típicas de una velada que tocaba a su fin. A Maria le apetecía dejar que resonaran un poco más los sonidos maravillosos en el silencio de la noche. Le apetecía estar sola un momento, con sus pensamientos cerca del cielo y lejos de su marido, cuyas limitaciones continuaba viendo con claridad. Había conseguido esquivarlo, pero estaba segura de que no tardaría en ir a buscarla.

—Está ahí.

No le hizo falta volverse para saber quién quería hacerle compañía. Aparte de Onassis, nadie hablaba griego en esa casa. La acarició el humo de su puro, que se disipó por el jardín como un vaho grisáceo. Maria tosió.

—Disculpe —dijo Onassis, que tiró el puro, recién encendido y probablemente carísimo, al suelo y lo pisó para apagarlo.

—Tengo que cuidar la voz —le explicó.

—Por supuesto. Discúlpeme. Me he comportado como un… un… —Buscó la palabra adecuada. Luego añadió—: Como un *tourkosporos.* Tenía usted razón.

Aún tosía, pero no pudo evitar sonreír con satisfacción.

—¿Todavía se acuerda?

—De cada palabra.

Maria no se había engañado, Onassis de verdad la cortejaba.

—Se ha perdido un concierto extraordinario —dijo refugiándose en la música para encauzar la taquicardia que le había causado saberlo—. ¿Cómo ha conseguido escabullirse sin parecer maleducado?

—Me han llamado del despacho —le explicó.

—Muy oportuno para alguien que no aprecia en exceso los actos culturales.

—Es la verdad. Cuando el príncipe de Mónaco necesita mis consejos, me tomo mi tiempo, no importa dónde ni cuándo. Como accionista mayoritario de la Societé des Bains de Mer de Mónaco, tengo mucho interés en que el príncipe Rainiero haga lo correcto. Lo contrario me saldría muy caro y solo alimentaría la disposición de Francia a tragarse el principado. Así pues, el príncipe no puede prescindir de mi opinión.

Fue el discurso sereno de un hombre de mundo que se veía a sí mismo como la persona que movía los hilos en el escenario de la gran política y consideraba marionetas a los gobernantes de los correspondientes países. Maria no pudo evitar sentirse impresionada. A lo largo de su carrera había conocido a muchos hombres importantes, pero nunca había intimado tanto con ninguno. Además, su contacto con personas del otro sexo se limitaba básicamente a los miembros de su familia, a compañeros de escena, directores de teatro y artísticos, a un tímido coqueteo de joven con un tenor mucho mayor que ella en la ópera de Atenas y, obviamente, a su marido. Pensó de forma automática en él; le sorprendió que la dejara en paz en esos momentos, y también en que ese hombre ya no hacía buena pareja con la mujer en la que ella se había convertido en los últimos años... Quizá nunca habían hecho una buena pareja.

Volvió la cabeza hacia Onassis, que se le había acercado y también contemplaba el jardín bajo las sombras.

—Es injusto insinuar que he huido del concierto —prosiguió sin mirarla—. Me gusta la música. En serio. Pero las melodías que me conmueven no se interpretan en las salas de conciertos ni en las cenas elegantes.

—Ni música moderna ni música clásica —resumió ella—. Entonces, ¿qué le gusta? —Antes de que él pudiera contestar, levantó la mano y añadió sonriendo—: Y ahora no me diga que es un fan de la ópera. No le creería.

Onassis rio levemente.

—¿Quiere que le confiese una cosa? Por lo general, me voy de las funciones en el descanso. La mayoría de las veces no aguanto quieto en el asiento hasta el final.

—Pues se pierde muchas cosas. —Maria se preguntó un momento si tenía que reír o llorar ante semejante falta de interés por la cultura. Se decantó por la risa.

—Para ser exactos, no hay nada que me mantenga en una silla. Pero me gusta bailar —le confió—. Sobre todo, rembétikas y tangos.

—¡Madre de Dios! —exclamó perpleja—. ¡Menuda mezcla!

Onassis la miró. Maria no pudo leer nada en sus ojos porque llevaba unas gafas con cristales tintados.

—A un griego de Esmirna que llegó a la edad adulta en Argentina le va como anillo al dedo, ¿no cree?

—Al menos, en los dos casos se trata de música popular con melodías potentes… Y letras muy reflexivas y melancólicas.

—Ya ve que no soy el rico superficial y avaricioso por el que sin duda me toma.

A la artista se le cortó la respiración.

—Oh, yo no hago eso…

—Me haría muy feliz que no fuera así —dejó caer Onassis en voz queda.

Al rememorar la escena, Maria no fue capaz de explicarse por qué de repente sus respectivas manos estaban tan juntas en el pretil de la terraza, rozándose con la suavidad del aleteo de un pajarito. No distinguió los dedos de Onassis en la noche, sobre los que el cuerpo del armador proyectaba una sombra, pero notó la fuerza viril que irradiaban. El delicado vello de sus manos le provocó un cosquilleo que le recorrió los músculos. Algo se le tensó en la espalda como si fuera el arco de un violín.

—¡Maria! —La voz de Meneghini—. Maria, es hora de acostarse. —Las palabras sonaron disonantes en los oídos de la diva.

Ella se volvió y vio la silueta de su marido en la puerta de vidrio de dos batientes.

—Por supuesto, se ha hecho tarde —le gritó en un tono alegre impostado, más amable que todo lo que le había dicho en las últimas doce horas.

—Mañana me voy a Londres muy temprano —comentó Onassis a su lado—. Pero me encargaré de que el avión la recoja en Leeds por la tarde.

—*Efcharistó*. Gracias.

Al apartarse de él, se dio cuenta de que le temblaban las rodillas. «Meneghini tiene razón —pensó—. Estoy cansada.» Pero en el fondo del alma intuía que era otra cosa lo que hacía que su cuerpo reaccionara de aquella manera. Y esa noche se desvelaría si continuaba pensando en ella. Menos mal que en el equipaje siempre llevaba una bolsa con medicamentos, entre los que había tanto somníferos como pastillas para perder peso.

—Nos vemos después del estreno —le gritó Onassis.

Maria asintió y se fue del brazo de su marido.

La ópera *Medea* de Luigi Cherubini se basaba en la leyenda de los argonautas de la mitología griega. Se centraba en la historia de la sacerdotisa Medea, que se enamora de Jasón, el hijo del rey, con el que se casa y tiene dos hijos, y que al cabo de dos años la abandona por otra mujer. Empujada por los celos y el ansia de venganza, Medea se presenta poco antes de la boda y mata a su rival y a sus propios hijos para castigar a Jasón. Al final, se ejecuta ella misma y desciende al inframundo en un mar de llamas. Un final espectacular. Maria ya había triunfado varias veces con ese papel. Parecía la obra perfecta para su talento; no solo había que cantar las arias, sino que también había que interpretarlas para prestar fuerza y una autenticidad especial a la protagonista. No obstante, como le había ocurrido en los últimos años, la embargó el temor de que le fallara la voz. Al menos, hasta el momento en que pisó la rampa en el camino desde el camerino hasta la entrada en escena y el público.

Cuando la Callas subió al fin al escenario de la Royal Opera House, cubierta con un velo negro, la concentración ganó la partida a los sentimientos y toda la inseguridad se desvaneció. Allí estaba, sola en el enorme escenario, flanqueada por dos columnas, con la cara medio tapada por el manto, los ojos oscuros maquillados de negro, demoníaca y mística a la vez. Y durante las dos horas y media siguientes, cuanto más percibía la creciente fascinación del público y cómo sucumbía a su hechizo, mejor y más expresiva se tornaba su actuación. Consiguió crear una fuerte tensión dramática que desembocó en un final vertiginoso: montada en un carro de guerra flanqueado por serpientes, anunció que se vengaba con la sangre de sus hijos. Su canto expresaba desesperación y odio, amor y muerte, y lo hizo manteniendo la maravillosa tesitura alta con que podía atormentar sus cuerdas vocales. El sudor le corría por el cuello y la espalda, se sentía agotada físicamente, como un corredor de maratones, y al mismo tiempo supo con certeza que pocas veces se había ganado tanto el derecho a ser la Divina como en esa función.

Después de salir de escena entre ovaciones, de incontables saludos, de que el telón se levantara infinidad de veces y de numerosísimas felicitaciones entre bambalinas, Maria se sentó al fin en el camerino y trató de sosegarse un poco. Sin embargo, el corazón le palpitaba con fuerza, la falta de aliento la oprimía, sus pensamientos se movían entre el papel interpretado y el éxito, y el deseo de que el agotamiento físico y mental cesara y ser por un momento Maria y no la diva. Cerró los ojos, todavía maquillados como en escena, pero volvió a abrirlos enseguida... y vio la invitación en el tocador.

En teoría, había guardado la tarjeta impresa como recuerdo. En realidad, cuando la miraba, sus pensamientos se detenían en otro sitio y en una conversación divertida y turbadora. Le sentaba bien ser consciente de la admiración que sentía aquel hombre por ella. Solo un admirador de su arte organizaría una fiesta en su honor... O un admirador de su persona. Ambas posibilidades se fundían en un fuego gratamente cálido.

El señor y la señora Onassis
estarán encantados de poder saludarla
el miércoles, 17 de junio de 1959, a las 23.15 h
en el Hotel Dorchester.

En el fondo, no importaba qué era lo que empujaba a Onassis a intimar con ella. Lo que había entre ellos, ese pequeño intercambio entre compatriotas griegos, suponía una grata distracción de los problemas cotidianos, a los que Meneghini contribuía en esos momentos más que nunca.

Maria deseó poder rehuir la mirada escrutadora de su marido, que en ese instante se cruzó con la suya en el espejo. Comprendió cuánto deseaba que no estuviera siempre con ella y no le recordara tan a menudo que también era una máquina de cantar para él; la Callas tenía que ser perfecta en todo momento y en cualquier sitio. Quería deleitarse en los aplausos que se había ganado esa noche cantando, quería disfrutar de su gran momento y no tener que pensar que nunca podría dejar de brillar porque su seguridad económica estaba en juego. Quería conservar tanto tiempo como fuera posible la euforia que la hacía levitar desde que había caído el telón.

—No quiero limpiarme la cara —le dijo a la maquilladora que esperaba en un segundo plano poder hacer su trabajo—. Iré a la fiesta con el maquillaje de la función. ¿Dónde está mi vestido de noche?

La diva celebró su entrada en el salón de baile del Dorchester con el rostro dramático de Medea y envuelta en un abrigo de chinchilla. A su llegada, en la enorme sala decorada en estilo art déco, con mármol de color crema y columnas doradas, ya se habían reunido unos doscientos invitados con nombres y apellidos prestigiosos de la escena internacional. Un mar de rosas rosadas despedía un aroma embriagador y los camareros no paraban de llenar copas de champán rosado. Maria pensó en cómo se le había ocurrido a Onassis que el fucsia claro pudiera ser su color favorito, cuando era el turquesa, pero el extraordinario ambiente le restó importancia. Su mirada se posó en una fuente de champán de varios pisos que se repetía decenas de veces en los espejos de las paredes. Era tan impresionante como las personalidades que habían comparecido con traje de noche, frac o esmoquin.

Las conversaciones y las risas se calmaron cuando Maria entró, y se transformaron en una ovación ensordecedora.

La Callas inclinó altivamente la cabeza.

Onassis se acercó a ella y le besó la mano.

—Es un gran honor poder saludarla esta noche.

—*Efcharistó* —contestó Maria—. Gracias.

—¿Oye cuánto la quiere el público? Y lo entiendo a la perfección. Jamás he visto una actuación tan intensa como su *Medea*.

—Hasta el descanso —replicó Maria bromeando.

Onassis negó con la cabeza.

—Ha estado fantástica. Me ha fascinado. Me he quedado hasta el último minuto.

Ella arqueó las cejas sorprendida. Poco antes de que empezara la función, había tanteado la posibilidad de pedir al personal de reguiduría que observara cuándo se marchaba Onassis. Pero venció a la curiosidad diciéndose que no le ocultaría su opinión. Se marchaba del teatro cuando se aburría y, por eso mismo, era probable que se fuera en el descanso. Después lamentó no haberlo preguntado. Pero el hecho de que se hubiera quedado hasta el final la colmó de una radiante sensación de felicidad.

—Se habrá esforzado mucho —contestó socarrona.

—Las mujeres fuertes me fascinan. En el escenario... y también en la vida.

Maria no le dio el gusto de confesarle que a ella le ocurría lo mismo con determinado tipo de hombres.

Entretanto, se les habían acercado amigos, conocidos y admiradores. Elsa Maxwell la abrazó, George Lascelles la saludó y Mary Mead, una adinerada mujer de negocios tejana de la que se había hecho muy amiga desde que había actuado dos años antes en el Met de Nueva York, le susurró algo al oído.

—Me tiemblan las piernas por poder estar en la misma sala que Gary Cooper. ¿Ha habido nunca un hombre tan guapo?

Maria no había sentido nunca debilidad por los hombres guapos y por eso no había sucumbido del todo al encanto de la estrella de cine. Le gustó la película *Ariane*, pero solo fue a verla porque su admiradísima Audrey Hepburn interpretaba el papel protagonista femenino al lado de Cooper. No obstante, cuando se lo presentaron, se identificó con su ídolo y la sensación fue maravillosa.

Un grupo tocaba melodías pegadizas como música de fondo, en especial temas de películas de Hollywood y canciones francesas.

—¿Le gusta la música? —preguntó Onassis—. Si quiere que toquen otra cosa, solo tiene que decírmelo.

Ella lo miró por encima de su copa de champán, del que no había tomado todavía ni un sorbo.

—Tango. Me gustaría oír un tango —se le escapó antes de acabar de pensarlo.

—Probablemente sea más adecuado en una reunión social, y no creo que la orquesta cuente con un auténtico bouzouki griego en su repertorio. —La obsequió con una sonrisa cómplice. Luego se apartó de su lado para dar instrucciones al director de la orquesta.

Aun sin haber probado el champán, Maria se sintió ebria, y el esplendor de la velada y el carisma del anfitrión la embriagaron. La fiesta en el Dorchester fue como una continuación de su triunfo en el Covent Garden, un éxito interminable. Todo lo que la había oprimido en los últimos meses y semanas se desprendió de ella. Todos la celebraban y ella levitaba; rio, bromeó y al mismo tiempo notó la devoción de las personas que la rodeaban. Aquella noche, Maria fue todo lo que había soñado siempre: guapa y brillante, exitosa, famosa y solicitada. Le dio la impresión de haber ido de excursión a un paraíso hecho a su medida.

La alegre sensación de felicidad contribuyó más que nunca a cambiar su forma de mirar a Onassis. Dejó de ser simplemente un paisano al que la unía la amistad y empezó a percibirlo cada vez más como a un hombre que sabía dosificar su encanto y le regalaba sueños que ella, por lo general, solo alcanzaba en el arte, en las grandes arias. Saboreaba una especie de juego de probabilidades. Con todo, era consciente por completo de la presencia tanto de la mujer del armador como de su propio marido. Sabiendo que llegaría el momento en que la noche se transformaría en amanecer y que la mañana la devolvería al papel de diva ambiciosa, alejada de la pequeña Mary que suspiraba por el amor y la atención, se entregó a sus anhelos. Solo por un momento. Vivir presente. Después de todo, no era una cortesana como la protagonista de *La traviata*.

Dejó que Onassis la rodeara con un brazo. A las tres, cuando se fue porque el cansancio había vencido a las ganas de fiesta, el armador la acompañó hasta la entrada del salón de baile estrechándola con el brazo.

—Todavía me debe una respuesta —le susurró al oído.

—¡Oh, Dios mío! ¡El crucero! Lo había olvidado por completo —confesó. Fingió espanto llevándose la punta de los dedos a los labios.

Onassis se le acercó aún más, le cogió la mano y se la besó en el punto que habían tocado sus labios.

—Esperaré. Pero se lo advierto: no tengo mucha paciencia.

En ese preciso instante, Maria notó que le echaban el abrigo sobre los hombros. Aunque la chinchilla era ligera, le cayó encima como si se tratara de un gran peso. Meneghini se lo había puesto por detrás y luego le pasó el brazo izquierdo por el hombro para estrechar la mano a Onassis con la derecha. Quizá quería quitarle de encima la mano del otro hombre o probablemente solo pretendía darle las gracias con un saludo de despedida. Con todo, fue un gesto extraño que la atrapó entre los dos hombres como si estuviera en una prensa. Miró a Onassis molesta.

Al otro lado de la puerta, un grupo de fotógrafos acechaba a los famosos invitados. Cuando dos empleados con librea la abrieron, los *flashes* centellearon.

LA FOTO QUE se publicó los días y las semanas siguientes en distintos periódicos y revistas reflejaba la incomodidad de Maria con la situación. Mostraba a una Callas cansada, comprimida entre su marido y su anfitrión. No a una diva, sino a una mujer confusa que no parecía saber cuál era su lugar. Esa impresión la resultó embarazosa, sobre todo porque reconoció que contenía mucha verdad.

Decidió terminar con lo que empezaba a despertar entre Onassis y ella. Como era obvio, el interés del armador la halagaba, pero ahora tenía que reconducir con urgencia sus pensamientos. En primer lugar, debía ocuparse de que, en el futuro, no le pagaran el caché de sus actuaciones a Meneghini. Después pondría orden en su vida privada. Hasta entonces ordenaría que no le pasaran llamadas de Ari Onassis. Necesitaba tener la cabeza clara para tomar las riendas de su futuro.

10

París
Agosto de 1968

«¿POR QUÉ TODOS creen que quería suicidarme?», pensó Maria. Solo se había tomado algunos somníferos de más porque quería olvidar el enfrentamiento con Aristo y pasar unas horas tranquilas sin rumiar en qué se había equivocado. Era probable que se hubiera excedido. Con la cantidad de medicamentos que tomaba cada día, esas cosas podían pasar. A veces no calculaba lo que necesitaba. Tampoco sabía lo que tocaba hacer en ese momento. Años después de haber triunfado en los escenarios más importantes del mundo, todavía la aclamaban como a una diosa, pero ella se sentía como un ángel caído. Y lo que en realidad casi la mataba era la pregunta de qué había hecho para que el hombre al que amaba la hubiera expulsado del paraíso común. Más de lo que habrían conseguido los polvos que le habían extraído del estómago con un lavado.

—¿Me ha llamado alguien? —le preguntaba una y otra vez a la enfermera.

La joven vestida con hábito titubeaba cada vez que tenía que responder a aquella pregunta. Luego repetía su respuesta como si fuera un disco rayado.

—Solo el señor Kelly, *madame*.

Habían pasado unos días desde que había recuperado el conocimiento. Los médicos consideraban necesario que se quedara una

96

semana ingresada en el hospital y, con sus máquinas modernas y constantes análisis de sangre, controlaban si sus órganos volvían a funcionar como debían. Maria se encontraba mal, pero el médico decía que, dadas las circunstancias, estaba bien. Lo más probable era que un corazón roto no se detectara en un electrocardiograma.

El dolor de garganta provocado por el tubo con el que le habían hecho el lavado de estómago era más evidente. Le habían maltratado la tráquea y el temor a que le hubieran dañado las cuerdas vocales la perseguía cada vez que hablaba con voz ronca, por mucho que le aseguraran que habían procedido con la máxima cautela y que no existía ningún riesgo de heridas. Le habían asegurado que, con un poco de descanso, se restablecería pronto. Pero ¿qué sabrían los médicos y las enfermeras del American Hospital? No tenían ni idea de lo que hacía falta para que Maria se recuperase.

Larry fue a buscarla cuando le dieron el alta.

Ella esperó hasta que abandonaron los terrenos de la clínica en una limusina de alquiler con las ventanillas tintadas para hacerle la pregunta que le quemaba el alma.

—¿Sabes algo de Aristo?

Larry titubeó.

—No, no me ha llamado.

Las manos le temblaron como las alas de un pájaro asustado.

—Quizá está muy ocupado y no sabe que estoy enferma. Aristo… —se interrumpió porque su amigo, sentado a su lado en los asientos traseros del coche, le agarró las muñecas y se las sujetó con firmeza.

—Escúchame, Maria. —Se calló un momento, como si quisiera asegurarse de que realmente le prestaba atención, y luego añadió—: Es verdad, Onassis está muy ocupado. Al parecer, celebrando fiestas a lo grande. El *Times Magazine* ha publicado que Jacqueline Kennedy y su cuñado, Edward Kennedy, son sus huéspedes a bordo del *Christina*. Por lo visto, esos eran los invitados que esperaba.

Maria no replicó. ¿Para qué? Tenía claro desde el principio que el propósito de Aristo era tener una aventura con la viuda del presidente. Que exigía un nuevo trofeo. Maria Callas ya no era la mujer más famosa del mundo; ahora lo era la otra. Y la conseguiría porque era un hombre que se sentía mejor con una mujer como aquella de adorno. Maria pensó que tendría que haberle permitido que tuviera su juguete hasta que se hubiera aburrido.

Miró por la ventanilla. El coche se paró en un semáforo en rojo y su mirada se posó en un quiosco de prensa que estaba en la esquina. Era uno de esos quioscos típicos de París, de color gris oscuro y con bordes ornamentales de metal con muchos adornos y una pequeña cúpula en el tejado. Las paredes laterales apenas se veían a causa de los periódicos y revistas franceses e internacionales que colgaban en ellas; un titular parecía superar a los demás en la competencia por conseguir lectores.

Aunque a ella no le interesaban esas historias, estaba segura de que en todas partes del mundo se desenterraban escándalos de forma continua y, si hacía falta, los inflaban cuando no eran bastante escandalosos. Aquella reflexión le hizo comprender que la aventura de Aristo alcanzaría otra dimensión en cuanto apareciera en la prensa. Su conducta no solo la hería porque fuera su pareja, la exposición pública de su infidelidad también provocaría un perjuicio a la Callas de una magnitud incalculable. Y a ella le resultaría tremendamente penoso que la engañaran ante los ojos del mundo.

No, no podía tolerar esa conducta.

Pero ¿qué iba a hacer sin él? Aristóteles Onassis era su vida. La suya. No la de la señora Kennedy.

Se soltó de Larry, que le sujetaba las muñecas con dulzura, pero también con tenacidad, y apoyó las manos en el regazo.

—Aristo llamará en cuanto tenga tiempo —dijo con voz queda antes de apretar los labios con estoicismo.

Quería creer en sus propias palabras. Una voz interior le dijo que su amado no llamaría. Sin embargo, en cuanto pronunció esa esperanza, le pareció un poco más real que en sus ardientes pensamientos.

—Sí, seguramente —murmuró Larry.

Maria le agradeció que no le replicara.

AL LLEGAR A casa, de repente notó un vacío gélido. Bruna se había esforzado por darle la bienvenida poniendo flores recién cortadas en todas las habitaciones. Sin embargo, a pesar del calor de agosto en París, Maria tuvo frío. El salón, decorado con lujosos muebles antiguos como el escenario de una ópera, no le permitía brillar como una Aida amante, sino que la convertía en una antagonista lamentable y temblorosa de la princesa etíope. Deambuló por las estancias cruzando los brazos contra su frágil cuerpo; lo único que deseaba era irse a la cama y taparse hasta la cabeza. Pero para disfrutar de un sueño profundo y reparador necesitaba pastillas, y la probabilidad de sufrir otra sobredosis era considerable. Con todo, no tenía la intención de volver a despertarse en un hospital tras un lavado de estómago.

Larry la esperaba en el despacho. Estaba de pie junto a la librería, hojeando un álbum sobre La Scala de Milán. Cuando entró, el hombre levantó la vista y le dirigió una sonrisa de ánimo.

—En cuanto te recuperes, se te abrirán las puertas de todos los grandes teatros de ópera del mundo —profetizó, y cerró el libro con un golpe sordo que pareció definitivo.

Maria se llevó la mano al cuello.

—Quizá debería cambiar de oficio. Actriz, por ejemplo.

—¿Por qué no? —La sonrisa de Larry se hizo más amplia—. Está bien que pienses en tu futuro. Pero tienes que recuperarte antes de empezar a hacer planes concretos. Las últimas semanas han sido para ti… agotadoras.

Maria comenzó a ir de un lado a otro por el despacho, tocando los muebles y los objetos como si quisiera saludarlos después de una larga ausencia. En realidad, el hecho de que todo estuviera en su sitio, aunque ella estuviera rota por dentro, le causó cierto asombro. La profunda desesperación que la había embargado hasta entonces se transformó en una ira desenfrenada cuando se dio cuenta de que su amado era una parte importante de su casa, no solo de su vida. ¿Cómo podía atreverse Aristo no solo a quitarle la paz, sino también a arrebatarle la dignidad a la Callas ante la opinión pública? La mirada fugaz que se había atrevido a dar al futuro desapareció detrás de un nubarrón oscuro.

Naturalmente, su amigo tenía razón. Debía tranquilizarse, no podía permitir durante más tiempo que la corroyeran las dudas y la ira. Sin embargo, no quería pensar en su futuro profesional. En realidad, solo quería volver con Aristo. Estar con él.

—Sí —murmuró sin mucho entusiasmo—. Sí, Larry.

—Necesitas unas vacaciones.

También tenía razón en eso. No obstante, nadie que se preciase pasaba las vacaciones de agosto en París. Antes, cuando no se quedaban en el lago de Garda en verano, Maria y Meneghini iban al Lido de Venecia. Con Aristo solía pasar aquella época del año en el mar, como mucho con alguna interrupción para estar unos días en el piso que él tenía en Montecarlo. Pero ni Italia ni el sur de Francia eran una opción, y todavía menos las islas griegas. El peligro de que el *Christina* anclara en algún sitio y Maria se echara en brazos de su pareja infiel era demasiado grande.

—No hay ningún sitio en el mundo que me atraiga, ningún lugar en el que pueda sentirme segura.

«De Jacqueline», pensó.

—Ven conmigo a Estados Unidos —le pidió Larry en tono insistente—. Allí te esperan tus amigos. Todos queremos cuidar de ti. Deja que te ayudemos.

El país de los Kennedy no era en realidad el destino en el que ella pensaba al desear paz y tranquilidad. Por otro lado, Estados Unidos era lo bastante grande para esquivar a la viuda del presidente. Maria no había coincidido nunca con su rival. Y eso que habían surgido unas cuantas ocasiones. Sin embargo, en aquella época, Jacqueline Kennedy era la mujer engañada que huía de la opinión pública, avergonzada por su marido y Marilyn Monroe. La Callas no había entendido entonces esa conducta, pero ahora se preguntaba si ella quizá no habría actuado del mismo modo. Tal vez ya se estuviera comportando así.

11

Nueva York
19 de mayo de 1962

ERA FANTÁSTICO.

El público aclamaba. Los aplausos frenéticos no cesaban, los más de quince mil espectadores del Madison Square Garden estaban entusiasmados. Las dos arias de la ópera *Carmen* que la Callas había interpretado habían arrancado a muchos de ellos de los asientos; la pista temblaba por los que golpeaban el suelo con los pies y eso la arrastró bajo los focos una y otra vez, como si estuviera sobre una ola. Saludó, abandonó el escenario, volvió a salir, saludó y se puso la mano derecha en el pecho; el corazón le iba a mil.

Nunca había cantado delante de tanta gente. Nunca había experimentado el aplauso de las masas. La voz había resistido, incluso había conseguido llegar a las notas más altas, y el oído también le había funcionado de manera impecable ese día. Después de la sinusitis recalcitrante que sufría desde hacía tiempo, no había que darlo por sentado. Por eso, los espectadores del concierto también habían sido un bálsamo para su alma. Recibió, jadeando, las ovaciones que siguieron a la actuación extenuante y no sintió nada que no fuera felicidad. Era el punto culminante de su carrera.

Y aquella noche fue especial en todos los sentidos. El presidente de Estados Unidos celebraba su cuarenta y cinco cumpleaños con una fiesta benéfica para su partido, los demócratas. La flor y nata del país, los que encarnaban la gloria y el dinero, se habían reunido en Manhattan para la ocasión, una fiesta de cumpleaños que se celebraba diez días antes de la fecha real. Aunque Maria se sentía ante todo griega, era consciente de las ventajas que tenía gracias a haber nacido en Nueva York, porque, de haber tenido otra nacionalidad, habría sido probable que no la hubieran invitado a actuar en honor de John F. Kennedy. Por otro lado, el programa no habría estado completo sin la soprano más célebre del siglo. La Callas había estado brillante, se había aunado con la música... y se sentía de maravilla. Deseó poder quedarse para siempre bajo los focos, simplemente disfrutando...

Lástima que Aristo no hubiera podido presenciar la actuación. No lo habían invitado. Hacía tiempo que se esmeraba por conocer en persona al presidente de Estados Unidos, pero sus esfuerzos habían sido en vano hasta el momento. Después de aquella noche, Maria lo habría adelantado en disfrutar de ese honor, y eso le pareció divertido. Sabía que después le presentarían a John F. Kennedy y podría estrechar la mano más poderosa del mundo occidental. Solo la mano. La primera dama brillaba por su ausencia y ella se asombró al oír que estaba indispuesta. No entendía por qué una esposa no acudía a un acto como aquel y no estaba al lado de su marido. ¿Qué podía mover a la primera dama a excusar su presencia en el Madison Square Garden? Naturalmente, le habría gustado ver de cerca a Jacqueline Kennedy, que, como ya intuía Maria, empezaba a disputarle el puesto de la mujer más famosa del mundo. Aunque quizá no le habría gustado tanto, puesto que la legendaria elegancia de la más joven la habría puesto celosa, y aquello no ayudaba mucho. Ni a ella ni a los intereses comerciales de Aristo.

Maria observó de reojo que Peter Lawford movía los pies con nerviosismo en el borde del escenario. El actor de cine y cuñado de Kennedy quería continuar con la presentación del acto, pero la salva de aplausos a la Callas no cesaba y obstaculizaba el desarrollo del programa. Maria tenía que irse.

—¿Alguien ha visto a Marilyn? —Lawford volvió a ser el centro de interés con esas palabras y paseó la mirada por el público—. Parece que llegará más tarde de lo que me temía.

Los aplausos se transformaron en carcajadas por el chiste que Lawford repetía por enésima vez. Todo el mundo conocía la impuntualidad de Marilyn Monroe, también había llegado a sus oídos, aunque ella no era tan comprensiva con las faltas de disciplina. El chiste malo del presentador no mejoró la cosa, a Maria le dio la impresión de que cortaba en seco una ovación que le pertenecía.

Notó que unas perlas de sudor le resbalaban por la nuca, más a causa del esfuerzo que del calor sofocante que imperaba ese día, el más caluroso del año hasta entonces. Al miedo escénico en retroceso y al alivio que sentía se les unió la rabia porque, en su opinión, le habían restringido los aplausos, y eso no era una buena combinación. Estaba a punto de rechazar las manos que siempre le tendían entre bastidores al final de una actuación, pero algo detuvo ese gesto.

Algo resplandeciente que pasó por delante, seguido por un pelotón de personal de seguridad, maquilladoras, ayudantes de camerino y técnicos de escena. Las conversaciones en voz baja que se mantenían en el fondo se reavivaron. Incluso los empleados que trabajaban vestidos de oscuro detrás del escenario, incluidos los que esperaban a Maria, se volvieron con interés hacia el personaje que acababa de llegar.

Ahí estaba: Marilyn Monroe. Lucía un vestido ajustadísimo de color carne y rebosante de pedrería, que más que cubrirla la desvestía; la cabellera rubio platino peinada con suaves ondas y la mirada un poco vidriosa y nublada, como si hubiera bebido. Apenas podía moverse con aquel vestido y avanzaba sobre unos tacones altos, dando pasitos como antaño las chinas con los pies vendados. Una modista corría tras ella atando dos hilos en la parte de la espalda; al parecer, cosía el vestido de gala en el último momento. Alguien ayudó a Marilyn a ponerse una chaqueta de armiño, larga hasta las caderas y que, si bien cubría la llamativa desnudez, también reforzaba la imagen poco decorosa.

«¡Por todos los santos! —pensó Maria—. ¿Qué papel va a interpretar Marilyn Monroe?» Parecía una... Buscó la palabra adecuada, pero solo se le ocurría una. Bajó la vista por instinto para mirarse a sí misma: llevaba un vestido de seda con las mangas y la falda abullonadas, adecuado para la Callas, el atuendo de una diva, no los trapitos, aunque era probable que fueran muy caros. ¿Por qué la Monroe se embutía en un modelo que no dejaba ninguna pregunta abierta?

—Señor presidente, Marilyn Monroe... —La voz de Peter Lawford resonó a través de los altavoces, pero la aludida no subió al escenario desde las sombras. Las risas del público colmaron la pista.

El gentío del fondo se repartió. Salieron a escena dos chicos vestidos con uniformes de trabajo blancos, sus gorros de cocinero relucían en la penumbra, sus caras enrojecidas atestiguaban no solo la emoción que seguro que sentían, sino también el esfuerzo que suponía llevar a hombros una especie de camilla en la que transportaban una tarta de crema de cinco pisos para que la cortara el homenajeado. Los pasteleros formaban la retaguardia de Marilyn Monroe, cargando ese peso como si siguieran a una novia con una tarta nupcial.

Maria estaba tan ensimismada contemplando la enorme tarta que solo percibía las palabras del presentador como música de fondo. Tampoco le interesaban las personas que le hablaban en voz baja. Toda su concentración se dirigió en exclusiva al dulce, más seductor que la Monroe con su penoso vestido. Le encantaban los productos de pastelería, aunque solo se permitía unas migajas de vez en cuando para no perder la línea. No obstante, aunque no pudiera comérsela, disfrutó de aquella visión y devoró ávidamente con los ojos las columnas de mazapán o merengue que sostenían el tejado de aquel sueño de nata y azúcar. Luego volvió la mirada al frente, donde los regidores encendían las cuarenta y cinco velas de cumpleaños.

Un aplauso atronador se levantó desde el público. Maria se dio cuenta entonces de que Marilyn Monroe había subido al escenario, seguida por su pianista, y estaba bajo los focos.

Poco después, entre los vítores del gentío, sonó una canción susurrada.

—*Happy birthday to you, happy birthday to you, happy birthday, mister President...*

La interpretación era tan extraña que Maria casi se olvidó de la tarta.

Dio la impresión de que la voz de la actriz se quebraba, como si no tuviera aliento, un poco como si estuviera en su dormitorio, todavía en la cama, probablemente después de hacer el amor. A las felicitaciones les siguió una versión de *Thanks for the memory* con cambios en la letra, y Maria no fue la única a la que no le hizo falta preguntarse qué tipo de recuerdos le agradecía Marilyn a John F. Kennedy.

Una afrenta a la esposa del presidente. Si conocía de antemano que la actriz participaría en el concierto, era muy comprensible que no hubiera asistido. O quizá no...

No pudo evitar preguntarse cómo habría reaccionado ella en semejante situación. «Una mujer tiene que estar al lado de su marido», pensó. Nunca le perdonó a su madre que abandonara a su padre por tener una aventura. Más tarde, ella misma echó a la amante de la cama de su padre. Pero sus progenitores ya estaban separados. Y, sí, la madre había pasado muchos años cerrando los ojos ante los amoríos de su marido. ¿Se basaba también el matrimonio de los Kennedy en la decisión de apartar la mirada de los deslices del otro? Maria concluyó que no; de lo contrario, Jackie habría estado en la fiesta.

Su comprensión hacia la esposa engañada fue menguando a medida que las notas que salían del escenario resonaban en las catacumbas del Madison Square Garden. Al final, dejó de pensar en lo que sentían los demás en esos momentos porque el regidor hizo una señal a todos los que habían participado en el concierto. Obviamente, una diva como la Callas no se limitó a salir al escenario, sino que se elevó para cantar «Happy birthday, Mr. President» a coro con casi quince mil personas. Las velas del pastel que los dos jóvenes pasteleros habían llevado a hombros como si se tratase del aclamado campeón de una competición deportiva flameaban con alegría.

12

Nueva York
Agosto de 1968

SI MIRABA ATRÁS, el regreso más feliz a Manhattan había sido en otoño de 1945, ocho años después de tener que abandonar la ciudad por orden de su madre. Se había alegrado muchísimo de ver a su padre entre la gente que esperaba en el muelle de los transatlánticos, a pesar de no haberlo informado de su llegada. Después supo que había descubierto su nombre en una lista de pasajeros, ya que los barcos que atracaban procedentes de Europa se anunciaban con regularidad en los periódicos. Sin embargo, la euforia de Maria disminuyó al entrar en el piso de Washington Heights, que una vez fue su hogar, y el de su hermana y su madre, y llevarse una gran decepción al comprobar que su padre no vivía solo. Alexandra Papajohn, su amante desde hacía mucho tiempo, dormía en la ropa de cama blanca ribeteada con encaje, el antiguo ajuar de Evangelia, justo debajo de sus coronas nupciales. Maria se puso hecha una furia… y se encargó de que aquella mujer se marchase del piso. Entonces creyó que su padre se separaría para siempre de Alexandra, volvería con su madre y podrían ser una familia de nuevo. Se equivocó.

Después de unas cuantas visitas posteriores a su ciudad natal, en esa ocasión se sintió más miserable que nunca al aterrizar en el John F. Kennedy. El hecho de que el aeropuerto se llamara como el presidente asesinado y, por lo tanto, tuviera el apellido de su rival, no mejoró la cosa. A pesar de todo, al menos ese día también vio una cara conocida después de pasar el control de pasaportes: era Anastasia Gatsos, que no se privó de abrazarla. Estaba casada con Costa Gatsos, amigo íntimo de Aristo y gerente de las compañías de Onassis en Estados Unidos. Maria los había informado de su llegada y había aceptado con gusto su invitación a hospedarse en su casa del Upper East Side mientras permaneciera en la ciudad. Larry creyó que le iría bien no estar sola en un hotel de Manhattan, sino al cuidado de sus paisanos griegos. A ella le gustó esa solución porque le garantizaba que Aristo se enteraría de dónde estaba. En cuanto admitiera que había cometido un grave error, la llamaría. Se aferraba a esa idea. No escuchaba a la voz interior que le advertía de que probablemente se equivocaba.

La primera decepción fue la negativa de Mary Mead. Su amiga le aseguró por teléfono que lo lamentaba mucho, pero no podía irse de Dallas porque el inicio del curso escolar de sus hijos era inminente. Maria se mostró comprensiva, pero en su fuero interno se sintió profundamente herida. Le hacía ilusión ir de compras con Mary. No a Saks, en la Quinta Avenida, ni a Bergdorf Goodman, tampoco a los grandes almacenes de lujo, sino algo mucho más simple, a Woolworth. Desde que se conocían, a Maria le encantaba ir a comprar gangas con su amiga, la mayoría bonitas, pero, sobre todo, inútiles. Esas cosas caían rápido en el olvido, pero el éxtasis de la cacería de chollos y las risitas correspondientes permanecían para siempre en el recuerdo. Habría sido una agradable distracción. En cambio, Anastasia Gatsos era una figura demasiado brillante en la alta sociedad neoyorquina y Maria sabía por experiencia que rehusaría la propuesta de darse una vuelta por unos almacenes baratos.

Se encerró en su habitación, amueblada como un saloncito francés. En vez de disfrutar de las magníficas vistas veraniegas de Central Park, encendió el televisor y vio capítulos antiguos y nuevos de *Bonanza* y *La ley del revólver*. Tenía debilidad por los *westerns*, pero ese día no se concentraba. Veía constantemente el rostro de Aristo, que desplazaba a los Cartwright, y lo que ocurría en Dodge City. Los rasgos de Onassis y su pelo se mezclaban con la cabellera entrecana de Lorne Greene hasta que el actor que interpretaba al cabeza de familia se convertía en el armador griego.

Se le humedecieron los ojos al ser consciente de cuánto se aferraba en pensamientos a su amado. Para distraerse, se acercó al televisor y cambió de canal. Las noticias, que informaban desde hacía días de la entrada de tropas soviéticas en Praga, no le levantaron el ánimo. Pulsó de nuevo el botón y buscó un canal que emitiera un contenido un poco más alegre. Por casualidad, fue a parar al *show* de Merv Griffin.

Los decorados del plató parecían una sala de estar moderna. Los invitados famosos se sentaban en sofás y butacas alrededor del anfitrión, que presidía el escenario detrás de un escritorio de diseño. Al lado de Merv Griffin se sentaba una mujer, a la que Maria confundió con Doris Day. Después de oír un par de frases, se dio cuenta de que se trataba de Doris Lilly, autora de *best sellers* y periodista de la prensa del corazón, que se parecía muchísimo a la actriz. Aunque no le interesara mucho, Maria siguió la entrevista para distraerse.

Merv Griffin tenía un cigarrillo en una mano y un ejemplar del *New York Port* en la otra.

—¿Qué opina del posible compromiso matrimonial entre la señora Kennedy y Aristóteles Onassis? —preguntó el presentador del programa.

—Podrá leerlo dentro de poco en el periódico —contestó Doris Lilly radiante.

A Maria se le cortó la respiración.

—¡No nos tenga en vilo, Doris! ¡Denos un pronóstico! ¿Qué cree usted? ¿Se casarán?

Maria se quedó boquiabierta. Miraba fijamente la pantalla, aturdida.

Doris Lilly hizo una pequeña pausa teatral.

—Sí, creo que Jacqueline Kennedy pronto será la señora Onassis —dijo luego.

Antes incluso de procesar el significado de esa afirmación, Maria se puso a gritar. Lo hizo por instinto, porque se sintió como si estuviera en un ascensor del Empire State Building que bajaba desde el piso ochenta y seis sin frenos. En una mezcla de impotencia y rabia, se echó al suelo y pataleó como si tuviera que exterminar una plaga de ratas. Se tapó la cara con las manos para ahogar los gritos de dolor, pero aquello no la protegió de las lágrimas que le anegaban los ojos.

No supo cuánto tiempo había pasado en ese estado de profunda desesperación. En un momento dado, oyó que llamaban enérgicamente a la puerta.

—¿Maria? —Era la voz de Anastasia Gatsos—. ¿Maria? ¿Estás bien?

Al cabo de unos instantes, Anastasia giró el pomo de la puerta y la abrió.

—¡Oh, Dios mío! ¡Maria! —exclamó la anfitriona.

Ella tragó saliva, sollozaba, le faltaba el aire. Era incapaz de reprimir las lágrimas y de decir nada. Pero dejó de gritar y de patalear cuando Anastasia se arrodilló a su lado y abrazó su cuerpo tembloroso. Se entregó al consuelo de la amiga y dio rienda suelta a la desesperación.

Merv Griffin y Doris Lilly continuaban hablando en un segundo plano de los cotilleos relacionados con la flor y nata internacional.

MARIA DEJÓ LA copa de coñac, de la que acababa de beber un sorbo, sobre el cristal de la mesa de centro.

—He pasado los mejores años de mi vida con Aristo —dijo, después de tanto llorar, con una voz ahogada y monótona que le prestó énfasis a la seriedad con que hablaba—. Pero ahora estoy viviendo la peor época de mi vida.

Suspiró y se reclinó en el sofá del salón de los Gatsos.

—Es probable que no sean más que rumores —afirmó Anastasia, que miró con perspicacia a su marido—. ¿O tú sabes algo, Costa?

El hombre escondió la cara detrás del humo denso del cigarro que fumaba.

—Yo siempre he dicho que Aristo tenía que casarse con Maria —masculló—. Está colado por ti y tú eres la mujer ideal para él.

En los labios de la cantante se dibujó una leve sonrisa.

—Quizá sea de verdad un error. Aristo me llamará y me lo explicará todo, ¿verdad? —Miró a su amiga con los ojos radiantes. La esperanza le corría por las venas como una fuente de agua tibia.

—No deberías quedarte en Nueva York esperando una llamada —dijo Larry visiblemente indignado. Anastasia lo había llamado después de que Maria se derrumbara y él se había apresurado a acudir a su lado—. Tenemos que hacer planes para tu regreso a los escenarios.

—Sí, cierto. —Maria le dio la razón, aunque lo único que en esos momentos quería de verdad era un futuro con Aristóteles Onassis, no avanzar en su carrera. Pero eso se lo guardó para ella.

Larry intercambió una breve mirada de preocupación con Anastasia, que ella interceptó. Luego volvió a dirigirse a la soprano.

—¿Qué te parece si nos vamos a Dallas? Podríamos ir a ver a Mary Mead y aprovechar para organizar las primeras funciones en el teatro de la ópera.

¿Por qué, de repente, sus amigos querían alejarla de Nueva York? Solo llevaba unos días en la ciudad. Maria titubeó. Por otro lado, tampoco sabía muy bien qué hacer en casa de los Gatsos. En agosto, Manhattan era casi tan aburrido como París. Por eso, de repente la atrajo la idea de hacerle una visita a Mary en Dallas. Con todo, tenía que considerar muchas cosas. Por ejemplo, si Aristo la llamaría también a Dallas...

—Lo pensaré —prometió.

Larry pareció seguro de que aceptaría. Se dio unas palmaditas en los muslos con un entusiasmo exagerado.

—Pues vamos a llamar a Mary. ¿Por qué no se me ocurriría ir a verla en cuanto nos dijo que no podía venir por los niños?

Volar a Dallas significaba que la vida seguía su curso. «El caso es no parar», pensó Maria. Y estaría localizable en cualquier sitio. Igual que Aristo a bordo del *Christina*. Ella no cruzaría el Mediterráneo en un barco, pero una gira por Estados Unidos le pareció de pronto una alternativa adecuada. Reposo y aventuras a la vez. Reconoció que era probable que Larry tuviera razón. Al mismo tiempo, supo con toda seguridad que nunca volvería a encontrar en ningún sitio la libertad que había experimentado con Aristo en el yate.

13

Ámsterdam
Principios de julio de 1959

—TE LO REPITO, Maria: nuestra vida en común no tiene sentido si no tengo el control de todo lo que te afecta.

Las palabras de Meneghini resonaron en sus oídos como una maldición. Se sintió como una versión femenina de Rigoletto, aunque con menos ansias asesinas a pesar de su ira. A diferencia del triste personaje de Verdi, en su caso no se trataba de una riña de enamorados, sino de dinero. No obstante, el engaño y la traición se situaban al mismo nivel. La cuestión era si, a diferencia de Rigoletto, ella podría ganar la partida. Evidentemente, no quería matar a su marido. Pero tenía muy claro que, en lo económico, sus caminos debían separarse.

El tema la perseguía sin cesar. Desde que habían partido de Londres, no había parado de rumiar en cómo podría abrir una cuenta bancaria a la que Meneghini no tuviera acceso o, mejor aún, sin que él se enterase. Sin embargo, algo así no se daba por sentado para una mujer, en especial en Italia.

Al darse cuenta de hasta qué punto sus pensamientos giraban en torno a su independencia económica, aunque sin admitir en sus reflexiones que de lo que en realidad se trataba era de dar el primer paso para abandonar a su marido, pensó que la ópera estaba plagada de personajes que enloquecían. ¿Estaba perdiendo también ella la razón? Mientras cruzaba por el lado soleado de la animada plaza de Leidseplein, en el centro de Ámsterdam, la cabeza le daba vueltas de tanto sopesar cifras y posibilidades mientras posponía la cuestión decisiva: ¿qué sería de Meneghini y de ella si ordenaba que dejaran de transferir el importe de sus cachés a la cuenta conjunta?

Le había pedido a Peter Diamand, el director del Festival de Holanda, que mantuvieran una conversación privada, y se había escabullido de su marido diciéndole que tenía hora para darse un masaje. ¿Por qué no se había fijado antes en que casi nunca estaba sola? Meneghini rondaba siempre a su sombra, lo veía todo, lo oía todo y de esa manera controlaba sus días y sus noches. Sabía con quién hablaba, a quién miraba, a quién gritaba y cuándo perdía los nervios. Los momentos como los que había vivido en Harewood, donde había salido a pasear sola y luego había charlado en paz con Onassis en la terraza, se habían vuelto muy escasos. Meneghini estaba cada vez más alerta; había comprendido que el magnate se interesaba por su esposa, pero estaba casado y, por lo tanto, no contaba como posible pareja para ella.

Para Maria, una separación o incluso un divorcio eran un tema delicado. Ella no era Carmen, que hacía lo que le apetecía con los hombres. En el fondo de su corazón, siempre había estado muy apegada a las costumbres y nunca se había apartado de los principios de la educación griega que había recibido. Por eso nunca había cuestionado el reparto clásico de papeles dentro del matrimonio. No obstante, en su opinión, eso incluía que su marido tenía que ser leal con ella y debía respetarla tanto como desearla. Y justo ese equilibrio era el que se había torcido en su matrimonio. Ella se había acostumbrado en exceso a que el otro decidiera sobre su destino y ahora le parecía que su dilema personal no tenía solución. Además, temía las consecuencias sociales que comportaba un divorcio. Hacía tiempo que las separaciones habían dejado de ser inusuales en Estados Unidos, sobre todo en los círculos artísticos, pero en Italia, igual que en Grecia, suponían cierta exclusión social para la mujer. Para ser exactos, a diferencia de lo que ocurría en Estados Unidos, el divorcio ni siquiera era legal en Italia. ¿Y cómo reaccionaría el público operístico, a menudo conservador, al deseo de libertad personal de la diva? Una cantante a la que aclamaban como «la Divina», ¿podía permitirse obrar siguiendo sus propios anhelos? En algunos momentos, le daba la impresión de que sus problemas eran irresolubles.

Peter Diamand la esperaba en la entrada del teatro. Era un hombre atractivo, con el pelo oscuro y rizos en la nuca, y una nariz afilada en un rostro afable. La luz del sol se reflejó en los cristales de sus gafas cuando le tendió las manos con una sonrisa.

—¡Un momento extraordinario! —exclamó entusiasmado—. ¡Una cita secreta con Maria Callas!

Le dio un beso en la mejilla.

—Gracias por concederme su tiempo.

—Venga, vamos a dar un paseo.

Maria se colgó de su brazo y lo siguió por la plaza. El teatro municipal era un edificio de ladrillo de estilo neoclásico, con torres y almenas que siempre le recordaban un poco al Louvre. Delante se aglomeraban los turistas y gente del lugar, comían helados, se maravillaban, reían o avanzaban con prisas. A pesar de que Maria llevaba un pañuelo en la cabeza y gafas de sol, un grupo de turistas americanos, que en esos momentos contemplaba las vitrinas del teatro y a los que se identificaba por la banderita que lucía la guía en el sombrero, la reconoció y todos se precipitaron hacia ella. La diva firmó autógrafos con paciencia hasta que Diamand tiró de ella con suavidad hacia el puente del canal.

—No pretendo privarla de un baño de masas, pero quizá deberíamos seguir adelante.

—¡Ay! —exclamó Maria—. Nunca me he sentido muy cómoda entre tanta gente, pero esos turistas eran amables y educados.

—En este momento me parece más urgente que me hable de sus preocupaciones —dijo él iniciando la conversación.

—¿Cómo sabe que las tengo?

—Si no fuera así, no me habría pedido que nos viéramos —contestó él con pragmatismo. Sin esperar su respuesta, añadió—: Nuestro amigo común, George Lascelles, me comentó el otro día que usted… estaba un poco inquieta cuando los visitó, a él y a Marion, en la residencia de los Harewood.

—¿Inquieta? —repitió sorprendida. Se acomodó bien las gafas de sol sobre la nariz, como si una visión más nítida le permitiera ver también mejor en su interior. Unos instantes después dijo—: Creo que estoy en una encrucijada.

—Entonces, se trata de una decisión sobre el futuro —constató Diamand comprensivo—. ¿Cómo puedo ayudarla, querida?

Maria tragó saliva. Había llegado el momento en el que pronunciaría por primera vez lo que le bullía en la cabeza desde hacía un tiempo. Por muy a menudo y a fondo que se hubiera meditado sobre un propósito, al pronunciarlo en voz alta adoptaba otro aspecto, se concretaba mucho más. Todavía podía dejar las cosas como estaban, podía seguir poniéndose en manos de su marido y volver al papel de la cantante siempre perfecta y disponible, sin necesidades propias ni deseos, en la que su madre la convirtió a los ocho años, cuando descubrió su talento especial. No cambiaría nada si en esos momentos despachaba a aquel hombre con una excusa. Había temas de sobra, empezando por su salud.

—Retenga el importe de mi caché —soltó—. Retenga el dinero hasta que yo se lo diga.

Diamand titubeó. Luego asintió.

—Por supuesto. Dispondré lo que usted desee.

Maria continuó hablando antes de reflexionar en lo que en realidad decía. Las copas de los grandes árboles se inclinaban sobre ella, la brisa veraniega murmuraba con suavidad entre las hojas, la grava que cubría el camino del parque, al que acababan de llegar, crujía bajo sus pies; le llegaron los gritos de alegría de unos niños que jugaban en la hierba. La atmósfera acogedora hizo que manifestara lo que incluso se había prohibido pensar, pero que de repente le pareció inevitable.

—Tengo la intención de efectuar algunos cambios en mi vida.

Diamand volvió a guardar silencio unos instantes. Al contestar, su voz sonó dulce y un poco preocupada.

—Tiene que cuidarse, Maria.

—Lo sé. Ahora pienso mucho en mi salud. Y también en otras cosas que están relacionadas.

Recordó las palabras de Meneghini cuando ella le había propuesto tomarse un descanso de sus actuaciones. La frialdad con la que había reaccionado. A su marido solo parecía interesarle exprimir hasta la saciedad el potencial de la Callas, no el estado físico y anímico de su mujer. Si lo pensaba bien, eso lo descalificaba para siempre como marido y se preguntó por qué había esperado tanto tiempo para dar ese paso.

—Tómese unas vacaciones, Maria —propuso Diamand, que siguió hablándole como si supiera lo que la movía a actuar así—: En el mar. Unas vacaciones en el mar le sentarán bien, física y anímicamente. Y las decisiones importantes suelen afrontarse mejor con un poco de distancia.

Maria respiró hondo, como si quisiera llenarse los pulmones con el aire saludable del Báltico.

—Prométame que seguirá siendo mi amigo pase lo que pase.

Él asintió y le apretó la mano con que Maria se sujetaba a su brazo.

—Puede confiar en mí.

ELSA MAXWELL ESTABA sentada en el vestíbulo del hotel de L'Europe, entre el personal del hotel que la atendía y dos asistentas. Tomaba café, fumaba un puro y ojeaba un papel que se desenrollaba y parecía infinito, probablemente un teletipo. Levantó la mirada justo cuando Maria cruzaba el vestíbulo hacia la recepción para recoger la llave de su habitación. La columnista le indicó con amplios gestos que se acercara.

Maria se desabrochó el pañuelo de seda que llevaba en la cabeza y se le acercó.

—Hola, Elsa, ¿trabajando?

—Leyendo las noticias. —suspiró y dejó caer el rollo de papel. Una de sus ayudantes se agachó de inmediato a recogerlo—. La redacción de Nueva York me ha enviado un teletipo con todas las novedades que revolucionarán el mundo. Pero ¿a mí qué me importa la visita del vicepresidente Nixon a Kruschev en Moscú? Y no es que los nuevos montajes de las óperas de Wagner que van a presentarse en el Festival de Bayreuth sean más divertidos. Prefiero que tú me cuentes algo.

—Por desgracia, no me ha pasado nada importante que pueda compararse ni de lejos con tus noticias —contestó Maria, que se sentó en el brazo de la amplia butaca en la que casi se hundía la figura pequeña y rechoncha de Elsa.

—¡Paparruchas! —replicó la columnista—. Se te ve muy contenta. ¿Qué ha pasado? ¡Cuéntamelo!

Ella negó con la cabeza. No había nada que contar. El hecho de que se encontrara en la cuerda floja ante las decisiones que tenía que tomar no era un tema para hablarlo con la periodista, aunque suponía que le habría interesado bastante.

—Acabo de dar un paseo muy relajante con Peter Diamand.

—¡Qué aburrimiento!

—En absoluto. —Maria carraspeó. Jugueteó con el pañuelo antes de preguntar con una voz casi indiferente—: ¿Sabes cómo podría contactar con la señora Onassis por teléfono?

La pregunta la sorprendió tanto como a Elsa. Desde que se había despedido de Diamand, su propuesta de pasar unas vacaciones en el mar no se le iba de la cabeza. Evidentemente, podía ir al Lido de Venecia, pero ¿por qué no podía pasar sus días libres en el mar? Meneghini no se pondría muy contento, pero ¿había algo que lo alegrara? Mientras paseaba por el parque fue consciente de que a ella y a su marido ya no los unía nada que valiera la pena en un matrimonio. No forjaban planes juntos, no compartían sueños ni deseos; nada, aparte de su carrera en los escenarios, que fuera una expresión de una vida en pareja. O ella hacía lo que él proponía o él aceptaba sus propuestas, cosa que raramente ocurría, y, cuando se daba el caso, Meneghini siempre mantenía en el punto de mira los imperativos de su carrera. Nunca las necesidades personales de Maria.

—¿Quieres hablar con Tina? —replicó Elsa visiblemente sorprendida—. ¿Y eso?

—Quiero preguntarle qué tipo de ropa se lleva en un yate. —Maria sonrió. Desde que Diamand le había señalado en su conversación la influencia positiva del mar en el cuerpo y la mente, no se le había ido de la cabeza la invitación de Onassis. Creía en la fuerza del destino… Y no se podía pasar por alto que la providencia la guiaba hacia una dirección concreta.

Elsa chasqueó la lengua.

—Oh, là, là! ¿De verdad quieres hacerte a la mar con Tina y Ari?

—Ni idea. Si te soy franca, en estos momentos no sé lo que quiero. —Podía permitirse ser sincera con su amiga sin revelarle todos sus planes—. Antes me gustaría saber qué ropa hay que llevar a un crucero. Y luego decidiré si es mi estilo.

—Mmm… —Elsa se quedó pensativa y ella se preguntó si meditaba sobre la cuestión de la ropa o sobre lo que movía a Maria. Seguro que la inteligente periodista tenía muy claro que podía abrir la caja de Pandora con su respuesta. Al cabo de unos instantes, dijo—: Es probable que estén en Montecarlo. Te conseguiré el número de teléfono…

—Gracias —se apresuró a contestar—. Ya lo tengo.

Onassis le había dado hacía tiempo una tarjeta de visita con todas las direcciones y números de teléfono en los que podía localizarlo, incluido el contacto por radio con su yate.

—¡Oh! —Elsa puso morros.

—No te enfades. —Maria se inclinó y le dio un beso fraternal en la cabellera entrecana—. Solo quiero preguntar por la ropa, de verdad.

—Mmm… —repitió la otra—. ¿Sabías que Tina Onassis tuvo una aventura bastante tórrida con Porfirio Rubirosa? No estoy segura de si aún está loca por él. Es el exmarido de Barbara Hutton, la heredera de los Woolworth. Son los grandes almacenes a los que te gusta ir de compras en Estados Unidos, ¿verdad?

—La próxima vez que vaya a Nueva York, seguro que vuelvo a comprar allí. —La expresión de su cara no mostró la menor emoción. No permitió que se notara cuánto le sorprendía la noticia de la infidelidad de Tina Onassis. Ni cuánto le alegraba. Sonrió con amabilidad a Elsa—. Voy a tumbarme un rato.

—No, tú no vas a tumbarte —contestó su amiga—. Vas a llamar por teléfono.

Ella se encogió de hombros y se fue.

—Tina tiene debilidad por los hombres como Rubirosa —gritó Elsa a sus espaldas—. Bueno, Marilyn Monroe, Ava Gardner, Joan Crawford y Jayne Mansfield la tuvieron antes que ella. Y Zsa Zsa Gabor. Oh, han sido tantas…

Cuando Maria volvió a su habitación, Meneghini hablaba por teléfono en el salón con promotores de Alemania. Lo supo al reconocer la pronunciación cuidadosa y acentuada que siempre adoptaba cuando trataba con contactos del extranjero. Y había oído el nombre de Hamburgo. La conversación duraría un rato.

Aliviada por poder esquivarlo, cerró la puerta del dormitorio, se quitó los zapatos mientras todavía caminaba y se echó vestida sobre la cama. Una vez tumbada, abrió el bolso y palpó el interior en busca de la tarjeta de visita que había guardado en un bolsillo lateral. Estuvo un rato dando vueltas a la tarjeta entre los dedos, ensimismada. Luego se recostó de lado con determinación, levantó el auricular del teléfono que había en la mesilla de noche y pidió a la centralita del hotel que le pusieran con Montecarlo.

—*Allô, c'est qui?* —dijo una voz profunda de hombre.

—*Bonjour* —contestó Maria, que siguió hablando en francés—: Quería hablar con la señora Onassis. De parte de Maria Callas.

—*Kalimera* —oyó responder rápidamente en griego—. ¿Cómo está?

—Bien, gracias. —Una sonrisa silenciosa se deslizó por sus labios—. Quería hablar con su esposa.

—Tendrá que conformarse conmigo. Tina no está.

—Oh... —ella titubeó.

—¿Qué quería de Tina? Estoy a su disposición para responder a cualquier pregunta.

—Yo... Bueno... Sí... Yo... —Le resultaba incómodo preguntarle por lo que estaba de moda en el Mediterráneo.

—¿Sí? —Onassis interrumpió el tartamudeo.

Maria, que aún estaba tumbada de lado, se puso bocarriba con el auricular pegado a la oreja. Cerró los párpados y en el acto visualizó la imagen del agua resplandeciendo en tonos plateados a la luz brillante del sol. Su voz cambió de manera involuntaria, se volvió más profunda y suave—: Me interesa saber qué tipo de ropa hay que llevar a un crucero.

Onassis soltó una leve carcajada.

—¿Es eso una respuesta afirmativa, Maria?

—No. —Abrió los ojos, sonriendo con picardía, y contempló el techo de la habitación, donde la luz que entraba por la ventana formaba círculos que jugueteaban con las sombras—. No. No, no. Solo pregunto cómo hay que vestirse en un yate.

—Puede llevar lo que quiera…

«Típico de hombres», pensó. Muy útil.

—… unos cuantos jerséis y algo para nadar. En realidad, no le hará falta nada más a bordo.

A Maria se le borró la sonrisa. Los jerséis y los bañadores no se contaban entre sus prendas de ropa favoritas.

Obviamente, Onassis notó su silencio. Sin embargo, no entró al trapo, sino que continuó hablando risueño.

—Cómprese algo bonito. La espero el veintiuno en Montecarlo. El *Christina* se hará a la mar al día siguiente. Y quiero tenerla a bordo, Maria.

—Sí, pero… —objetó ella.

Onassis no la oyó. Había colgado.

«No», pensó, y se sentó en el borde de la cama. Dejó el auricular en la horquilla del teléfono y se quedó mirando el aparato pensativa. ¡No!

No iría de crucero con él. No pagaría el precio de embutir su cuerpo en un jersey y exhibir en bañador sus piernas robustas al lado de Tina, que parecía una sílfide. Era un precio demasiado alto. Aristóteles Onassis podía emprender su viaje por el mar con quien fuera, pero no con la Callas.

Los ojos de Maria se llenaron de lágrimas de desilusión.

14

Milán
Mediados de julio de 1959

MARIA RECORRÍA LA Via Monte Napoleone a toda prisa esperando que no la parasen constantemente los mitómanos en busca de autógrafos o los admiradores. Gracias a los cristales oscuros de las gafas de sol, ignoraba a propósito a los demás viandantes, aunque tenía cuidado para no chocar con nadie. Posaba los ojos en los escaparates, en los que se exponían preciosas mercancías de lujo. No conocía ninguna otra calle del mundo que igualara la fantástica oferta que los diseñadores de moda ponían a la venta en los pocos centenares de metros de esa vía, relativamente estrecha y bordeada de palacios neoclásicos. Ni siquiera en la Quinta Avenida de Nueva York o en la Avenue Montaigne de París se podía comprar de manera tan compulsiva como en Milán. Y ella tenía la intención de gastarse el dinero que hiciese falta para hacerse con la ropa perfecta.

La perseverancia de Onassis había provocado que al fin aceptara su invitación. Maria lo había intentado todo para resistirse. Y se había mantenido firme durante mucho tiempo. De vuelta a Sirmione, después de la gira por Holanda y Bélgica, plagada de éxitos, pero extenuante, estaba convencida de que sus caminos tenían que separarse de forma definitiva. Sin embargo, sus llamadas telefónicas lo cambiaron todo.

Maria estaba sentada a la sombra, tomando un té y hojeando una revista en la galería; unos instantes de paz interior y sosiego que ni siquiera la presencia de Meneghini perturbaba. Pero sí el aviso de la asistenta.

—El *signor* Onassis al teléfono; quiere hablar con la *signora* Callas.

Su marido la miró fijamente, pero no dijo nada.

Ella respiró hondo. Un ansia insensata la empujaba a hablar con él, aunque en realidad no quisiera. Sabía lo que le preguntaría. Onassis se haría a la mar en Mónaco al cabo de una semana exacta. «Esto tiene que acabar», pensó.

—Dígale al señor Onassis que no estoy en casa.

—Mejor dígale que estamos en Milán —añadió Meneghini removiendo el azúcar que se había echado en el café.

—Muy bien, *signor* Meneghini.

Su buen humor se esfumó como los rayos de sol detrás de los cipreses del jardín. Librarse de Onassis era razonable y lo más acertado era no seguir discutiendo con él. Tenía que defenderse del asedio del armador. Sin embargo, en el fondo no había nada que le apeteciera más que hablar con él del inminente crucero. Forjar planes. Mecerse en un sueño. Pero ese sueño no tenía nada que ver con su realidad.

—¿Cuándo iremos al Lido de Venecia? —le preguntó a su marido.

—En cuanto comunique al Excelsior el día que piensas llegar. Es decir, cuando queramos.

—Entonces nos tomaremos un tiempo. Aquí estoy muy contenta. —Inclinó la cabeza y hojeó la revista sin mirarla; no quería que Meneghini leyera en la expresión de su cara que sentía algo muy distinto a lo que expresaban sus palabras.

—Deberíamos ir pronto —insistió él. A Maria casi le dio la impresión de que ignoraba adrede sus deseos—. El médico te ha recomendado el aire del mar. Tienes que recuperarte antes de enfrentarte a tus próximos compromisos.

—Sí —contestó ella, que no pensaba decir nada más sobre el tema.

—Disculpe, *signora*. —La asistenta carraspeó. Estaba en la puerta que daba al balcón y se retorcía las manos—. El *signor* Onassis vuelve a estar al teléfono y pide hablar con usted.

Maria tiró la revista al suelo de baldosas. Los nervios la habían tensado como el arco de un violín para tocar las notas más altas—. ¿No le ha dicho que no estábamos?

—Sí, *signora*. Por supuesto. Pero el *signor* Onassis ha llamado a Milán y le han dicho que está en Sirmione. Quiere hablar con usted con urgencia.

—¡No estoy aquí!

—Dígale que la señora está indispuesta —propuso Meneghini con voz tranquila.

—Muy bien, *signor*.

«¿Por qué Onassis me produce este efecto?», se preguntó Maria alterada. Ni era atractivo, según los cánones clásicos, ni su estatura correspondía a la de un adonis. Además, era un verdadero inculto. Y, sin embargo, la había atrapado con su personalidad; lo encontraba encantador, inteligente y gracioso, y le gustaba estar en su compañía. También le gustaba su perseverancia; no dejaba de cortejarla sin importarle que ella lo tratara con brusquedad. Pero ¿a quién deseaba realmente? ¿A Maria o a la Callas? Si cedía, las cosas cambiarían. Quizá no para él, pero ella no saldría ilesa de un romance con Onassis, de eso estaba segura. Porque lo que ella deseaba no era a uno de los hombres más ricos del mundo, sino, como acababa de comprender, al hombre a cuyo lado no se sentía igual que con otros hombres, a alguien que no quería nada de ella que no fuera a Maria como persona.

«Estoy loca», concluyó en silencio. Onassis estaba casado y hasta entonces siempre la había invitado también en nombre de su esposa. Al parecer, toleraba las aventuras de Tina. Y Maria no se prestaba a ser su trofeo ni alguien con quien devolverle la pelota a su mujer.

La alegría con que había empezado el día se acabó de manera definitiva. Los músculos le temblaban de nerviosismo, movía los pies y tamborileaba con los dedos sobre el brazo de hierro forjado de la butaca de jardín.

Notó la mirada de extrañeza de Meneghini antes de levantar la vista hacia él. Puesto que no quería explicarle lo que le pasaba, se levantó con brusquedad. En realidad, no se atrevía a confesarse a sí misma por qué se había puesto tan nerviosa de repente.

—Me voy a mi habitación —dijo, y se marchó.

No sabía qué hacer, de modo que encendió la radio y se echó en la cama. En la emisora sonaban los grandes éxitos del verano: Domenico Modugno cantaba sobre una noche larga y solitaria, Adriano Celentano sobre la fuerza de un beso, y los Platters suspiraban por *Smoke gets in your eyes*. A ella le gustaban esas canciones sencillas y emotivas, pero aquel día no eran lo más adecuado para volver a pensar de manera razonable. En su cabeza giraba un tiovivo de sentimientos, posibilidades, miedos y desilusiones que terminó convirtiéndose en un caleidoscopio a través del cual solo veía un conjunto de colores. Con todo, no apagó la radio.

Después de las noticias y unos cuantos éxitos más, llamaron a la puerta.

—Soy yo —dijo Meneghini.

Maria se sentó rápidamente en el borde de la cama, se pasó las manos por el pelo y buscó con la mirada algo con lo que disimular que estaba ocupada. No encontró nada.

—Pasa —dijo, puesto que no podía hacerlo esperar más tiempo, y se apoyó las manos en el regazo.

En la radio sonaba *Venus*, de Frankie Avalon.

Él entró en el dormitorio, se acercó a la radio y la apagó.

—¿Por qué escuchas esa terrible emisora? —murmuró mientras se volvía hacia ella.

—¿También vas a dictarme los gustos musicales?

—Yo no te dicto nada. Solo te lo digo por tu bien.

Maria cruzó las manos. «Una palabra más y le arranco los ojos», pensó.

—Onassis ha vuelto a llamar dos veces —le dijo.

Maria cogió aire.

—La primera vez he ordenado que volvieran a decirle que no estabas —prosiguió Meneghini. No hablaba, instruía—. La segunda vez ha preguntado por mí y no me he prestado a que le dijeran que yo tampoco estaba.

«¡Qué valiente!», pensó Maria con ironía. Se mordió la lengua antes de que se le escapara que se había comportado como un auténtico héroe. Se calló para protegerlo del sarcasmo, quizá también para protegerse a sí misma.

—He hablado con la señora Onassis, no con él. Y he aceptado su invitación al crucero, también en tu nombre.

Lo escrutó con la mirada. Por un momento no supo si echarse a reír o llorar. Se levantó bruscamente y abrió los brazos, en un gesto casi de desesperación.

—¿Qué has hecho?

Meneghini le brindó su típica sonrisa, poco entusiasta, carente de humor y que jamás alcanzaba hasta los ojos.

—¿Por qué te alteras tanto? No hay manera de librarse de Onassis y el médico te ha recomendado el aire marino. Por eso iremos en ese barco. Él tendrá lo que quiere y tú lo que de verdad necesitas. Todos servidos.

—No me lo has consultado —lo increpó.

—¿Y por qué iba a hacerlo? —preguntó Meneghini visiblemente sorprendido—. Yo siempre decido lo mejor para ti.

Maria notó que le faltaba el aire, pero él retomó la palabra antes de que pudiera increparlo.

—Además, podemos volver a casa cuando queramos. Si no te gusta el crucero, desembarcaremos en el primer puerto en el que amarre Onassis y nos iremos a Venecia.

Esa opción parecía satisfacerlo por completo. Pero a Maria no.

Se dejó caer de nuevo en la cama, sin habla. No se explicaba el motivo por el que Meneghini había cambiado de parecer. Quizá pensaba de verdad en su bienestar, aunque lo más probable era que hubiera sucumbido al poder de convicción del magnate. Con todo, en realidad ya no le importaba saber lo que lo había movido a aceptar la invitación después de haberse mostrado tan contrario desde el principio. Lo importante era que la decisión estaba tomada.

—*Moira* —murmuró para sus adentros.

La palabra griega que significaba «destino».

ESE DESTINO LA condujo al día siguiente a Milán, a la Via Monte Napoleone. Tenía prisa porque solo le quedaban cinco días para organizar el guardarropa y que le arreglaran las prendas adecuadas para un crucero, y eso incluía un domingo. Por lo tanto, en realidad solo eran cuatro días.

Maria estaba emocionada como una jovencita neoyorquina antes de su primer baile... O como una alumna de canto antes de interpretar su primer papel protagonista en la ópera. Nunca había vivido lo primero y prefería no recordar lo segundo. Con todo, el miedo escénico la acompañaba antes de todas las actuaciones desde aquel día del mes de abril de hacía justo veinte años. Fue en Atenas, interpretando a Santuzza en la ópera *Cavalleria rusticana*, y por casualidad oyó a una cantante de la tercera fila cuchicheando maliciosamente y burlándose del miedo de Maria, que solo interpretaba un papel secundario. No se justificó, no echó pestes, sino que le dio una sonora bofetada sin vacilar. Después, Maria Kalogeropoulos, como volvía a llamarse en Grecia por decisión de su madre, había estado brillante en su papel y hasta había ganado un premio. No volvió a pegar a ninguna competidora, pero el miedo escénico y, sobre todo, los ataques ocasionales de ira persistieron y se convirtieron en su sello personal. A menudo perdía la paciencia entre bambalinas cuando las cosas no salían como imaginaba. Al fin y al cabo, trabajaba demasiado duro para tolerar negligencias. Con todo, obviamente no tenía la intención de coaccionar a Biki Bouyeure para que la equipara en la fecha prevista con los modelos apropiados para un crucero por el Mediterráneo.

Abrió con ímpetu la puerta del *palazzo* en el que se encontraba el taller de la creadora de modas. Biki, que en realidad se llamaba Elvira, era nieta del compositor de óperas Giacomo Puccini y ambas se habían conocido gracias a Wally Toscanini. Maria, con un peso mucho más exuberante en aquella época, se sintió cómoda desde el primer momento con aquella mujer, guapa y eternamente joven. El gusto y el talento de Biki hicieron verdaderos milagros en el cuerpo de Maria. Y desde que la Callas había adelgazado, la vivaracha modista le confeccionaba prendas con un estilo sensacional hecho a su medida.

Era la única persona con la que contaba ese día. Se encontraba en un grave aprieto, la idea de subir a bordo del barco y no ir vestida de manera adecuada le parecía terrible. Para Maria, un vestido era mucho más que una simple prenda de ropa; era un escudo contra las ofensas. Se protegía de las risas de sus compañeros de colegio mofándose de su tipo, unas risas que le resonarían toda la vida en los oídos al mirarse en el espejo. Después, las cantantes envidiosas se burlaron de su gordura y, al final, el genial director de ópera Luchino Visconti la urgió a perder peso; de lo contrario, no trabajaría con ella. Además, aunque no le gustara reconocerlo, quería causarle la mejor impresión a Aristóteles Onassis.

La recibió la directora del taller de Biki Bouyeure y la condujo al salón. Al cabo de unos instantes apareció Alain Reynaud, un hombre alto, de pelo moreno y con gafas de concha negras, yerno y diseñador de modelos de Biki, y antiguo ayudante de Jacques Fath en París. Aliviada por su presencia, Maria le ofreció las mejillas para que se las besara. Era el hombre al que necesitaba en su situación. Hacía unos años, Reynaud le había enseñado a moverse con gracia y elegancia después de que hubiera perdido peso, a caminar correctamente o, mejor aún, con solemnidad, y a vestirse con lo que más le favorecía y a elegir con estilo los accesorios pertinentes. También le enseñaría lo que había que llevar en un crucero. Seguro que él no reduciría el equipaje a unos cuantos jerséis y bañadores.

—Biki vendrá enseguida —dijo Reynaud después del cariñoso saludo—. Me ha dicho que le ha parecido que estaba muy nerviosa cuando ha hablado con usted por teléfono. ¿Qué ocurre? Ábrame su corazón, Maria, para eso estoy aquí.

Mientras se cambiaba las gafas de sol por unas de cristales claros, ella le expuso los hechos, pero no sus sentimientos.

—Nos han invitado a un crucero por el Mediterráneo en un yate privado, tenemos que embarcar dentro de cinco días... Y no tengo nada que ponerme.

Reynaud la miró de arriba abajo, pensativo.

—Por casualidad, ¿no será Onassis su anfitrión?

—Oh... ¿Cómo lo sabe? —Maria estaba visiblemente desconcertada.

—Leo todo lo que se publica de mis clientas —dijo sonriendo—. Y los periódicos estaban llenos de fotos de ustedes dos en aquella fiesta de Londres. —Dio unas palmaditas—. Bueno, bueno. Veamos lo que podemos hacer para equiparla de manera adecuada, querida.

Biki Bouyeure entró luciendo un vestido sencillo y elegante, y un collar de perlas de varias vueltas. Ordenó que le llevaran un café a Maria y espoleó a las maniquíes para que avanzaran por el salón con las creaciones oportunas de la colección de verano. Sentada en un sillón Luis XVI, la cantante examinó pantalones, blusas, chaquetas, vestidos y abrigos, con tanto asombro como incomodidad. Las chaquetas y los vestidos de corte trapecio y barril, dos conceptos que utilizaba Reynaud, se ceñían a la cintura con un cinturón ancho, lo que les daba un aire muy elegante y acorde con el estilo de Maria. Unos cuantos estaban confeccionados en estilo imperio, con una cinta fina debajo del pecho, aunque, a diferencia de los que se llevaban ciento cincuenta años atrás, la parte de abajo no caía con soltura sobre los tobillos, sino que se apoyaba en unas enaguas. Las faldas eran bastante más cortas que la temporada anterior, el dobladillo quedaba sobre las rodillas y los pantalones deportivos acababan por encima del empeine. Pensó, compungida, que aquello no resultaría muy elegante con sus piernas. Los colores pastel de moda le parecieron mejor, combinaban bien con su pelo negro.

—En otoño volverán los tonos más oscuros —la informó Biki—. Pero, de momento, nuestras telas son luminosas como un cuadro de Claude Monet. Vamos a elegir mucho lino. Es un material fresco, ideal para el calor veraniego y hará que luzca siempre un aspecto perfecto.

Después le adaptaron los nuevos modelos en el espacioso probador con paredes de espejo. La modista se arrodilló a su lado, con el acerico en el brazo como si fuera una joya, y acortó, estrechó o ensanchó las costuras de las prendas. Reynaud estaba detrás de Maria observando, aconsejando y ayudándola a sentirse cada vez un poco más segura.

El diseñador puso un sombrero de paja blanco en la cabeza de Maria, que llevaba el pelo recogido.

—Hoy en día, todos los sombreros parecen pantallas de lámpara —opinó sonriendo—, pero este ejemplar le queda de maravilla.

La cantante se miró en el espejo, volvió la cabeza a un lado y a otro, y al fin dio una vuelta entera. Sí, el sombrero era sumamente elegante. Y, sobre todo, desviaba la atención de sus pantorrillas recias. Una elección acertada.

SE FUE DE la casa de modas con bolsas y sombrereros en las dos manos. La seguía un joven aprendiz del taller de confección cargado de bultos y fundas con vestidos. El resto de las prendas que había encargado se entregaría con puntualidad el martes siguiente, antes de que tomara el vuelo a Niza. Biki y Reynaud le habían prometido que para entonces se habrían hecho todos los arreglos y Maria sabía que podía confiar en ellos.

Después de que el chófer hubiera guardado las compras en el maletero, Maria subió al coche, donde la esperaba Meneghini.

Su marido arqueó las cejas.

—¿Cuántos millones de liras te has gastado en esas cosas durante las últimas dos horas?

—No lo sé —admitió.

—No solo es absurdo, también es una absoluta exageración.

—¿Tú crees? —Maria se apartó de él y miró por la ventanilla—. Yo no lo creo.

Se sorprendió mucho al notar que su marido le buscaba la mano.

—No debes tener miedo de los demás invitados. *Sir* William Churchill estará a bordo con su esposa, pero no deberías dejarte intimidar. Hasta ahora, siempre has dominado todos los papeles.

«El de adúltera no», pensó.

Se soltó de la mano de Meneghini, que estrechaba la suya con cariño.

—Por supuesto —mintió—. No hay ningún motivo para estar nerviosa.

15

Montecarlo
22 de julio de 1959

Desde la terraza de la habitación de Maria en el hotel Hermitage, las vistas abarcaban desde el puerto hasta el palacio de los Grimaldi, situado en lo alto de un peñón árido que se elevaba en el mar. A los pies del edificio se mecía el yate privado de Aristóteles Onassis, inusitadamente grande y de un blanco radiante a la luz del sol, con una chimenea amarilla que parecía una extravagancia adicional. Arriba, el edificio de aspecto algo destartalado; abajo, el imponente barco blanco, un símbolo del régimen de propiedad en Mónaco. Rainiero III era el príncipe, pero Onassis era el soberano. El multimillonario había invertido enormes sumas de dinero en los hoteles y en el casino, con lo que había salvado de la bancarrota al principado, muy tocado en lo económico. A aquellas alturas, era el propietario de buena parte de él. Y había establecido su corte en Montecarlo.

El día anterior, cuando Maria y Meneghini aterrizaron en el aeropuerto de Niza en un vuelo procedente de Milán, los esperaba un coche que, junto con la increíble cantidad de equipaje que llevaban, los trasladó a Montecarlo, donde Onassis les había reservado una *suite*. Todo estaba previsto. Maria se sintió como si la llevaran en palmitas y la trataran de manera acorde con su categoría de divina. El alojamiento, situado al lado del también cosmopolita hotel de París, era un sueño de los tiempos de la Belle Époque y parecía un marco hecho a medida para una estrella de la ópera.

Por fortuna, su asistenta en Milán, Bruna, le había preparado el equipaje con mucha sensatez, de manera que solo tuviera que llevarse a la habitación una maleta y un neceser para pasar la noche; el resto del copioso equipaje se quedaría en una sala especial del hotel hasta que lo transportaran al *Christina*. Sin embargo, al probarse la ropa para asistir a la cena con el matrimonio Onassis, Maria comprobó que no había acertado en la elección del vestido; el modelo adecuado para la ocasión estaba en el baúl. ¿O quizá no? Se sentía insegura y no sabía qué ponerse para impresionar a su anfitrión con sus recursos, igual que hacía él con los suyos. Obviamente, en semejante situación, el vestido adecuado nunca estaba al alcance por mucho que todo se hubiera planeado con cuidado. Consciente de ello, al final se dio por satisfecha con lo que tenía a mano.

La velada en el restaurante del hotel de París se desarrolló en un ambiente complicado. Los Onassis habían invitado a Elsa Maxwell a la cena, pero no al crucero, y saltaba a la vista que eso la ofendía. Cuando no estaba de morros, repartía indirectas que afectaban sobre todo a Tina y a Meneghini, aunque este no entendiera nada de la conversación, que se desarrolló en inglés y francés. Aristóteles Onassis intentó mantener una charla superficial, en la que Maria participó, aunque habría preferido no haberlo hecho de esa manera. Era todo tan banal que se olvidaba del contenido en cuanto encontraba una respuesta adecuada a lo que alguien había dicho antes. Después, al pensar en ello, no recordaba de qué habían hablado, excepto unas cuantas frases crípticas que Elsa y Tina habían intercambiado sobre hombres, mujeres y relaciones. Con todo, como era de imaginar, el mal ambiente persistió.

—No me gusta tu amiga Elsa Maxwell —manifestó Meneghini antes de acostarse. Estaba sentado en una cama francesa separada de la cama de su mujer por una mesita de noche. Vestido con un pijama de color azul claro y con el pelo desgreñado, a Maria le pareció conmovedor... y, sobre todo, viejo. Un sesentón que no se conservaba muy bien. Al cruzarse sus miradas, Meneghini meneó con amargura la cabeza—. Te ha introducido en ese ambiente de personas que solo piensan en el dinero y viven sin ningún tipo de moral.

La sonrisa afable de Maria se transformó en una expresión de sorpresa. ¿Cómo era posible? Estaba en la puerta del cuarto de baño, envuelta en una bata de seda con un estampado de flores grandes y con crema de noche en la cara para dar tersura a sus mejillas. No guardaba en la memoria ningún comentario que su marido hubiera podido entender. ¿Había conseguido traducir las palabras de Tina Onassis cuando le dijo a Elsa que en realidad no había mucha diferencia entre estar casada con un hombre bastante rico o con un hombre riquísimo? A ella la frase se le había quedado grabada porque, en su opinión, era lo más tonto que se había dicho durante la velada. Sin embargo, su amiga había asentido solícitamente al oírla y le había aconsejado a Tina que no perdiera de vista a Ari en el crucero. Un diálogo patético.

—Esa gente vive una vida totalmente distinta a la nuestra, Maria —añadió Meneghini.

A ella le acudió a la mente un pensamiento que la consternó en lo más profundo.

—¿Ya no quieres ir de crucero? —No esperó su respuesta, sino que prosiguió—: Ahora no podemos rehusar la invitación y volver a casa. Es imposible.

La idea de no embarcar en el *Christina* le sentó como una puñalada, como si le clavaran la daga de Medea. Aunque al principio se hubiera mostrado indecisa y la invitación de Onassis la hubiera abocado a un tremendo conflicto de lealtades con su marido, ahora le hacía muchísima ilusión el viaje en barco. Biki y Reynaud habían contribuido en cierta medida a que se embelesara con una imagen de ensueño, con lo agradable que sería estar en el mar, rodeada solo por el viento y el cielo, y se prometiera una libertad realmente mágica. Había cruzado varias veces el Atlántico en barco, en los peores camarotes imaginables de segunda clase, pero nunca había sido una invitada de honor en un yate privado, menos aún en el Mediterráneo, mucho más calmado. No quería que le arrebataran ese sueño. Tampoco la sensación agradable que le proporcionaban las atenciones y la hospitalidad de Onassis.

Meneghini abrió la cama, se metió entre las sábanas y cerró los ojos.

—Si a ti te apetece, embarcaremos. Por supuesto. —Sus palabras fueron un murmullo adormecido.

Mientras se recuperaba lentamente de la conmoción, oyó la respiración regular de su marido seguida de unos leves ronquidos.

Maria emprendió el camino hacia el *Christina* seguida por Meneghini y un botones que transportaba las maletas, fundas de vestidos y bolsas en un carro portaequipajes. Eran las tres de la tarde y el sol brillaba en un cielo azul claro sin nubes. Aunque Biki Bouyeure le había asegurado que se sentiría fresca como una primavera con el conjunto de lino de color crudo, la fe de la cantante en las palabras de la diseñadora de modas se terminó en la Place du Casino. Hacía tanto calor que Maria temió llegar a bordo completamente sudada y llena de arrugas...

Onassis los esperaba en la pasarela de embarque. Llevaba un traje claro, una camisa blanca y una corbata oscura que le conferían un aspecto elegante y cosmopolita, pero no del navegante que Maria esperaba. Le había hablado tantas veces de cuánto le fascinaban las aventuras de Ulises que no había imaginado verlo interpretar el papel de anfitrión a bordo del *Christina* con un atuendo tan formal como los que probablemente llevaba en la mesa de su despacho. Confió en no haberse equivocado tanto al elegir sus modelos como al especular con la imagen del magnate. Su inquietud fue en aumento.

El armador dejó que un marinero le abriera la puerta del coche a Meneghini y él se la abrió en persona a Maria para ayudarla a salir de los asientos de atrás.

—*Kalós írthes* —dijo y le estrechó con fuerza la mano para llevársela a los labios—. Bienvenida.

Había algo en su manera de comportarse que la intimidó.

—Gracias por la invitación —contestó en tono formal.

—Puesto que ya estamos todos, me gustaría presentarle a los demás invitados. *Sir* Winston Churchill ha llegado hace una hora. —Tiró de ella hacia la pasarela de embarque sin hacerle ningún caso a su marido.

Maria lo siguió avanzando con sus sandalias planas. Había elegido zapatos sin tacón a propósito para no superar todavía más en estatura a Onassis, que era casi diez centímetros más bajo que ella. Además, así podría caminar con mayor agilidad sobre los tablones. El armador la estrechaba con fuerza, probablemente para transmitirle una sensación de apoyo, pero logró todo lo contrario. No podía apartarlo porque en la estrecha pasarela que conducía a bordo no había sitio para ello. Se rindió y, al llegar a cubierta, incluso le tendió la mano.

Sir Winston Churchill tenía el aspecto imponente que Maria esperaba. Un caballero de ochenta y cinco años, con el pelo blanco, propenso a la obesidad y que infundía respeto. Llevaba un traje formal y daba la impresión de que el antiguo primer ministro británico y premio nobel se dirigiera a una visita de Estado en vez de a un viaje privado. Estaba sentado en una butaca en cubierta, debajo de un gran toldo verde y al lado de una gran jaula en la que parloteaba un papagayo. Churchill no se levantó cuando Onassis se acercó con su acompañante.

—¿Me permite que le presente a Maria Callas?

Ella se inclinó para estrechar la mano de aquel político tan importante. El corazón le latía con fuerza. No recordaba ningún momento de los últimos años en que la sensación de haber conseguido algo extraordinario en la vida hubiera sido menor que delante de aquel hombre. La frialdad de ese encuentro no era un buen comienzo para una convivencia relajada en un crucero.

—Es un placer conocerle —dijo educadamente.

—Lo mismo digo —gruñó Churchill.

El papagayo lanzó un sonido indefinido.

—Besitos —berreó luego.

Maria se quedó de piedra. Profundamente incómoda, paseó la mirada entre el pájaro y su propietario y confió en que Churchill no percibiera su mirada de espanto a través de los cristales oscuros de las gafas de sol.

—Besitos —repitió el papagayo.

Una sonrisa iluminó el rostro, antes serio, surcado de arrugas a pesar de sus mejillas carnosas. Churchill soltó una carcajada estridente.

—Es *Toby* —lo presentó.

Maria se sumó a las risas, entre divertida y aliviada.

Poco DESPUÉS, MARIA y Meneghini conocieron a las demás personas que participaban en el crucero: la esposa de Churchill, *lady* Clementine; su hija mayor, Diana, y su nieta de seis años; el secretario privado de Churchill, Anthony Montague Browne, y su esposa Noel, que se presentó con una cordialidad poco habitual utilizando su sobrenombre, Nonie. Y, entre todas las almas serviciales que no formaban parte de la tripulación, mayordomos o profesores particulares, también le presentaron a los dos hijos de Tina y Aristóteles Onassis: Alexander, un niño de once años muy guapo y callado, y Christina, una niña tímida de ocho años, con cuyo nombre había bautizado el barco su padre. Saltaba a la vista que Onassis estaba loco por sus hijos, cosa que, a simple vista, Maria no había supuesto de la joven madre. La embargó la envidia al ser consciente de la suerte que tenía Tina Onassis, aunque aquella mujer no la valoraba. Ella habría dado lo que hubiera sido por tener dos hijos tan bien educados.

Más tarde, tumbada en la cama de su camarote, la *suite* Ítaca, mientras descansaba un poco antes del cóctel de bienvenida en cubierta, Maria pensó en los niños y en cuánto le habría gustado ser madre. Hasta aquel momento no se había cumplido su deseo de tener hijos porque Meneghini no era en realidad un hombre apto para la paternidad. En un momento dado, Ari Onassis empezó a tener un papel importante en sus reflexiones que parecía identificarse con su papel de padre. Maria no debía ni quería separarlo de sus hijos. Incluso estaría dispuesta a arreglar las cosas con Meneghini para evitarlo. Al menos, mientras durara el crucero.

La cena se sirvió en la terraza del hotel de París. A Maria le pareció un poco absurdo bajar del yate en el que habían embarcado apenas unas horas antes. Sin embargo, cuando miró hacia el puerto de Mónaco desde su sitio a la mesa, a la izquierda de Onassis, entendió el sentido de aquella puesta en escena. Las luces de los barcos brillaban como pequeñas luciérnagas en el Mediterráneo oscuro y las del *Christina* parecían collares tejidos con diamantes. Era una exhibición de riqueza, el orgullo del propietario se reconocía en aquellos collares de luces. Onassis quería mostrar a sus invitados el lujo en que viajarían rodeados las dos semanas siguientes. Volvieron a bordo para tomar un digestivo.

Después de que el anfitrión los apremiara a irse y todos se reunieran en las puertas del hotel, Maria perdió de vista a su marido. Paseó la mirada por la Place du Casino, por los espectaculares coches deportivos y las elegantes limusinas, y por la riada de mujeres, también elegantes y espectaculares, que acompañaban a sus respectivos maridos y señores al casino. Las joyas resplandecían como los farolillos de las embarcaciones y, a pesar del calor veraniego, que persistía de noche, se veían estolas de pieles cubriendo hombros bronceados. Sin gafas, Maria no pudo distinguir los rostros de los paseantes, pero seguro que había unas cuantas cabezas coronadas y también reinas de Hollywood y de otros sitios. Esa era la clientela que Elsa Maxwell apreciaba. Aquella noche no la habían invitado y Maria se preguntó desde dónde los estaría observando su amiga.

—¡Maria! —Meneghini apareció a su lado. La agarró del brazo—. Preferiría no ir al barco.

Ella parpadeó.

—¿Cómo dices?

—Por desgracia, no es posible alojarse otra noche en el hotel —objetó Onassis en tono cordial. Ella no se había dado cuenta de que el armador estaba detrás de ellos. Como era evidente, había oído las palabras de Meneghini—. He dado órdenes al capitán para zarpar a medianoche.

—Nosotros no podemos ir —afirmó el marido de Maria—. Mi madre está muy enferma y, a su edad, nunca se sabe. Por eso será mejor que volvamos a Italia. A su lado.

Onassis le dio unas palmaditas amistosas en el hombro.

—Pero, amigo mío, no se preocupe por nada. Estará localizable en todo momento y también podrá informarse sobre el estado de salud de su señora madre. Hay cuarenta y dos radioteléfonos a bordo, y podrá conectarse con cualquier lugar del mundo en unos minutos.

—Bueno... —murmuró dubitativo.

—Por supuesto, si tiene que abandonar el yate, pondré a su disposición el hidroavión que tenemos en la cubierta superior. Además, también hay cuatro lanchas deportivas y un hidroplano. —Onassis le dio otra palmada en el hombro—. ¡Vamos! Desde el yate podrá llegar rápidamente a Varese, a Milán o a Sirmione.

Maria se preguntó cómo podía conocer Onassis el lugar de residencia de su suegra y pensó que la velocidad con la que había afirmado que su invitado podría viajar de vuelta a Italia desde el *Christina* era un simple farol. Pero le pareció bien. Volver en aquel momento a casa con su marido sería una pesadilla. Pensó en la hospitalidad griega y en que en la patria de sus antepasados era de muy mala educación rechazar una invitación. Lo que hacía Meneghini no era tan solo imprudente e inoportuno, sino también ofensivo.

Mientras escuchaba en silencio el diálogo que mantenían los dos hombres, llegó el coche que debía trasladarla al puerto con Meneghini. No le molestó que Onassis no le abriera la puerta a ella primero y ayudara antes amablemente a su marido a sentarse en el asiento de atrás. Cuando el armador se incorporó, su mano rozó con suavidad el brazo de Maria.

—Me ocuparé de que su marido encuentre a bordo todo lo que necesite —dijo Onassis en griego—. Quiero que usted se sienta a gusto siendo mi invitada.

—Lo sé —replicó ella sonriendo.

MENEGHINI SE RETIRÓ en cuanto subieron al yate. Maria lo siguió a la *suite* Ítaca, pero estaba demasiado enfadada para pensar siquiera en dormir. Se sentó en una butaca, vestida por completo, y no consiguió tranquilizarse. Entretanto, los ronquidos de Meneghini demostraron que las preocupaciones por su madre eran menores de lo que afirmaba. Maria no tenía ni idea de a qué se debía el repentino cambio de parecer de su marido y su comportamiento la irritaba. Para distraerse, prestó atención al ruido amortiguado que hacían las puertas de los demás camarotes al cerrarse y trató de recordar dónde se alojaba el resto de los huéspedes. Sin embargo, desprenderse de la rabia no era tan fácil como quitarse el vestido. No se calmó ni tan solo al reconocer por los cabeceos de la embarcación que ya habían zarpado. A su lado, Meneghini respiraba ruidosamente en sueños.

Sopesó un instante la posibilidad de despertarlo y pedirle cuentas, de enfrentarlo a la figura patética que ofrecía. No obstante, decidió que no lo haría, se levantó con esfuerzo y salió del camarote. Seguro que en cubierta se encontraría mejor. En aquel momento, la idea de dormir en una tumbona le pareció incluso mejor que la perspectiva de pasar la noche en el mismo espacio que su marido.

Los pasillos estaban sumergidos en una vaga penumbra. Maria se deslizó con sigilo por delante de las puertas de los otros camarotes y se dirigió a la escalera de caracol que conectaba las diferentes plantas del barco. El pasamanos de bronce tenía un tacto frío y los balaustres de ónice que lo soportaban se fundían en la penumbra. Caminó por el barco, agradecida por no encontrarse a nadie, y se empapó de la atmósfera. Al estar sola, percibió el entorno de manera distinta a como lo había observado por la tarde, durante la visita guiada de Onassis. La decoración del yate era sin duda ostentosa, pero también estaba muy bien pensada y hecha con tan buen gusto que dio crédito sin dudarlo a las palabras de Ari cuando había declarado que el *Christina* era su verdadero hogar.

En cubierta, el ruido de los motores se oía más fuerte y la recibió un viento inesperadamente fresco. El murmullo del mar y el golpeteo de las olas en el casco del barco se mezclaban con el leve runrún del avance. Sin reflexionar en absoluto sobre adónde quería ir, las piernas la llevaron a popa como por arte de magia. Probablemente siguió por instinto las cadenas de luces a bordo del barco y los puntos que centelleaban en tierra, cada vez más alejados.

Se sorprendió al darse cuenta de que no estaba sola. Una silueta con esmoquin y un cigarrillo en la mano se apoyaba en la borda. Con toda seguridad había oído sus pasos, porque no miraba hacia la cubierta a oscuras, sino hacia el puerto que en ese momento abandonaba el *Christina*, y no se volvió hasta que Maria se le acercó.

—Siempre contemplo desde aquí cómo zarpamos. —La voz de Onassis sonó amortiguada, como si se encontrara en un acto solemne—. Venga aquí conmigo y podremos mirar atrás juntos.

—Las vistas son preciosas —afirmó ella a su lado.

A lo lejos, las luces de Montecarlo parecían nadar en el aire. Las estrellas centelleaban por encima como una cinta de lentejuelas que uniera la tierra y el mar.

Onassis dio una calada ensimismado.

—Hace treinta y seis años —dijo al cabo de un rato— vi este telón de fondo por primera vez, después de embarcar en Nápoles para navegar hacia Argentina en tercera clase. El barco bordeó la costa italiana y la francesa. Yo era joven y no tenía recursos, un pobre diablo, y solo pude entrever el esplendor de Mónaco desde lejos, pero me prometí que volvería en circunstancias mejores.

Maria cayó en la cuenta de que ella había nacido precisamente en diciembre del año en que Onassis había partido hacia Sudamérica. Y luego recordó que, al acabar la guerra, ella también había emprendido con mucha ilusión un viaje en la misma dirección. En septiembre de 1945, cuando por fin pudo volver a Nueva York, creyó que el mundo de la ópera se abriría para ella en Estados Unidos. Esa ilusión acabó resultando uno de los peores errores de su vida, un error que al final la obligó a regresar a

Europa. Entonces era un poco mayor que Onassis cuando emigró a Argentina, pero igual de pobre. Y ella también se prometió algo: que volvería a su ciudad natal siendo una estrella. Lo había conseguido, igual que él había logrado no solo sumergirse en el mar de luces de Montecarlo, sino también controlarlo.

—Le comprendo —replicó al final—. Me ocurrió lo mismo en una situación parecida.

—Tenemos mucho en común, ¿verdad?

El corazón de Maria ejecutó un redoble propio de la batería de un grupo de rock.

—Sí —confirmó con voz queda—. Eso parece. —Y se atrevió a añadir—: Los dos somos griegos a los que han privado de su patria.

—No me refería a eso. Al menos, no solo a eso.

—Bueno, su patria es este yate.

Onassis no se volvió a mirarla, sino que siguió contemplando la costa que se alejaba y las luces, ahora más pequeñas que las estrellas del cielo.

—Amo este barco. Mi mujer afirma que a bordo me convierto en un ama de casa que ve la más pequeña mota de polvo y pone en la picota al personal.

—No es un comentario muy amable —se le escapó.

—Cierto —confirmó el amador, imperturbable, y continuó hablando en un tono sorprendentemente calmado—: Tina dejaría atrás todo esto, y a mí, mejor hoy que mañana. Reinaldo Herrera, su actual amante, le ha hecho perder la cabeza. —Hablaba de la infidelidad de su esposa con tan poca emoción como si comentara la cotización de la bolsa.

Maria se mordió el labio inferior, se tragó el comentario que tenía en la punta de la lengua y se calló. Según su experiencia, los hombres griegos tendían por lo general a comportarse como pachás en el matrimonio, pero no solían abandonarse al fatalismo. No podía imaginar que un marido cornudo se enfrentara a la infidelidad de su mujer de manera tan neutral como aparentaba Onassis. Con todo, los amoríos de Tina no eran de su incumbencia y la manera de manejarlos del armador tampoco. Aun así, oyó una vocecita en su interior que le dio a entender que quizá no iba a ser tan sencillo ignorar lo que él acababa de decirle. El interés del armador por ella también tenía algo que ver con la conducta de su esposa. Cruzó los brazos alrededor del cuerpo como si tuviera que protegerse de algo… o retener el aire para no responder de manera imprudente.

No obstante, luego echó por la borda sus reflexiones y le preguntó directamente:

—¿De verdad es usted tan abierto? —Y antes de que él pudiera contestar, añadió—: En el fondo de su corazón, los hombres griegos son tan conservadores como los de Anatolia.

—Veo que sigue considerándome un *tourkosporos.* —Rio suavemente—. Quizá tenga razón. Pero he intentado de verdad ser comprensivo con las aventuras de mi mujer. Yo mismo soy un *romios.*

—Un auténtico hombre griego, un chovinista —resumió Maria. Continuó hablando antes de ser consciente de que la conversación se tornaba más íntima. Cuando se dio cuenta era demasiado tarde—. No entiendo que una griega pueda fingir que ama a su marido y luego se acueste con un amante.

Onassis daba vueltas, ensimismado, a la colilla del cigarrillo que tenía entre los dedos.

—A estas alturas me da igual lo que haga mientras los niños vivan protegidos. Si hasta ahora no he accedido al divorcio, ha sido por Alexander y Christina.

Estuvieron un rato en silencio en la popa, contemplando juntos la lejanía, más allá del mar de color azul tinta. Una vez más, Maria pensó que la compañía de aquel hombre era muy agradable, incluso cuando estaban callados. Ella solía hablar mucho para disimular la timidez. Sin embargo, en esos momentos no había nada que la incomodara. Ni el carisma autoritario del armador, del que disfrutaba tanto como llevándole la contraria, ni la media luna que se reflejaba plateada en el agua y parecía sacada de una escenografía kitsch de *Aida*. Los dos estaban absortos en sus pensamientos y, sin embargo, parecían unidos por una cinta invisible; en cualquier caso, Maria se sentía extrañamente arropada.

Onassis se volvió hacia ella.

—Soy un noctámbulo y no necesito dormir mucho. ¿Y usted?

Otra cosa en común.

—Me ocurre lo mismo —afirmó en voz tan baja que temió que no la oiría.

—Podría estar aquí con usted hasta la salida del sol. En silencio. Hablando. Da igual. Pero...

Maria contuvo la respiración de forma automática.

—Pero debemos respetar las convenciones. Dos personas casadas no pueden estar a solas en la cubierta leyendo las estrellas. A *sir* Winston y a *lady* Clementine es probable que la situación les pareciera comprometedora si se enteraran. —Una leve carcajada suavizó sus palabras, que parecían proceder de otro siglo.

«¡Dios mío! —pensó Maria—. Si ni nos hemos tocado. Y acabamos de hablar abiertamente de la aventura de su esposa.» Quizá era justo eso lo que ahora lo incomodaba. Era evidente que quería despedirse de ella, que no supo si indignarse o sentirse decepcionada.

—Aprecia mucho a Churchill —dijo en voz alta, como si quisiera confirmar sus observaciones.

«Más que mi compañía», pensó.

—Es un mentor para mí. Una figura paterna, si lo prefiere.

De pronto lo comprendió. Maria siempre había buscado un padre, el suyo nunca había tenido tiempo para ella, se había visto obligada a abandonarlo y la había decepcionado amargamente con su amor inquebrantable por Alexandra Papajohn. Durante un tiempo creyó que Meneghini llenaría ese vacío. Pero ahora sabía que su búsqueda continuaba.

Asintió.

—¿Dónde lo conoció?

—Nos presentaron hace tres años. En una cena organizada por su agente literario, que tiene una villa en Roquebrune, en la Costa Azul. Yo estaba muy nervioso; no todos los días se coincide con un auténtico héroe. Mientras charlábamos, creí que había ofendido a ese gran hombre con un comentario sobre Chipre, pero, al final, *sir* Winston le dijo a su secretario: «Onassis tiene carácter». —Saltaba a la vista que ese cumplido todavía lo colmaba de orgullo—. Desde entonces somos algo así como amigos.

Maria sonrió al acordarse del impertinente papagayo del hombre de Estado.

—Es evidente que Churchill es una caja de sorpresas.

—De ese modo liberó al mundo libre del fascismo. No debemos olvidar cómo estaríamos ahora si no hubiese existido ese hombre.

—Sí —contestó Maria con sequedad.

Rumió si debía contarle sus vivencias durante la ocupación alemana, decirle que su madre le había exigido que se acostara con soldados alemanes para obtener comida y otras ventajas. Pero lo único que hizo fue cantar, interpretó arias de Richard Wagner, la ópera *Fidelio* de Beethoven y el personaje de Marta, de *Tierra baja,* y con eso consiguió lo mismo. Al acabar la guerra, le echaron en cara que hubiera representado óperas alemanas, pero tenía hambre y también tenía que llenar la boca de su madre y su hermana. Además, esa música era maravillosa.

Se fijó en que Onassis acababa de comentar que su encuentro fortuito en cubierta era poco oportuno. Que los Churchill lo considerarían inapropiado. Lo mejor sería volver al camarote, por mucho que lamentase profundamente poner fin a la conversación.

—Maria —dijo Onassis, como si fuera capaz de leerle la mente—, me gustaría que pudiéramos sentarnos todas las noches en algún sitio y charlar. Y me gustaría que usted deseara lo mismo. Si nos acompañara otro huésped, eso se ajustaría más al código moral de *sir* Winston y *lady* Clementine. Por lo tanto, procuraré que no volvamos a estar a solas. —Sonrió tan ampliamente que sus dientes brillaron en la oscuridad.

Maria arqueó las cejas asombrada. Se consideraba demasiado vieja para tener una carabina. Acto seguido, temió que pudiera unírseles Meneghini. Pero, a diferencia de ella, su marido siempre dormía a esas horas, no era un noctámbulo. Averiguaría lo que el magnate planeaba y, si no le gustaba, siempre podía abandonar el barco.

Se encogió de hombros y dio media vuelta, indecisa entre el deseo de quedarse más tiempo con él y la preocupación de Onassis por no incomodar a los demás huéspedes. Se quitó los zapatos mientras avanzaba y caminó descalza sobre los tablones, que conservaban el calor del sol. El tacto de la madera bajo los pies era maravilloso. Cuando una ráfaga de aire le soltó unos mechones de pelo, que llevaba recogido con horquillas y pinzas, supo que no se iría del yate. Pasase lo que pasase.

—*Kalinychta*, Maria.

La voz de Onassis sonó como una promesa, aunque solo le hubiera deseado buenas noches.

16

Santa Fe
Principios de septiembre de 1968

Su amiga Mary Mead insistió en desaconsejarle que viajara a Texas porque en Dallas hacía mucho calor en esa época del año y había mucha humedad. Quizá también presentía que la escolarización de sus hijos no ofrecería un marco adecuado para rescatarla de la desesperación. No obstante, Maria no quería quedarse en Nueva York bajo ninguna circunstancia. La habitación de invitados de los Gatsos le parecía como contaminada desde que había visto allí por casualidad el programa de televisión. Tenía que irse, no importaba adónde; esperaba poder escapar de la pesadilla si viajaba a otro sitio.

Con la socorrida excusa de preparar el regreso de la Callas, Larry organizó una invitación a Kansas City por parte de David Stickelbar, un industrial y coleccionista de arte. Maria dijo que sí a todo, al nuevo comienzo de su carrera y a la estancia en casa de un completo desconocido. Sin embargo, junto con una cantidad ingente de maletas, el recuerdo de Aristo también la acompañó al Medio Oeste, puesto que no podía quitarse de la cabeza a su amado y la pena por la ruptura no se quedó en Nueva York. Antes de irse, le dio instrucciones a Costa Gatsos sobre cómo debía actuar si Aristo llamaba preguntando por ella. Sin embargo, después de pasar tres días en Kansas City sin que el teléfono sonara, decidió que no soportaba más la espera y que prefería proseguir el camino. Se desplazó en el jet privado de Stickelbar, tuvieron que amontonar las maletas y las bolsas en el lavabo del avión porque no cabían en su sitio. Con todo, ella seguía sin ser consciente de cuánto pesaba en realidad la carga que llevaba consigo.

El siguiente destino fue Colorado Springs, una gran ciudad situada pictóricamente en las estribaciones orientales de las Rocky Mountains. En los bungalós del hotel Garden of the Gods, Maria se sintió igual de mal que en Nueva York y en Kansas City. Las vistas a las antiquísimas formaciones rocosas de piedra arenisca rojiza no la ayudaron a superar el dolor. Cualquier menudencia le recordaba que había perdido al amor de su vida. Así, al ver que el nombre de su habitación era *Kissing Camels*, llegó al extremo de pensar que Aristo y la Kennedy no eran otra cosa que camellos besándose. Y se echó a llorar. Repetidamente. Esa asociación de ideas persistió durante cuarenta y ocho horas; al tercer día, ella y sus acompañantes siguieron su camino hacia el sur.

Mientras el avión sobrevolaba las montañas en dirección a Nuevo México, tuvo la sensación de ir en un crucero; en su imaginación, las nubes eran el mar. Huía de sus recuerdos... que cada vez la atrapaban más. Su viaje por Estados Unidos, semejante a una odisea, no se diferenciaba mucho de los viajes en barco que había vivido con Aristo. La primera travesía que hicieron juntos se planeó siguiendo los deseos de *sir* Winston Churchill. Onassis le preguntó adónde quería ir y Churchill contestó que le gustaría visitar la tierra natal de su anfitrión. Por eso la costa turca se incluyó en el programa. Al principio, el *Christina* atracó en varios puertos italianos, como el de la cosmopolita ciudad de Portofino, donde Maria paseó con Tina Onassis y Nonie Montague Browne, y también en Nápoles, Capri y Estrómboli, antes de cruzar el estrecho de Messina en su ruta hacia Grecia. De eso hacía nueve años y también era verano. Todavía recordaba con claridad el intenso olor a pinos que notaba cada vez que desembarcaban. El mismo aroma que le impregnó la nariz al bajar la escalerilla del avión en el aeropuerto de Santa Fe. Le dio la impresión de que volvía atrás en el tiempo, como si el destino no quisiera que olvidara.

En el vestíbulo del hotel Rancho Encantado le esperaba una sorpresa. Su amiga Mary Mead se levantó de una butaca de cuero de color crudo.

—¡Cuánto lamento no haber podido venir antes! Pero ahora estoy aquí para lo que haga falta.

Le estrechó la mano.

—Pues vamos a ocuparnos ahora mismo de que tu «casita» esté justo al lado de la mía. Así llaman aquí a los bungalós, ¿verdad?

Al entrar en el recinto del hotel, Maria se había fijado en los bonitos pequeños bungalós que se alineaban alrededor de la casa principal, de poca altura. La idea de sentarse en la terraza con Mary y hablar toda la noche de las penas del corazón era maravillosa. De momento, reprimió el recuerdo de que ella y Aristo habían intimado hacía nueve años manteniendo conversaciones interminables de esa manera. En cualquier caso, lo reprimió mientras esperaba en recepción con su acompañante a que les entregaran las llaves.

—Descansad un poco —propuso Larry—. Tengo que hacer unas llamadas desde mi habitación. Nos vemos luego en el bar a la hora del cóctel.

—Disculpe, señor Kelly —objetó el portero—. Nuestras casitas no disponen de teléfono.

Maria se volvió de repente.

—¿Quiere decir que los huéspedes no tienen teléfono en las habitaciones ni en las *suites*?

El portero se encogió de hombros y los bajó con una mezcla de pesar y resignación.

—Así es, *madame*.

Se quedó un momento sin habla. ¿Cómo podían llevarla sus amigos a un hotel en el que los huéspedes no pudieran llamar por teléfono desde su habitación y, más importante aún, no pudieran recibir llamadas? Aristo no la localizaría simplemente porque no estaría localizable.

—No puedo quedarme aquí —soltó.

Sus amigos intercambiaron una mirada cargada de significado.

Maria puso los brazos en jarras y los desafío con la mirada.

—¿Qué pasa? No puedo dormir sin un teléfono al lado. Ni pensarlo.

La respuesta fue un silencio atónito.

Entretanto, otros huéspedes se habían reunido en el vestíbulo. Recién llegados que esperaban con las maletas a que los atendieran en recepción y también turistas que ya se habían instalado y volvían de una visita turística, de dar un paseo o de jugar al golf. Los clavos de los zapatos de golf repiqueteaban en el suelo de piedra. Algunas miradas curiosas siguieron la actuación de la diva, los cuchicheos se generalizaron y pareció obvio que la gente empezaba a preguntarse si la mujer visiblemente alterada en compañía de un grupo de personas elegantes podía ser realmente la Callas. David Stickelbar fue el primero en recuperar la voz.

—Entonces deberíamos irnos —admitió con pragmatismo.

El portero asintió.

—En el hotel La Fonda, en el centro de la ciudad, tienen teléfono en las habitaciones. Voy a llamarlos y preguntaré si les queda algo libre.

—Evidentemente, debería ser una *suite* para Maria Callas —comentó Larry.

—Tres —corrigió Mary—. Necesitamos tres *suites*.

—Haré lo que pueda —prometió el portero—. Pero no les aseguro que haya tantas habitaciones libres. El lunes es festivo, se celebra el Labor Day, un fin de semana largo, y Santa Fe es un destino popular… —Se interrumpió para dar paso a un silencio elocuente.

—Haga el favor de llamar —le pidió Larry de forma escueta.

Maria lo notó muy nervioso. Al fin y al cabo, se preocupaba por ella desde el instante fatídico en que se marchó del yate, exceptuando los días en París que provocaron su ingreso al hospital. Larry estaba siempre a su lado, se esforzaba de buena fe por animarla y ayudarla a descubrir nuevas perspectivas. Y, según él, eso significaba que el regreso a los escenarios era el mejor remedio para olvidar la infidelidad de Aristo. Y ella lo valoraba mucho. Pero siempre le contestaba con vaguedades cuando él le comentaba sus planes. Ella no quería cantar. Quería que el hombre al que amaba volviera, y eso era lo que su amigo no parecía entender. De todos modos, Maria se lo perdonaba, por supuesto. Le brindó una sonrisa cariñosa.

—¿Sabéis qué? —Maria se esforzó por hablar en tono alegre—. Vayamos a otro sitio. Nunca he estado en Las Vegas. ¿Por qué no vamos?

—Podríamos estar allí dentro de dos horas —la apoyó Stickelbar. A esas alturas, la cantante utilizaba el jet privado de su empresa como si fuera su coche particular.

—Al menos, allí hay muchos hoteles y sé que en el Desert Inn las *suites* tienen teléfono —afirmó Mary.

—Confiaba en ello. —Maria sonrió a su amiga—. Seguro que Las Vegas no es tan rural como esta zona. —En pensamientos añadió que pasar el rato en los casinos llenos de humo la distraería más que el olor a pino que parecía perseguirla en aquel lugar.

EL PORTERO HABLÓ con su compañero desde el teléfono de recepción, probablemente el único aparato en todo el edificio. Colgó meneando la cabeza.

—Lo siento, señores. La Fonda está completa.

—Póngame con la oficina del director del hotel Desert Inn en Las Vegas, por favor —exigió Mary mientras le estrechaba la mano a Maria con optimismo.

—Ha sido una estancia muy corta —murmuró Larry en voz baja—. Hasta ahora, como mínimo nos quedábamos tres días en un sitio antes de irnos.

—Lo mismo que en un crucero —replicó Maria—. A veces el barco permanece anclado mucho tiempo en un puerto y otras veces poco.

17

Mar Mediterráneo
Julio de 1959

MARIA HABÍA VIAJADO mucho en los últimos diez años, pero las épocas en las que había hecho vacaciones de verdad eran tan reducidas como el radio en que pasaba esos pocos días, que solía ser en el lago de Garda o en Venecia. Consagrarse durante días solo a su bienestar, contemplando el cielo azul cobalto y el color siempre cambiante del mar, dejando vagar la mente sin rumbo fijo y desprendiéndose de todo era una experiencia completamente nueva para ella, y le pareció maravillosa. La vida en el mar le ofrecía muy buenas vistas, podía pasar horas mirando el agua, observando las olas y contando las crestas, y eso le proporcionaba una sensación de libertad que hasta entonces desconocía. Nonie Montague Browne aseguró que había visto delfines al amanecer, pero Maria dormía siempre a esas horas y no pudo comprobar en persona la veracidad del relato. No obstante, Onassis afirmó que también había visto a los juguetones mamíferos marinos y ella pensó que, al parecer, el armador necesitaba dormir todavía menos que ella.

De día Onassis se desvivía por Winston Churchill mientras que de noche solo existía para Maria. Después de cenar, los dos se quedaban sentados a la fresca en cubierta, escuchando con atención las olas y charlando de esto y aquello. Por lo general, el marido de Maria y los demás viajeros ya se habían retirado y estaban en los camarotes cuando ellos dos conversaban, normalmente en griego o, a veces, también en inglés. Como había prometido, Onassis se encargaba de guardar las apariencias y siempre los acompañaba una tercera persona respetable. El armador reclutaba, o bien a Nonie, o bien a Anthony Montague Browne. Con todo, en cierto modo estaban solos, puesto que ninguno de los dos carabinas sabía suficiente griego y, por lo tanto, no se enteraban ni por asomo de lo que hablaban. Maria supuso que Onassis cambiaba a veces al inglés por educación… o para entretener a sus guardianes. Y a ella le parecía bien; le gustaba oír su voz sonora, sin importar en qué idioma hablara.

Aquella noche estaban sentados en el pequeño par de asientos que habían colocado al lado de la piscina. Onassis le había enseñado con orgullo que la piscina podía convertirse en una pista de baile accionando una palanca. Al pulsar otro botón, brotaba agua de las boquillas de las fuentes situadas al borde de la piscina, que brillaban con mucho colorido en la oscuridad. Al parecer, se divertía con su juguete, puesto que no paraba de accionarlo. Ese día, solo estaban encendidos los focos sumergidos en el agua que iluminaban el mosaico minoico del fondo y se oía el chapoteo de la bomba de circulación mientras Nonie hacía con calma unos largos nocturnos en la piscina. Maria se llevó a los labios la copa de whisky que le había puesto en la mano su anfitrión. Por lo visto, nadie podía negarle nada a Onassis; ella no podía rechazar el alcohol, al que no estaba acostumbrada, y Nonie no había podido rehusar la oferta de practicar deporte de noche, un simple requerimiento para que se reuniese con ellos en cubierta.

Daba la impresión de que el armador no hacía nada sin perseguir un objetivo.

—¿Quiere emborracharme? —preguntó Maria, sonriendo, mientras levantaba la pesada copa de cristal.

Onassis le devolvió la sonrisa.

—No. Nada más lejos de mi intención. Solo quería tomar una copa con usted. Entre amigos.

«Amigos», pensó ensimismada. Sí, seguro que se habían hecho amigos. Incluso amigos íntimos. Después de cinco noches, Maria celebraba esos encuentros nocturnos. Al principio hablaban de cualquier cosa; luego, Onassis le contó más detalles sobre la relación especial que tenía con Winston Churchill y que casi había desembocado en un amor paternal. Su veneración por el viejo hombre de Estado llegaba al extremo de que todas las noches iba a verlo a su camarote en compañía del capitán para comentar la ruta del día siguiente y comprobar que el ruido de los motores no molestaba al huésped. Si era necesario, los pararían. Maria admiraba a Churchill, sin duda, pero todavía admiraba más a Onassis por la extraordinaria estrecha relación que lo unía al anciano.

—Me gustaría llamarle Aristo —dijo de repente—. No Ari, como los demás, sino Aristo.

—Muy bien. —Al parecer, le gustó el juego de palabras. En griego, *aristo* significaba «excelente» y no cabía duda de que era así como él mismo se veía. Luego, añadió—: *Maria assoluta*, la perfecta, la Divina, la diosa… Mmm… Creo que lo dejaré en Maria.

—Entre amigos —repitió ella.

Nonie asomó la cabeza en el borde de la piscina. Chapoteaba haciendo ejercicios en el agua y levantó el brazo para saludar a Onassis. Él le devolvió el saludo con un gesto.

—No debería pasar tanto rato en el agua—comentó Maria cuando la esposa del secretario particular de Churchill se dispuso a nadar a crol—. Le van a salir escamas en la piel.

—Es inglesa. Esas mujeres aguantan lo que sea.

Maria pensó de forma automática en las conversaciones que mantenían Nonie y su hija con Tina Onassis y *lady* Clementina.

Hablaban de profesores particulares y de internados aristocráticos en Gran Bretaña, y se reían de las travesuras inocentes que, de niñas o de adolescentes, les habían hecho a sus compañeros de colegio o a sus maestros. Ella no podía meter baza porque nunca había disfrutado de esa clase de educación distinguida y había dejado de ir al colegio muy pronto. Su madre casi siempre le prohibía el contacto con otras niñas y niños, de manera que no podía contar ninguna tontería de sus primeros años. Sin embargo, cuanto menos participaba en las conversaciones, más cuenta se daba de hasta qué punto era una marginada en el corro de mujeres. Les disgustaba su ignorancia y ella ya estaba acostumbrada a notar la envidia y a no tener amigos, pero creía que ambas cosas estaban muy fuera de lugar en aquel entorno. Por eso se inclinó de repente hacia delante y señaló en dirección a Nonie.

—En todos los puertos nos esperan los *paparazzi* —le dijo a Onassis en voz baja y en griego—. Nonie cree que soy yo la que avisa a los fotógrafos. Pero no es así.

—Bueno, ¿y qué? —replicó Aristo, que bebió un trago de whisky—. Algunas personas consideran que el buen tono exige incomodarse con la prensa.

—La Callas ya tiene suficiente fama. Y lo maravilloso de este viaje es que estamos muy lejos de todo. Además, cuando bajamos a tierra, el centro de interés es *sir* Winston. Yo no necesito que me presten atención.

—¿Ah, no? A mí me gusta enseñar lo que tengo.

La respuesta le sorprendió. No solo por la serenidad con que la había pronunciado. ¿Había encargado él que hubiera fotógrafos en todos los puertos en que atracaba el *Christina*? Intentó verle los ojos, pero llevaba sus gafas de cristales tintados incluso en la oscuridad y no lo consiguió. Aunque tenía la pregunta en la punta de la lengua, la reprimió. Aristo regatearía cualquier comentario y solo le contaría lo que quisiera. Así pues, para él, ¿la Callas no era más que un trofeo con el que le gustaba exhibirse? No obstante, con Winston Churchill lo unía una amistad sincera. ¿Por qué no podía experimentar también ella ese privilegio?

—¡Ahí! —exclamó de repente Onassis. Se levantó con tanto ímpetu que estuvo a punto de tirar la pequeña mesa de centro que estaba delante de las butacas—. ¡Mire, Maria!

La cantante siguió la mirada del armador… y también se levantó. Con respeto, con miedo, con entusiasmo. Esos sentimientos encontrados la embargaron al ver el volcán que entraba en erupción al alcance de su vista.

A la hora del cóctel vespertino, Aristo había advertido a sus invitados sobre la isla de Estrómboli, una roca con forma de pirámide que sobresalía en el mar y que, como les había contado, contaba con varios cráteres activos. Pero se había llevado una gran decepción porque el volcán se había mostrado inactivo justo cuando quería presentarles aquel espectáculo de la naturaleza. Mientras el *Christina* proseguía su ruta hacia el este, no le había quedado más remedio que entretener a sus acompañantes a bordo echando mano de la mitología griega. Una vez más se había servido de Ulises, su héroe favorito, que evitó las peligrosas Simplégadas, dos escollos envueltos en llamas y rodeados de un fuerte oleaje, y optó por una travesía por el estrecho de Messina. Lo mismo que había planeado él.

—¡Vamos! —le gritó al volcán—. ¡Enséñanos de lo que eres capaz!

Maria apenas se fijó en que Nonie Montague Browne salía de la piscina. Tenía los ojos clavados en la punta del triángulo oscuro que surgía del mar y se elevaba en el cielo iluminado por la luz de la luna. Una llama, recta como un cirio, ardía con fuerza hacia lo alto y las chispas que echaba parecían estrellas fugaces rojas. La lava se vertía por la pendiente formando un estrecho río, una franja de color rojo anaranjado sobre la roca negra.

—Nunca había visto una erupción tan fuerte. —La voz de Onassis sonó cargada de respeto, pero también extrañamente compungida. Su entusiasmo parecía haber cesado—. Esto no me gusta.

Fascinada por lo que veía, a Maria no se le había ocurrido pensar que semejante erupción volcánica podía ser un mal presagio. Se santiguó por instinto. De ese modo, quizá conseguiría alejar el mal de Aristo. Tenía mucho interés en que no le ocurriera ninguna desgracia.

—Reseñable —constató Nonie al fondo. Maria vio por el rabillo del ojo que la inglesa se anudaba una toalla de baño sobre el cuerpo mojado.

—Hefesto es el dios del fuego en la mitología griega —explicó Onassis. Lo dijo en inglés, pero parecía hablar más consigo mismo que con Maria o Nonie—. El viejo forjador estaba casado con Afrodita. Pero ella lo engañaba con Ares. Para castigar a su mujer y a su amante, Hefesto forjó una red que cayó sobre ambos mientras hacían el amor. Luego presentó a los prisioneros ante los dioses para que los juzgaran. Y lo único que hicieron fue reírse a carcajadas.

Un silencio pesado siguió a la narración de la historia. Maria tampoco supo qué decir para animar el ambiente. Comprendió la conexión que Onassis planteaba entre la mitología y su propia situación. Una mirada de soslayo a Nonie le confirmó que la inglesa pensaba lo mismo. Y todos se asustaron.

MENEGHINI SE MAREABA. Aunque el Mediterráneo parecía igual de calmado que el lago de Garda en pleno verano, él aseguró que notaba hasta el oleaje más suave. Maria no lo creyó y pensó que más bien se aburría. El marido de la cantante se retiró a su camarote entre lamentos y no volvió a aparecer en cubierta hasta la siguiente excursión a tierra firme. Por un lado, Maria se lo tomó a mal, puesto que su conducta le parecía inconcebible; pero, por otro, se sintió aliviada. Cuando él se quedaba en la *suite*, no tenía que esforzarse por atenderlo delante de los demás huéspedes, no le hacía falta guardar las apariencias de una esposa cariñosa. Se dio cuenta de que se sentía mucho más relajada y mucho mejor en su piel cuando él no estaba a su lado, una certeza que cada vez se apropiaba de ella con más fuerza. Aun así, la situación le parecía cargante.

—Se la ve preocupada —manifestó Onassis.

Acababa de personarse en uno de los encuentros, ya rutinarios, con Maria en cubierta iluminada solo por las velas que llameaban en los quinqués y la luz de la luna, que transformaba el mar en plata líquida. Esa noche les hacía compañía Anthony Montague Browne, que fingía leer en una tumbona el libro que había sacado de la biblioteca del barco, pero en realidad parecía a punto de caer en sueño profundo.

—¿Qué le preocupa tanto que incluso puedo distinguir una arruguita entre sus cejas? —A pesar del cansancio de su amigo, Onassis observó las normas y ni siquiera le tocó la mano, por no hablar de la cara, al preguntarlo.

Maria se tocó la frente por instinto.

—Mi marido —se le escapó, conforme a la verdad, aunque lo que de verdad quería era despachar a Aristo con cualquier excusa.

—¿Quiere que despertemos a la enfermera? A bordo tenemos todo lo necesario para atender urgencias médicas.

—No, déjelo —lo interrumpió con rapidez—. No, no estoy preocupada por el estado de salud de Battista. Más bien… —Maria se atascó. De pronto le faltaban las palabras.

¿Hasta qué punto podía exponer el dilema al que la había conducido el comentario de Meneghini sobre su situación económica? La noche era tentadora, las estrellas del cielo como únicos testigos la seducían y el champán de la copa era ideal para soltarle la lengua. El guardián de las buenas costumbres no hablaba griego, suponiendo que los oyera, de manera que casi hablaba a solas con Aristo. Con todo, era consciente de que traicionaría de forma vil a su marido si le confiaba al anfitrión de ambos que Meneghini no administraba bien sus ingresos. Esa deslealtad sería más grave aún si trascendía la petición que le había hecho a Peter Diamand en Ámsterdam para que no le pagara los honorarios a su marido.

Bebió un sorbo de champán y miró a Aristo por encima del borde de la copa. El armador la observaba con una mirada atenta y afable, expectante, pero en ningún caso impaciente, ni siquiera curiosa. Maria pensó en las atenciones y el cariño que le dispensaba a Churchill y consideró que alguien como Onassis no utilizaría la franqueza en su contra ni se reiría de ella.

—Tengo miedo a quedarme sin nada —confesó al fin.

Onassis se disponía a contestar, pero Maria le indicó con la mano que aún no había terminado de hablar.

—Pasé hambre en mi juventud. Por supuesto, también debido a la guerra, pero no solo a eso. Mi madre no estaba en condiciones de mantener a sus dos hijas sin un marido ni un padre. —Se tragó el rencor que sentía hacia Evangelia porque ese sentimiento oscuro solo la conduciría a otro tema y se perdería en sus penas—. Y ahora vuelvo a temer la pobreza, no poder cuidar de mí misma en la vejez y morir sin recursos.

Onassis meneó la cabeza dando a entender que no lo comprendía.

—No logro imaginar lo que la lleva a pintar un futuro tan negro para la famosa Callas. —Sin embargo, de pronto pareció comprender. Se irguió—. ¿Derrocha su marido el dinero?

Esas palabras tan directas la hicieron sonreír. Fue una sonrisa triste, pero rompió el hielo y las palabras brotaron a borbotones de su boca.

—No tengo ni idea de lo que hace con él. Battista siempre se ha ocupado de esas cosas y yo no me preocupaba de nada... Yo tengo que ensayar, cantar, estudiar mis papeles. Sin embargo, hace poco me aseguró que no nos quedaba dinero en el banco y que por eso no podía tomarme un descanso. Y a mí me hace mucha falta estar más tranquila. El calendario de los teatros de ópera es criminal. Eso afecta a mi salud; a veces, la voz no me obedece porque no me dan tiempo a recuperarme, y nadie parece comprenderlo. Y Battista quiere obligarme a aceptar todos los contratos... —Se interrumpió asustada por su sinceridad, por el carácter íntimo de sus declaraciones y, por último, por el tono abatido de su voz. Hablaba de manera casi tan plañidera como Meneghini, y eso la irritó porque no pretendía mendigar compasión.

Aristo estaba muy lejos de compadecerla.

—Sin duda, el dinero no lo es todo, pero hace falta para muchas cosas —concluyó pragmático—. Por eso hay que administrar bien los ingresos.

Ella asintió en silencio.

—Si me lo permite, me ocuparé de sus intereses financieros.

Maria observó la cubierta de popa, con su piscina y los mosaicos cretenses, la pista de baile y las fuentes de colores. En aquel yate, se exponía a la vista todo lo que se podía comprar con dinero. Mucho dinero. Más del que jamás podría imaginar. Miró a Onassis a los ojos. Unas noches antes, el armador le había confesado, sonriendo, que su mirada acerada le era de mucha ayuda cuando tenía que imponerse a sus adversarios en el mundo de los negocios. Sin embargo, la expresión en los ojos del armador en aquel momento, a la luz suave de las velas, parecía infinitamente franca.

—Administro las finanzas de la mayor parte de los miembros de mi familia —le explicó con tranquilidad—. Y tres hermanas dan mucho que hacer, créame. Sería un honor que me permitiera aconsejarla a usted también.

Ella sabía que su marido se pondría hecho una furia cuando le retirara definitivamente el acceso a su cuenta bancaria y le diera los poderes a Onassis. Pero la idea de que alguien que sabía manejar tan bien el dinero le quitara el peor de sus miedos era simplemente fantástica. El alivio que sintió estuvo a punto de empujarla a cometer una imprudencia y estrecharle la mano a Aristo en señal de gratitud, pero se contuvo en el último instante. Cerró los ojos. Al abrir de nuevo los párpados, se topó con la mirada escrutadora de Onassis, que casi parecía inseguro, como si temiera una negativa.

—*Efcharistó* —dijo—. Gracias. Me quita un peso de encima.

Una sonrisa se deslizó por el rostro del armador. Antes de proponerle nada, guardó unos instantes de silencio.

—¿No la ayudaría tener su propio teatro de la ópera? Quiero decir que, si no le gusta el calendario de los grandes teatros, quizá lo que necesite sea tener su propia compañía. —Para ser un hombre que se interesaba relativamente poco por su voz de soprano, se hacía raro verlo tan entusiasmado.

—¿Cómo funcionaría?

—Hace poco hablé con el príncipe Rainiero. Lamenta mucho no tener una compañía de ópera en Mónaco —dijo, y le sobrevino un torrente de palabras como el que antes se había apoderado de ella al contarle la verdad sobre su crisis financiera—. Un edificio ideal sería el teatro que el arquitecto Charles Garnier construyó en Montecarlo. También diseñó la ópera de París, ¿verdad? Sería un marco ideal para la Callas. ¿Dónde podría disponer de su propia compañía si no es allí, Maria? Me imagino que usted tendría voz y voto en todo, y decidiría los papeles que quiere interpretar, y cuándo y con quién le apetece hacerlo.

Onassis acababa de expresar con palabras los sueños de Maria, que escuchaba con atención su voz agradable y sonora, y hasta había visualizado algunas imágenes. Onassis decía lo que ella pensaba, pero de lo que nunca se había atrevido a hablar con otras personas. Charlando con él, las cosas imposibles se volvían tan obvias como la respiración regular de Anthony, que llegaba a sus butacas desde la tumbona situada al borde de la piscina.

Aristo pareció adivinar de nuevo sus pensamientos.

—Deberíamos despertar a nuestro amigo para no ponerlo en una situación embarazosa. —Saltaba a la vista que no tenía mucha prisa, puesto que se levantó con apatía.

—Lo que acaba de decirme es sumamente emocionante. Ahora no podré dormir. Imposible.

—Nadie ha dicho eso, Maria. —Aristo sonrió con malicia. Por un momento dio la impresión de que lo invadía la misma alegría infantil que a su hijo Alexander cuando le permitieron practicar esquí acuático—. Podemos ir juntos a la cocina del barco, a ver lo que ha preparado el cocinero para mañana. Tengo hambre. Y seguro que Anthony también cuando se despierte. ¿Y usted?

Ella asintió para no aguarle la fiesta. Y esa noche dio rienda suelta a su apetito. La excursión a la cocina le pareció una travesura…, algo que nunca había podido hacer antes con nadie.

Después de una semana navegando, el *Christina* llegó a Grecia. Maria se sentía más griega en compañía de Onassis que en cualquier otra época o lugar, aunque no pudiera asegurar de todo corazón que la patria de su familia fuera en realidad también la suya. Haberse criado en América la había marcado, igual que los muchos años que llevaba viviendo en Italia. Sin embargo, cuando el yate atracó en el pequeño puerto de Itea, a los pies de Delfos, el corazón le latió con fuerza. Regresaba a la tierra de sus antepasados por segunda vez desde el final de la guerra. Esa mañana, los sentimientos encontrados que la habían embargado dos años atrás camino de una actuación no eran más que un vago recuerdo. Ese día llegaba como Maria, no como la Callas, a la que sus paisanos veían con el máximo escepticismo y no necesariamente con orgullo. Se puso un sencillo vestido camisero de color azul oscuro, se cubrió el pelo con una cinta blanca ancha, ocultó los ojos detrás de unas gafas de sol oscuras y confió en que no la reconocieran de inmediato. Sin embargo, al acercarse a la borda temió que aquello no fuera del todo probable.

En el muelle de la pintoresca pequeña ciudad se habían reunido grupos de curiosos locales y los inevitables fotógrafos de prensa que hasta entonces los habían acompañado con los destellos de sus cámaras cada vez que habían desembarcado. No obstante, la atención de la gente no se dirigía a las personas que se disponían a bajar por la pasarela de embarque. Todas las miradas se concentraban en el todoterreno que bajaba desde el barco hasta el paseo mediante un cabrestante. El primer huésped de Onassis al que condujeron a la orilla fue Churchill, un hombre anciano con traje de marino, que se llevó la mano a la gorra para saludar. Y el gentío estalló en gritos de júbilo como si hubiera regresado la Armada británica en pleno para liberar Grecia. Nadie se interesó por la Callas.

Al principio, lo consideró un desaire y no pudo evitar el recuerdo de su terrible llegada a Atenas hacía casi dos años. En aquella ocasión, percibió de forma nítida la hostilidad de sus paisanos. La veían como a una traidora porque había cantado para los alemanes durante la guerra. Ahora no la discriminaban; simplemente, la ignoraban. Observó que Aristo se sentaba al volante del vehículo en el que Churchill se había instalado con la ayuda de su secretario. Tina, *lady* Clementine y su hija Diana ocupaban los asientos de atrás. Para el resto de los cruceristas habían dispuesto otros vehículos, con chóferes locales, en los que no se fijaba nadie porque el gentío reunido no cesaba de tributar respeto al gran hombre de Estado.

Luego, Maria admitió que lo que más le desilusionaba era no poder ir a Delfos al lado de Onassis. Meneghini subió con desgana a un coche y se secó la frente con un pañuelo.

—Seguro que esta excursión me fatigará —gruñó.

—¿Por qué no te alegras de poder bajar a tierra y recuperarte del mareo? —contestó Maria sin miramientos.

—Hace mucho calor —se quejó su marido.

—Estás en Grecia, no en Groenlandia.

—Sí, mucho me temo que es así. Y no me entusiasma. Habría sido mejor que hubiéramos dejado el barco cuando atracamos en Capri. Ya sabes que lo estuve meditando.

«Pero ¿qué dice?», pensó Maria.

—A mí me gusta este viaje —contestó en voz alta.

Le dio la espalda y miró por la ventanilla; el verde plateado de los olivares se perdía en unas rocas polvorientas sobre las que se alzaba la cumbre nevada del Parnaso, el hogar de las musas. Faltaban unos kilómetros para llegar a las ruinas de Delfos. Maria bajó el cristal de la ventanilla, asomó la cabeza y miró hacia arriba, hacia las columnas y las formaciones rocosas que, desde lejos, parecían igual de sublimes que en la antigüedad. En aquella época, allí se encontraba el centro del mundo, el templo consagrado al dios Apolo, cuyo oráculo tenía una importancia incalculable.

Un ruido seco la sobresaltó. Fue como si Meneghini se hubiera dado una bofetada. Se volvió hacia él, asustada, y se dio un golpe en la cabeza.

—Los mosquitos de aquí me matan —aseguró su marido.

—Los mosquitos de los olivares de Italia no son menos molestos —le soltó enfadada.

—Mañana por la noche verá a bordo la mejor fiesta en la que jamás haya estado —afirmó Onassis radiante—. El capitán tiene órdenes de atracar en el cabo Sunión, de manera que el templo de Poseidón será el telón de fondo de la cena.

Maria esperó que adornara el próximo destino del *Christina*, en el extremo meridional de la región de Ática, con las historias de la mitología griega relacionadas con el lugar, pero Onassis siguió hablando con entusiasmo de sus planes.

—Subirá a bordo el embajador británico en Atenas. Y el primer ministro griego nos hará los honores con su esposa. Mi cocinero va a emplearse a fondo. ¿Conoce en persona a Konstantinos Karamanlis?

—Coincidimos hace dos años en el Odeón de Herodes Ático, cuando... actué... —Su voz se apagó. Estuvo a punto de decir: «Cuando tuve que actuar».

En realidad, Meneghini la había obligado a subir al escenario del teatro clásico situado a los pies de la Acrópolis. No había querido renunciar a su caché de ninguna manera.

Apretó los labios porque el recuerdo era muy doloroso; la decepción que le causó la conducta de su esposo y la sensación de que la herían cuando lo que necesitaba era comprensión la azotaron como un huracán.

Como era evidente, Meneghini no era testigo de su conversación con Aristo. Se había ido al camarote al volver de Delfos, exhausto. No sin quejarse de lo decepcionante que había sido la visita, puesto que no había tenido la sensación de encontrarse en el lugar místico de un oráculo. Además, le dio envidia que Winston Churchill y Onassis disfrutaran de las espectaculares vistas desde la terraza de un hotel, de una copa, y, seguramente, de una charla edificante, mientras él trepaba por las viejas piedras con las mujeres, incluida *lady* Clementine, que a los setenta y cuatro años caminaba con más agilidad con sus prácticas botas de montaña que él con once años menos. Maria se mantuvo a distancia, avergonzada por sus quejas constantes y poco respetuosas.

Doce horas después, Maria se sentaba con el anfitrión en su lugar habitual en cubierta. El *Christina* seguía anclado ante las costas de Itea; de noche, las luces aisladas de la pequeña ciudad portuaria parecían luciérnagas flotantes. El yate no zarparía hasta el amanecer para cruzar el canal de Corinto rumbo a Ática. El paso era muy peligroso de noche; además, la luz del día ofrecía unas vistas espectaculares. Esa noche, Nonie Montague Browne y Diana, la hija de los Churchill, les hacían de carabinas, como las llamaba ella para sí. Jugaban una partida de *bridge* en la mesita que el anfitrión y Maria habían colocado entre dos tumbonas, en las que se acomodaron, una frente a otra, las dos mujeres.

Al parecer, a Aristo no se le había escapado el tono en que Maria había hablado de su primer encuentro con el primer ministro griego Karamanlis.

—¿Qué ocurrió? —quiso saber de inmediato.

—Los griegos somos demasiado orgullosos a veces, ¿no cree? —rio con amargura—. Eso ocurrió.

Onassis dio una calada al cigarrillo esperando que le contara lo que había sucedido. Sin embargo, ella no quería adentrarse en los recuerdos. No rompió el silencio hasta que se fijó en las miradas de asombro que le lanzaban las dos inglesas. Obviamente, les había extrañado que la conversación se interrumpiera, y Maria no quería dar motivos para especulaciones sin fundamento.

—Me contrataron para dos conciertos en el Festival de Atenas. Tenía que ser mi regreso a la tierra de mis antepasados. Estaba loca de alegría, incluso anulé las vacaciones que había planeado. Por desgracia, los organizadores no me lo agradecieron. —Hizo una pequeña pausa y tomó un sorbo de vino. Miró de reojo a Nonie y Diana, y observó con satisfacción que volvían a concentrarse en lo suyo—. Me hacía tanta ilusión volver a Atenas que decidí de manera espontánea donar mis honorarios para apoyar el festival. Me respondieron con una negativa, diciéndome que el festival no necesitaba mi apoyo…

Aristo aspiró con intensidad, pero no dijo nada.

—Como es evidente, me enfadé. No, no me enfadé. Me sentí ofendida. Pretendía ser un gesto de afecto. ¿Comprende? Pero descartaron de un plumazo mis buenas intenciones. Todavía no sé por qué. Es probable que ese maldito orgullo de los griegos fuera la causa. En cualquier caso, acto seguido les exigí el caché habitual y le comuniqué al director artístico que me quedaría el dinero con mucho gusto.

«Para alegría de Meneghini», añadió en pensamientos.

El humo del cigarrillo envolvió la cara de Onassis.

—¿Y luego?

—La primavera había sido muy estresante. De hecho, volé a Atenas enferma. Después de mi llegada, el dolor de garganta empeoró tanto que no podía cantar. Un médico me diagnosticó una inflamación de las cuerdas vocales y pedí que me sustituyeran en el concierto. Como es lógico, renunciando a mis honorarios. Y eso ofendió tanto a la orgullosa dirección del festival como mi propuesta de hacerles una donación.

—No tenía ni idea de que esa gente fuera tan incompetente. Y tan poco respetuosa.

Maria se encogió de hombros.

—Actuaron a todas luces con muy poca inteligencia porque, aunque supieron a tiempo que yo no actuaría, no lo hicieron público hasta una hora antes del concierto. Quizá supusieron que eso provocaría protestas. Y la prensa tendría en quién cebarse. —No le contó que los periódicos griegos también airearon la mala relación con su madre y se limitaron a hablar de los invitados que Onassis esperaba en su fiesta—. La oposición en el Parlamento griego acusó a Karamanlis de derrochar el dinero de los contribuyentes; mi caché era demasiado elevado. Nadie publicó que yo no quería ese dinero. En cambio, afirmaron que me había negado a cantar porque la reina Federica no podía asistir a mi concierto. El trato que recibí de los griegos me decepcionó muchísimo. Al fin y al cabo, he contribuido al prestigio internacional del país, ¿no?

—Sin duda —corroboró Onassis. Se inclinó hacia delante para apagar el cigarrillo en el cenicero y dijo—: Por lo visto, mis planes de organizar una cena de gala no son tan satisfactorios como suponía. Obviamente, Karamanlis vendrá a presentar sus respetos a *sir* Winston. ¿Podría estar resentido con usted, Maria?

La conmovió que Aristo se preocupara por la posibilidad de que en la velada hubiera alguna nota disonante. Aristóteles Onassis era un anfitrión exquisito que quería satisfacer a todos los que subían a bordo. ¿Qué haría si ella contestaba de modo afirmativo? Decidió que se lo preguntaría en otro momento. Y sonrió sin querer.

—No —contestó—. No. Si el primer ministro no me echa en cara que mi voz solo diera para un bis, no habrá ningún problema.

—¿Al final cantó? —Onassis arqueó las cejas sorprendido.

—El segundo concierto se celebró como estaba planeado. —Porque Meneghini no quiso renunciar al pago, pero eso tampoco se lo contó—. El público manifestaba mucha hostilidad en mi contra. Yo lo notaba y canté para ganarme la simpatía de los griegos. Quería que me quisieran. Y también castigarlos con una actuación perfecta por sus prejuicios. Las ovaciones fueron interminables y Karamanlis pidió que cantara *Da capo.* La dirección del festival se rebajó a pedirme disculpas y me invitó a participar el año siguiente.

—¿Qué les dijo?

—¡Jamás! Les dije que jamás volvería a cantar en Grecia.

Onassis asintió meditabundo.

A Maria le dio la impresión de que sopesaba cuidadosamente las palabras que ella acababa de pronunciar. En todo caso, el éxito de su cena de gala no dependía del éxito de la Callas en Atenas. Estaba segura de que Konstantinos y Amelia Karamanlis no pondrían reparos a su compañía. Al contrario. Ojalá nadie esperara que les ofreciera un número de canto. Al primer ministro le entusiasmó su interpretación de *Norma*.

Mientras reflexionaba sobre cómo podría negarse si se lo pedía su anfitrión, este le hizo un comentario.

—Esperaba poder oír su voz en este entorno tan especial.

—¡Oh! No creo que...

—¿Cantaría para mí? —dijo interrumpiendo su negativa. Luego le dirigió una mirada penetrante—. Solo para mí. Pasado mañana atracaremos en Nauplia y hay una visita prevista al teatro clásico de Epidauro. ¿Acaso no es el marco ideal para romper su promesa de no volver a actuar en Grecia?

Ese deseo la sorprendió. Aunque supuso que, como siempre que desembarcaban, en aquella excursión tampoco estarían solos, la petición le pareció inesperadamente íntima. Al mismo tiempo, le agradeció en silencio que no le reclamara actuar ante un gran público.

Sus ojos se encontraron.

—Dicen que la acústica de Epidauro es única.

Las dos inglesas se echaron a reír con estruendo en las tumbonas. Por lo visto, una de ellas acababa de gastar una broma.

Onassis le sostuvo la mirada y Maria casi tuvo la sensación de que se la retenía.

La CENA DE gala fue todo un éxito. Desde los cócteles que se sirvieron en cubierta hasta el delicioso menú y las interesantísimas conversaciones. Winston Churchill fue sin duda la estrella de la velada, y Maria se alegró. ¿Qué podía echarle en cara a aquel gran hombre de Estado, al que cada día que coincidían admiraba más? Churchill bordó su papel de invitado de honor con una cita de *lord* Byron que demostraba el profundo amor del poeta por Grecia. Los célebres versos la emocionaron tanto que la voz sonora del anciano fue como una flecha de Cupido que se le hubiera clavado en el corazón:

> Colocadme en la pendiente de Sunio,
> donde nada salvo las olas y yo,
> oigamos pasar nuestros mutuos murmullos;
> allí, como el cisne dejadme cantar y morir:
> una tierra de esclavos nunca será la mía:
> ¡haced añicos lejos la copa de vino de Samos!

Sentada a la mesa de gala, Maria contempló las columnas de mármol iluminadas del templo de Poseidón en el cabo Sunión y entonces tuvo la certeza que era más griega que cualquier otra cosa.

EL CAPITÁN LEVÓ anclas después de medianoche. Habían trasladado a tierra en lanchas a los invitados de Atenas, *sir* Winston y *lady* Clementine se habían retirado a descansar, y Meneghini dormía en el camarote Ítaca después de haber participado en la cena con la cara pálida y extremadamente callado. Pero el encanto de aquella velada especial se mantuvo para el resto de los huéspedes. Hacía una noche suave y clara, sin viento; la luna parecía nadar en el mar tranquilo y las fuentes de la piscina lanzaban cascadas de colores al cielo.

Nonie Maria buscó una emisora de música en una radio portátil que alguien había llevado a cubierta.

Sonó una orquesta sinfónica con los primeros acordes inconfundibles de la sinfonía *Patética* de Tchaikovsky y Maria se llevó las manos a la cabeza.

—¡Oh, por favor, busque una música más divertida! —Antes de que Nonie pudiera contestar, se apresuró a añadir—: Quiero decir que no sean óperas.

—¿Le gusta al menos el jazz? —preguntó la inglesa levemente crispada.

—Por supuesto. Y mucho.

No se quedó al lado del aparato esperando a que Nonie encontrara lo que ella quería. Acusó recibo de los chirridos, crujidos y siseos encogiéndose de hombros. Se apartó y se acercó a Onassis, que estaba apoyado en la borda y contemplaba meditabundo las ruinas, cada vez más lejanas. Siguiendo una corazonada, abrió el bolsito de seda que llevaba colgado del brazo. Con la mano libre, sacó las gafas y se las puso. Y buscó a Tina con la mirada, aunque, para ser exactos, antes ya se había fijado en que la anfitriona se había marchado hace rato. Sus ojos miopes no necesitaban ayuda para ver esas cosas. El evidente desinterés de Tina por los amigos de Ari era considerable y se contraponía por completo a las atenciones, a veces, exageradas del anfitrión.

—¿Sabía que *lord* Byron grabó su nombre en una de las columnas? —preguntó Onassis después de mirarla un momento de reojo por encima del hombro.

Maria se le acercó mientras volvía a guardar las gafas en el bolso.

—Solo sé que se posicionó a favor de la independencia de Grecia en el siglo XIX. Cuando yo era joven, lo celebraban como a un héroe nacional.

—Eso no ha cambiado —replicó Aristo—. *Lord* Byron era un amante que apreciaba mucho a las mujeres, pero su gran amor era esta tierra. —Hizo una pausa teatral mientras volvía la cabeza hacia ella—. Pero a mí me gustaría citar a Homero en este lugar.

Maria sonrió.

—Esperaba que se le ocurriera algo sobre la mitología.

Se oyó un ruido de fondo y luego la voz seductora de Frank Sinatra cantando *I've got you under my skin.*

—¿Le gusta? —preguntó Nonie, un poco quisquillosa, en mitad de un solo de trompeta.

—Magnífico —contestó Aristo en su lugar.

—Gracias —le dijo en voz baja—. Fuera de los escenarios, no me apetece mucho escuchar eso que se ha dado en llamar «música seria». Como arte, lo es todo para mí, pero en la vida privada me apetece escuchar música ligera. Me gustan el swing, el jazz y, a veces, la música popular.

—A mí me encanta beber, bailar y estar de fiesta con los pescadores en una taberna normal. ¿Le gusta el ouzo?

Ella hizo un mohín.

—No especialmente, pero si es necesario, también bebo ouzo.

—He observado que bebe muy poco alcohol.

—Si me bebiera todo el champán que me ofrecen, a la corta o a la larga acabaría como una cuba.

Onassis le devolvió la sonrisa mientras Frank Sinatra cantaba que tenía a alguien bajo la piel y en lo más profundo de su corazón. El templo de Poseidón, a espaldas de Ari, era tan solo un pequeño punto luminoso bajo un brillante cielo estrellado, y Maria pensó que ninguna decoración teatral habría podido ser más *kitsch* que aquel escenario. Le habría gustado decir una tontería para romper el particular silencio en el que se habían sumido de mutuo acuerdo. Pero la timidez le pudo.

Cuando acabó la música, Aristo declamó en voz tan baja que solo pudo oírlo Maria, aunque, de todos modos, las otras mujeres que estaban en cubierta no entendían el griego:

¡Óyeme, Poseidón! No te niegues
a llevar a cabo lo que ahora te pedimos.

Maria sabía que esa cita procedía de otro contexto, seguro que de un navegante de la antigüedad. O de la *Ilíada* o la *Odisea* de Homero. Sí, tenía que ser de la *Odisea*, ¿qué epopeya encajaba mejor con Aristo? Sin embargo, también supo que en ese momento no se refería a la promesa de un héroe extraviado de la mitología griega. El corazón le latía con fuerza y lo que más deseó en ese instante fue no estar casada, estar libre para él... y para ella.

Al parecer, el programa de radio estaba especializado en clásicos del swing. Ella Fitzgerald cantaba con Louis Armstrong *They can't take that away from me* en esos momentos. Onassis inclinó la cabeza.

—¿Quiere bailar conmigo?

Ella miró a su alrededor, confusa y avergonzada.

—Pero cómo... dónde... No podemos... —tartamudeó mirando de soslayo a las demás mujeres.

El magnate señaló la piscina cubierta.

—Para eso está la pista de baile, para ocasiones como esta. No soy Fred Astaire, pero le prometo que no la pisaré. Si lo desea, seguro que entre la tripulación podemos encontrar a alguien que sea un bailarín de primera. ¿No se contentaría antes conmigo?

—Será un placer bailar con usted. —La seguridad de sus propias palabras la sorprendió. Pero bailar con Onassis sería en realidad la guinda de esa velada única. Y no podía rechazar la petición si no quería ofenderlo. Se arrimó a sus brazos abiertos y lo siguió por la cubierta de la piscina pasando junto a las fuentes.

Años después, Maria aún se preguntaba hasta qué punto había planificado Onassis de antemano esa velada. Cuando apenas habían empezado a bailar lento al ritmo de viejas melodías, apareció el atractivo profesor privado de su hijo Alexander y sacó a bailar a Nonie. Al poco volvió Anthony Montague Browne, que le pidió un baile a Diana, la hija de los Churchill. Una vez más, Onassis había proporcionado una velada perfecta en todos los aspectos. Aun así, Maria imaginó que estaba sola con él, la música y las estrellas.

LAS VISTAS A las ruinas de Epidauro se abrían detrás de un espeso pinar.

—Otra vez cuatro piedras viejas —refunfuñó Meneghini—. Se parece al foro romano. Para eso no hacía falta que me levantara de la cama.

—Es el lugar más importante de la medicina del mundo clásico y está dedicado al dios Asclepio —le explicó Maria—. Si no te apetece bajar del coche, quédate ahí sentado. —No tenía ningún motivo para insistir en que la acompañara en la próxima excursión. Su ausencia le calmaría los nervios.

Meneghini sacó un pañuelo de la americana y se sonó con ruido.

—Este viento no le sienta bien a mi nariz. Demasiado polvo. Tú también deberías tener cuidado. El aire seco siempre te perjudica las cuerdas vocales.

—No te preocupes por mí —contestó forzando una sonrisa. Cogió el pañuelo de seda que había plegado y guardado en el bolso mientras aún estaban a bordo, lo apoyó en las rodillas para doblarlo como un triángulo y se lo puso. Mientras se ataba las puntas debajo de la barbilla, dijo—: Así me protegeré los oídos de las corrientes de aire.

La caravana de coches se había detenido a cierta distancia de las ruinas. Las puertas se abrieron enseguida y volvieron a cerrarse. Los *paparazzi* se precipitaron hacia los huéspedes de Onassis y se oyeron los clics de las cámaras; los curiosos, tanto lugareños como turistas, se habían reunido en pequeños grupos y los observaban con expectación. Al bajar de la limusina que la había llevado desde el puerto de Nauplia con Meneghini, Maria oyó una confusión de lenguas babilónica. El chófer no fue lo bastante rápido para abrirle la puerta y la vio salir al suelo pedregoso sin poder hacer nada. La recibió un sol deslumbrante; el viento azotaba con fuerza las ramas delgadas de los olivos y pasaba entre las agujas de los pinos, que crecían como formando un anillo alrededor del templo clásico. Un aroma intenso impregnaba el aire y ella se deleitó llenándose los pulmones con él.

—¿Quiere ver primero el teatro? —preguntó Onassis, que apareció de repente a su lado.

Vestido con unos pantalones blancos y un polo azul celeste que combinaba a la perfección con su pelo entrecano, Aristo le pareció más atractivo que nunca. ¿O ya lo era antes y ella no se había fijado? Un marinero en tierra. La miró expectante a través de las lentes tintadas de las gafas. Churchill se había quedado a bordo del *Christina*, de modo que Aristo podía concentrar toda su atención en ella.

—¿Por qué no? —le sonrió y lanzó una rápida mirada de soslayo al coche. Por lo visto, era verdad que Meneghini no tenía ganas de visitar el monumento; en todo caso, no dio muestras de querer bajar del vehículo y unírseles—. Sí —afirmó—, vamos al teatro.

Onassis hizo una señal a los guías que estaban con sus invitados. Acto seguido, las demás mujeres se reunieron con Maria y Aristo. Anthony se había quedado a bordo con Churchill, pero Nonie y *lady* Clementine, con su hija y su nieta, se habían apuntado a la excursión. Y, evidentemente, también Tina, que se había acercado a Nonie para contarle algo que debía de ser muy interesante, puesto que gesticulaba de manera grandilocuente con las manos. Maria se preguntó sin querer si se trataría de una historia relacionada con la importancia histórica del lugar o de simples chismorreos. No pudo distinguir si la mujer de Aristo los miraba. No obstante, Onassis se mantuvo todo el rato a una distancia prudencial y, mientras subía por el camino lleno de cascotes y pedazos de mármol roto, le habló de la medicina antigua como un experto.

—Después de lavarse en los baños y hacer una ofrenda a Apolo, los pacientes se sumían en el llamado «sueño del templo» para que Asclepio les dijera en sueños cuál era el mejor método de curación para ellos. Después, un sacerdote interpretaba los sueños y se encargaba de que se aplicase el procedimiento pertinente. Y, *voilà,* ya hemos llegado.

Sorprendentemente, el anfiteatro estaba desierto. Siguió a Onassis por la última fila del graderío. El clima y el viento, los terremotos y las invasiones de poderes extranjeros habían erosionado las gradas durante sus casi tres mil años de existencia y las habían destruido en algunos sitios. La cávea seguía teniendo capacidad para tres mil espectadores. Maria había conocido la cifra cuando había actuado en Atenas dos años atrás. El Festival que se celebraba en el Odeón de Herodes Ático competía con un certamen similar en Epidauro. Se detuvo un momento y se empapó de la imagen del enorme anfiteatro excavado en la roca que tenía a sus pies. Menudo monumento.

—Venga —le dijo Aristo, que iba delante y se volvió hacia ella.

Quizá tenía prisa por llegar a la zona de la orquesta para que Maria cumpliese la promesa que le había hecho. Se oyeron pasos y voces detrás de ellos, y Maria pensó que tenía que romper su promesa de alguna manera. Era evidente que, en aquel lugar, no cantaría solo para él.

Bajó lentamente por las gradas. El aura del teatro la atrapó. Era muy distinta al Arena de Verona y, aun así, se imaginó a la perfección al público sentado en el graderío, escuchando con atención el programa que le ofrecían. Obras teatrales dramáticas, óperas. Se sintió como si estuviera en otro mundo. Extasiada, cautivada.

Por un momento no se fijó en dónde ponía los pies. Tropezó y dio un traspié. Y se habría caído si Onassis no la hubiera agarrado del brazo con la mano. La sujetó con tanta firmeza que casi le hizo daño. Pero el apoyo la conmovió, no solo lo notó físicamente. ¿Cuándo la había ayudado antes alguien con tanta fuerza?

Los dedos de Onassis se deslizaron por el brazo de Maria y el armador le estrechó con fuerza la mano izquierda. Y el contacto se volvió de repente muy íntimo y, al mismo tiempo, excitante.

Dieron unos pasos y entonces se dio cuenta de que desde las gradas podían observarlos como si miraran a través de una lente convergente. Aristo también lo sabía, de eso no había duda, pero no la soltó.

Bajaron a la zona de la orquesta en silencio, cogidos de la mano.

A pesar de haber llegado sin más tropiezos al suelo arcilloso firme, a Maria le temblaban las rodillas. Intentó convencerse de que se debía al descenso empinado por los peldaños gastados y al miedo escénico. La idea de cantar *a cappella* en aquel lugar la hizo entrar en pánico durante unos instantes. ¿Cómo se le había ocurrido aceptar la petición de Onassis? Por otro lado, la tentaba descubrir cómo sonaría su voz en un lugar tan extraordinario.

Se soltó de Aristo, que se quedó en el borde de mármol del escenario. Al principio caminó de un lado a otro inquieta; luego, sus pasos empezaron a seguir de forma inconsciente un ritmo determinado. Se dio cuenta de que las otras mujeres se reunían detrás del armador en las gradas inferiores. Al fin, dejó de caminar. Estaba en el centro del ruedo, encima de una losa.

Se concentró en la pieza que quería cantar, un aria de *Norma*. En su cabeza sonaron los instrumentos de cuerda y los clarinetes, y una flauta travesera interpretó su parte. Un director de orquesta imaginario le hizo una señal y de la boca de Maria salieron las primeras notas de *Casta diva,* el aria en la que Norma invoca a la Luna, con una belleza perfecta y con una dulzura impresionante. Su voz resistió y a Maria le llegó el eco desde las filas superiores con una claridad increíble. La acústica del teatro era extraordinaria.

Después de unos cuantos acordes, terminó. En ese mismo instante, Onassis empezó a aplaudir con entusiasmo. Un eco lo siguió desde las filas en las que se encontraban sus acompañantes.

Maria saludó con una reverencia impecable. De repente fue consciente de que su imagen era poco apropiada. Llevaba un vestido camisero con un cinturón ancho, un pañuelo en la cabeza y gafas de sol. No era el vestuario de una diva, eso seguro. Avergonzada, dejó de saludar y se quedó allí plantada.

—Ha sido maravilloso —dijo Onassis mientras se le acercaba.

Ella no supo cómo reaccionar al cumplido.

—Tendría que oír mi *traviata* —contestó.

Onassis le dirigió una mirada penetrante.

—Es usted maravillosa.

Maria no estaba acostumbrada a que le dijeran que era maravillosa fuera del mundo de la ópera. En el escenario sí. Sabía desde pequeña que podía brillar con su arte; su canto lograba que la gente pasara por alto las carencias que creía tener. Pero ahora estaba allí, con ese sencillo vestido, sin joyas, sin galas opulentas ni un peinado acorde. La admiración que Onassis le había expresado de forma tan abierta la confundió. ¿Qué veía en ella? Deslizó la mirada hacia sus acompañantes. Las mujeres continuaban brindándole aplausos entusiastas. Solo una no aplaudía.

Tina Onassis la miraba como si se hubiera quedado petrificada... Y también a su marido.

MARIA SENTÍA LA necesidad imperiosa de hablar con alguien de lo que le provocaban sus encuentros con Onassis, de lo que quizá se estaba forjando entre ellos. Necesitaba a una amiga a su lado y lamentó de todo corazón que Elsa Maxwell no estuviera a bordo. Era probable que la lengua afilada de Elsa no hubiera aportado mucha armonía al crucero y, aun así, deseaba tanto poder confiarle a alguien sus sentimientos confusos...

Pasaba casi todas las noches con Onassis desde hacía una semana. Conversaban durante horas en presencia de distintos acompañantes, hablando en griego como si estuvieran solos, y Aristo se comportaba como un perfecto caballero y evitaba cualquier atrevimiento, aunque no fuera en absoluto contrario a las bromas vulgares. Mantenían siempre la distancia que exigía la decencia y no hizo falta el contacto de sus manos en Epidauro para que ambos fueran conscientes de que la confianza y la intimidad entre ellos no paraban de crecer. Además, la mirada de su mujer en el teatro clásico le demostró a Maria que nadaba en aguas peligrosas. Como un Ulises femenino en una odisea. Necesitaba el consejo de una amiga más que cualquier otra cosa en esos momentos.

Al día siguiente, mientras tomaba el sol en una butaca en cubierta, absorta en sus pensamientos, observó a través de los cristales oscuros de sus gafas cómo Aristo alborotaba en la piscina con sus hijos. En bañador, exhibía su cuerpo ágil y fuerte, su vello oscuro. En presencia de Alexander y Christina parecía otro hombre, espontáneo, alegre, casi un poco alocado. No le importaba hacer el payaso y eso conmovía a Maria. Más aún porque su mujer, Tina, trataba a sus hijos con reserva, casi con distancia. Sobre todo, a su hija pequeña, a la que trataba de manera injusta o, simplemente, ignoraba, cuando lo que procedía era ofrecerle cuidados maternales. «Una griega no hace esas cosas —pensó

Maria—. Las griegas son buenas madres.» Entonces cayó en la cuenta de que aquella reflexión era un simple cliché y una idea errónea, su propia madre era la mejor prueba de ello.

Maria oyó una tos profunda a su lado.

Se volvió, sorprendida. Nonie se había incorporado ligeramente en la tumbona de al lado para tomar aire. Al ver que Maria la miraba, se llevó la mano al cuello.

—Ayer me resfrié con el viento —dijo con voz ronca—. Por eso no he ido de excursión a Fira. Y eso que me habría encantado ver a Anthony, mi marido, subiendo a lomos de un asno y superando el ascenso desde el puerto.

A ella también le habría gustado visitar la isla de Santorini, pero se había quedado a bordo porque Meneghini no había querido bajar a tierra. Yacía enfermo en la cama de su camarote, lamentándose de su destino. Su lealtad con él no alcanzaba a compadecerlo. En vez de eso, se secaba casi con caricias las gotas de agua que le salpicaban el brazo mientras Aristo practicaba los saltos de cabeza con sus hijos. Se imaginaba que eran saludos.

—Seguro que su marido no hará un mal papel —dijo.

Nonie se reclinó en la tumbona gimiendo.

—Nunca lo hace. —Movió los dedos de los pies y murmuró—: Necesito con urgencia una pedicura.

La esposa del secretario particular de Winston Churchill era solo un poco más joven que Maria. Parecía afable y una persona de confianza, y ella pensó que era el tipo de mujer al que se quiere tener por amiga. No para confiarle sus sentimientos por Aristóteles Onassis, eso seguro que no, pero sí alguien con quien poder hablar. Además, Nonie no era una chismosa. Maria sonrió.

—Si quiere, puedo pintarle las uñas.

La otra la miró con cara de sorpresa. Luego asintió con un gesto de la cabeza.

—Gracias. Es usted muy amable.

AL DÍA SIGUIENTE, Maria reconoció hasta qué punto necesitaba desesperadamente contar con una persona de confianza a bordo.

Le extrañaba que los demás huéspedes la trataran con tanta frialdad ese día. Al principio pensó que el motivo del ambiente gélido eran los continuos lamentos de Meneghini. Sin embargo, su marido se volvió mucho más sociable después de que Aristo anunciara que sus amigos disponían de *suites* en el Hotel Miramare, recién construido en la ciudad de Rodas. La perspectiva de dormir en la cama de un hotel le sentó muy bien, se retiró de inmediato a su habitación y, al poco, dormía profundamente. Era asombroso el tiempo que podía pasar en la cama. No fue el único que no participó en las excursiones previstas; esa vez, Maria tampoco se apuntó y se relajó en el jardín del hotel, que olía a adelfas, buganvilias e hibiscos. Ninguno de los demás huéspedes habló con ella. Nonie se quedó a bordo porque estaba resfriada y Aristo tampoco interpretó el papel de guía turístico encantador, sino que ese día se dedicó a sus hijos. Maria disfrutó de la tranquilidad, aunque al cabo de un rato reconoció que no solo echaba de menos la compañía de Nonie, sino también, y sobre todo, la de Aristo.

Por la noche, a los invitados de Onassis les sirvieron un menú en el jardín, que olía a plantas exóticas. Se les sumó la hermana de Aristo, Artemis, y su hermanastra, Kalliroe, cuyo marido era el propietario del hotel. Fue una velada muy festiva; los hombres llevaban esmoquin blanco y las mujeres vestido de cóctel, y Maria escogió unas espléndidas joyas de diamantes como complemento. Habló con el cuñado de Onassis, pero sus pensamientos estaban en otra parte. La actitud tirante de los demás hacia ella persistió, pero, de momento, eso le interesaba mucho menos que Aristo, que captaba su atención sin que ella pudiera resistirse.

Lo miraba sin cesar, lo observaba conversando, riendo y ocupándose soberanamente de sus invitados… Y, a veces, cuando él volvía la vista hacia ella, cosa que con toda probabilidad hacía tan a menudo como Maria, sus miradas se encontraban.

Después, mientras bailaba una música suave con Gerasimos Patronikolas, el marido de Kalliroe, bajo un techo de palmeras, deseó estar en brazos de otro. Sin embargo, al estar rodeados de parientes, esa noche ni siquiera les quedaban sus horas de charla, y Maria se retiró pronto a la *suite* con Meneghini. Por un lado, la belleza del lugar y el éxito de la velada la habían impresionado; por otro, sentía un extraño vacío interior.

Se durmió y no pudo ir de excursión a la pintoresca pequeña ciudad de Lindos, y salió a desayunar muy tarde a la terraza del hotel. Se sorprendió mucho al ver a Nonie Montague Browne alternando un zumo de naranja recién exprimido y el típico té del desayuno inglés en la marquesina.

—Tiene mejor aspecto —constató Maria. En realidad, la mujer no estaba tan pálida y Maria no se fijó en sus ojos enrojecidos hasta que la inglesa se quitó un momento las gafas de sol.

—Estoy mucho mejor —dijo Nonie con voz ronca—. Aún no me he recuperado del todo, pero estoy bien. Solo es faringitis y una leve bronquitis. Después de recuperarme del *shock* de ver a tres médicos griegos discutiendo sobre mi estado de salud en mi camarote, estoy mejorando gracias al tratamiento. ¿Quiere sentarse conmigo?

Maria aceptó el ofrecimiento dando las gracias. Meneghini había salido a pasear por el casco antiguo y ella no había querido acompañarlo. Se acomodó relajadamente en la silla, pidió un café y rezó por que Nonie fuera tan amiga suya como Maria suponía… O, al menos, lo bastante discreta para hablar con ella en confianza.

—Se ha perdido muchas cosas —empezó a decir con cautela—. Al menos, parece que sus amigos se divirtieron.

—¡Oh! —Dio la impresión de que Nonie había comprendido enseguida—. ¿Usted no?

—Sí. Por supuesto. Pero, últimamente, todos hablan conmigo lo imprescindible. Me da la sensación de que me evitan... —Se interrumpió porque le servían el café. Cuando el camarero se fue, preguntó—: ¿No sabrá usted por casualidad por qué?

La otra tragó saliva. Volvió la cabeza y pareció pasear la mirada por el jardín, pensativa, aunque Maria no pudo distinguir sus ojos a través de las gafas de sol.

—¿Para qué voy a engañarla? Estamos todos un poco ofendidos por su conducta.

—¿Qué he hecho? —La mano con la que se llevaba la taza a la boca le tembló. La embargó la ira. No sabía cómo podía haber ofendido a nadie. Incluso se comportaba de manera ejemplar con su marido, a pesar de que cada día la pusiera más nerviosa.

—¿No se le ocurrió pensar que su cena de anteayer con Ari crearía mal ambiente? Cenar *tête-à-tête* con el anfitrión es de muy mala educación. Y, simplemente, inapropiado frente a *sir* Winston.

—Pero yo... —le faltó el aire. Así que era eso.

Recordaba con todo detalle la tarde que el *Christina* había atracado en Santorini. Nonie se retiró a su camarote para echarse un rato y Aristo pasó horas chapoteando en la piscina con sus hijos. Al final, salió chorreando del agua.

—¡Necesito comer algo con urgencia! —anunció, y se dejó caer de rodillas mientras caminaba para fingir ante sus hijos que se había quedado sin fuerzas. Luego se dirigió a su mujer, que estaba sentada en el borde de las piscinas balanceando las piernas—: Tina, ¿podrías hacerme el favor de decirle al cocinero que nos prepare un tentempié? Mientras tanto, yo me visto.

Tina se puso en pie de un brinco sin dirigir ni una mirada a sus hijos, que se peleaban por una toalla.

—Por supuesto. Yo me encargo.

Onassis se quedó delante de la butaca de Maria.

—¿Le apetece comer algo?

—Sí —contestó Maria, aunque no tenía hambre. Era incapaz de apartar los ojos de las gotas de agua que le perlaban el cabello. Tuvo que controlarse para no secarle los regueros que le corrían por el torso—. ¿Por qué no?

—Me apetece algo griego. Unos entremeses. En especial, un platito de *mezze*.

—Suena tentador —dijo Maria, que no se sentía tan atraída por el delicioso entrante griego como por el atractivo sensual de su anfitrión.

—Le diré al cocinero que os prepare algo y os lo sirvan aquí mismo —decidió Tina, que se colocó el escueto bikini mientras miraba radiante a su marido.

Onassis asintió, contento, y su mujer emprendió el camino hacia la cocina del barco.

—Debería ponerse un albornoz —le aconsejó Maria a Onassis—. Antes de que usted también se resfríe —dijo, aunque lo que en realidad pensaba era: «antes de que me empuje a hacer algo inapropiado».

Onassis se rio.

—Eso me proponía.

Poco después se sentaban juntos a la improvisada mesa, con una puesta de sol pintoresca de telón de fondo. En el cielo aparecieron franjas de todos los tonos de amarillo y naranja antes de teñirse de rojo intenso y de color lavanda oscuro. El agua que brotaba de las fuentes de la piscina borboteaba con suavidad; las olas provocadas por una barca que volvía a puerto embistieron el casco del barco. En tierra firme se encendieron las primeras luces y el foco del faro acariciaba el mar, que parecía casi negro. Las voces de los pescadores les llegaban apagadas y se oyó el rugido de la sirena de un barco. Sin duda, la pareja instalada en la cubierta de popa llamaba la atención y conducía a los navegantes de las demás embarcaciones a saludarlos. Por lo visto, nadie pasaba por delante del *Christina* sin un gesto de saludo.

—Me parece que la gente de aquí le tiene mucho aprecio —constató Maria mientras mordisqueaba una hoja de parra rellena.

—Solo están agradecidos —contestó Aristo con una sonrisa serena.

Se quedó sorprendida.

—¿Por qué?

—Bueno, por nada importante —afirmó Onassis, aunque enseguida hizo una pequeña pausa teatral—. Hace tres años hubo un maremoto en la costa norte de Santorini y se produjeron fuertes réplicas en la isla. Cuando me enteré de que el suministro de agua potable se había interrumpido, ordené que llenaran la piscina del *Christina* de agua potable, navegamos hacia la isla y de ese modo pudimos abastecer a la población. La planta de tratamiento de aguas del barco también ayudó. No fue gran cosa, de verdad.

—Sí, sí que lo fue —replicó Maria. No era la primera vez que la generosidad de Onassis la impresionaba. Constantemente descubría nuevos aspectos de aquel hombre que le parecían del todo adorables.

Cenando a la vista de todos, a Aristo no parecía importarle que no estuvieran sus acompañantes de costumbre. No perdió el tiempo pensando en los demás invitados ni siquiera cuando el cielo nocturno se desplegó con un vertiginoso ocaso. Todavía tardaron mucho en ir a sus respectivos camarotes para cambiarse de ropa y tomar un digestivo en el bar. Llegaron justo a tiempo para enterarse por boca de Anthony de que ningún tabernero de Santorini había aceptado su dinero porque era amigo de Ari Onassis.

MARIA MIRÓ A Nonie meneando la cabeza.

—Solo tomamos un tentempié con una especialidad local —dijo débilmente—. *Mezze*, unos entremeses deliciosos. Debería probarlos sin falta.

—Obligó a nuestro anfitrión a mantenerse alejado de los demás. En mi país, esa conducta es una ofensa.

Maria no entendió a lo que se refería. Solo que las recriminaciones se dirigían sobre todo a su persona.

—¿Yo? —preguntó incrédula—. ¿Y qué tengo que ver yo con eso?

—Todo. No lo niegue, sería indigno de usted. Tina nos contó que usted había tenido la idea de pedir comida griega para dos.

—¿Tina les ha contado que lo organicé yo? —Maria la miró con fijeza. No le entraba en la cabeza lo que estaba oyendo—. Tiene que ser un malentendido.

Nonie se llevó las manos a la garganta con una mueca de dolor. Saltaba a la vista que aquella conversación la estresaba. Con todo, se tomó la molestia de exponerle la situación a Maria desde su punto de vista. Hablaba cada vez más bajo, pero ella entendió todas sus palabras.

—Tina nos dijo que usted había propuesto cenar especialidades griegas. Evidentemente, la idea entusiasmó a Ari, pero usted le señaló que la cocina local seguramente no sería muy adecuada para *sir* Winston y *lady* Clementine. Por eso solo les sirvieron esos platos a ustedes dos y no a todos. No tengo ni idea de lo que le aportó esa cena especial para dos. Su pobre marido se sentó con nosotros y parecía perdido, y aquello no mejoró el ambiente general. Todo hilvanado con mucha inteligencia, Maria, tengo que decirlo.

—Nada de eso es cierto —susurró ella.

—¿Ah, no? —preguntó Nonie mordazmente—. ¿Y por qué iba a mentirnos Tina?

No contestó. Miró al vacío, más allá de la adelfa que extendía las ramas y las flores al otro lado de la mesa, debajo de un parasol. Solo había un motivo para que Tina hiciera circular esa mentira: quería perjudicarla. Y Maria conocía de sobra la envidia, sobre todo de las mujeres que le tenían celos por algo. Pero ¿en qué aventajaba ella a aquella mujer, que parecía tenerlo todo en el mundo? Un marido maravilloso, hijos, patrimonio, reconocimiento social, incluso un amante atractivo detrás de otro. ¿Por qué estaba tan celosa como para maquinar semejante intriga?

Meneó la cabeza.

—No he hecho nada de eso. Fue justo al revés. La idea fue de Tina. Puede creerme… O no. —dijo, y levantó la barbilla con terquedad.

Nonie guardó silencio. Meditabunda, jugueteó con el vaso de zumo, que ya estaba vacío. Luego, bebió un sorbo de té.

—Solo puede deberse a la atención —dijo al fin.

Ella arqueó las cejas sin comprender, pero se calló.

—Salta a la vista que le molesta que Ari le preste tanta atención a usted.

—Él…

—Bobadas. No lo niegue, Maria. Esta vez sé que tengo razón. Hasta un ciego vería que le gusta estar con usted.

—Es que los dos somos griegos —adujo con torpeza.

Entonces cayó en la cuenta de que Tina también era griega. Pero no se había criado en aquel país, era cosmopolita de pies a cabeza. Además, pertenecía a una familia muy pudiente, su padre era uno de los armadores más importantes del país, y había vivido en la abundancia desde muy pequeña. En cambio, Onassis y Maria provenían de realidades mucho más modestas. Sus familias se daban más aires de los que jamás tuvieron, y tanto Maria como Onassis habían conseguido más en la vida que sus padres antes que ellos. Por supuesto que Aristo tenía más cosas en común con ella que con su mujer. Y justo en esas cosas en común radicaba la magia, la confianza casi prodigiosa que la cantante sentía en presencia del armador.

—Sí, los dos lo son. —Nonie asintió pensativa. Y no dijo nada más.

Hacía rato que el café se había enfriado en la taza de Maria. La apartó asqueada. Habría preferido mucho más alejar los rencores como los que al parecer cultivaba Tina. Los conocía muy bien de la ópera y le habría gustado dejar atrás las mentiras durante esas vacaciones.

18

Esmirna
4 de agosto de 1959

UNA ÚNICA CALLEJUELA subía desde el puerto hacia el centro de Esmirna, hasta el barrio viejo de Karatas, que presidía la colina. Y, aunque era muy estrecha, de ella salían pasajes mucho más angostos que se alternaban con escaleras. Aun así, el espacio entre las casas viejas, con balcones de hierro forjado y en parte ruinosas, bullía de gente: los vendedores ambulantes ofrecían de todo, desde caramelos de miel hasta alfombras; los obreros, a cuya sombra se movían mujeres con velo, coincidían con hombres de negocios trajeados, y los niños jugaban y brincaban entre medias; un viejo intentaba abrirse paso entre la multitud con su carro tirado por un burro; otro llevaba una cabra atada a una cuerda. El nivel de ruido era elevado, pero Maria percibía con más intensidad los olores: el aroma a especias orientales de lo más variado, a flor de jazmín y a leña quemada impregnaba el aire y se agregaba al olor a queso de cabra y a tomate que salía por las ventanas de las cocinas. La sal del mar se mezclaba con el hedor a aceite, pescado y alquitrán y subía desde los embarcaderos.

—Aquí todavía se distingue la vieja Esmirna —dijo Onassis. Casi tuvo que gritar para que el grupo de invitados lo oyera, pero el entusiasmo por su ciudad natal se entendió muy bien—.

Antes, este barrio era muy internacional, aquí vivían judíos ricos, pero también europeos adinerados, armenios y muchos griegos, como mi familia. En aquellos tiempos, casi la mitad de los habitantes de la ciudad eran cristianos.

«Ahí está de nuevo el *tourkosporos*», pensó Maria con una mezcla de divertimento y curiosidad. Le hacía ilusión conocer la tierra natal de Aristo. Se sorprendió al comprobar que la vida en aquel barrio no era muy distinta a la del distrito de Atenas en el que ella había pasado su juventud. En los distintos bloques de pisos a los que se había mudado con su hermana y su madre, muchos de sus vecinos eran armenios que habían huido de Anatolia. Los olores que flotaban a su alrededor también le trajeron recuerdos y el entorno le pareció extrañamente familiar.

—Este barrio aún existe gracias a la población judía de Karatas —prosiguió Aristo—. Los turcos no tenían nada en contra de los judíos cuando incendiaron media ciudad el 22 de septiembre. Esperaron a que el viento soplara en dirección a los vecindarios cristianos. Eso avivó los fuegos y, mientras que en los barrios musulmanes y judíos no ardió ningún edificio, el resto de la ciudad quedó reducida a cenizas. —A Maria le extrañó que relatara tan abiertamente esas atrocidades, pero hablaba en inglés y, en esa zona, era probable que hubiera muy poca gente que entendiera el idioma.

Aristo se detuvo ante una casa grande que hacía esquina.

—Este era nuestro hogar —dijo con la voz de repente ahogada—. Miren la reja de hierro forjado de la puerta, todavía se ven las iniciales de mi padre, Sócrates Onassis. —Tragó saliva y se dio la vuelta.

Maria observó a sus compañeros de viaje. Habían disfrutado durante dos semanas de la hospitalidad de Aristo y lo conocían desde hacía más tiempo que ella, pero no comprendieron lo abrumado que se sentía en aquel momento. Nonie, *lady* Churchill, su hija y su nieta parecían contemplar un monumento cualquiera, con bastante interés, pero no tan conmovidas como alguien que retuviera la imagen de los hombres sentados en las escaleras al atardecer, fumando pipas de agua, y las mujeres sirviéndoles ouzo y moca; amigos y vecinos charlando y que en un momento dado empezaban a tocar música y a bailar mientras las mujeres preparaban la cena y acostaban a los niños. Era un mundo muy familiar para ella por su propio pasado y eso la capacitaba para compartir la pérdida con Aristo. Lo miró y, a pesar de que ambos llevaban gafas de sol, creyó cruzarse con su mirada y cambiar impresiones en silencio con él, como si pudieran ver mutuamente lo que albergaban sus corazones. Luego miró a Tina. Le interesaba saber cómo se comportaba ante la tristeza de su marido. Se la veía fuera de juego, con cara de aburrimiento y no parecía encontrarle la gracia a aquel escenario.

«Qué persona más ignorante y trivial», pensó. Aunque eso lo pensaba varias veces al día desde su conversación con Nonie en Rodas.

—Esta peste es terrible, ¿verdad? —murmuró Meneghini, que se tapó la nariz con un pañuelo de bolsillo—. Así deben de oler los peores barrios de Nápoles, aunque yo no los conozco, claro. Es indignante que Onassis te... te someta a esto.

Maria respiró hondo. Apretó los dientes porque no quería abroncar a su marido delante del grupo. Entonces vio a un vendedor ambulante que avanzaba con una bandeja a la altura del abdomen y sujeta al cuello con una correa.

—Cómprame piñones, por favor —masculló con los labios casi cerrados—. A mí me gustan y así estarás ocupado.

—¿Qué? En Italia nunca comes piñones. No te gustan. O sea que no te los compro.

—Pues cómprame pasas de Corinto. —Temblaba de rabia por sus aires protectores y de sabihondo.

Meneghini la miró con asombro, pero se mantuvo imperturbable.

—Qué tontería. Las pasas tampoco te gustan. Son demasiado dulces y te provocarían dolor de estómago si las probaras.

«No puedo más —pensó Maria—. No lo soporto más.»

—Vengan, me gustaría enseñarles el cementerio antes de que nos sorprenda el calor de mediodía. —Onassis interrumpió los pensamientos de Maria. No le hablaba solo a ella, sino a todo el grupo. Señaló el camino con la mano—. Por aquí, hagan el favor.

Centelleó un *flash*. Los *paparazzi* se habían abierto paso entre la multitud que obstruía la callejuela. Entre la gente que paseaba se levantaron fuertes protestas, el que se indignó con más vehemencia fue un viejo musulmán con un fez rojo en la cabeza calva y acompañado por una joven que miraba con miedo a través de un hiyab. Por lo visto, el hombre temía que los fotógrafos la hubieran fotografiado. Onassis se volvió hacia el viejo, intercambió unas cuantas palabras en turco con él, se metió la mano en el bolsillo del pantalón y sacó un paquete de cigarrillos. Maria tuvo tiempo de observar cómo le ofrecía un cigarrillo y él mismo se ponía uno entre los labios; luego, siguió a los demás en la dirección que les había señalado Aristo.

Oyó los resoplidos de Meneghini a su espalda.

—Apesta, es feo y hace calor —renegó—. Es de verdad indignante. Ojalá hubiera podido subir al punto más alto de la colina en ascensor, con *sir* Winston y Montague Browne. Seguro que allí arriba las vistas son mejores y el aire está más limpio.

Se calló. No tenía ganas de hablar con su marido. Ojalá no tuviera que hablar nunca más con él. Sus faltas de respeto hacia el anfitrión eran tan desagradables como la manera en que la trataba a ella. Deseó poder dejarlo plantado y deambular sola por las callejuelas, impregnándose de los olores de Oriente. En vez de eso, le dedicó una mirada severa que, evidentemente, no pudo ver porque Maria llevaba gafas de sol.

Se apartó de él, pero su interior bullía como el de un volcán antes de la erupción.

SORPRENDENTEMENTE, EL CEMENTERIO cristiano ortodoxo no se había destruido ni había resultado dañado tras la ocupación de Esmirna en la guerra greco-turca. Unas hileras de cipreses, plantados muy juntos y que se elevaban en el cielo azul, bordeaban los caminos trazados ante las tumbas con lápidas de mármol. Algún que otro olivo intentaba sobrevivir entre los bloques de piedra con sus destellos plateados. Por lo demás, era un típico camposanto griego y Maria contuvo la respiración por instinto. Algunas tumbas estaban adornadas con viejas fotografías, pero en general predominaba un silencio opresivo y anónimo en el último lugar de reposo de las personas que murieron en Esmirna hacía décadas.

Aristo se detuvo delante de una tumba sencilla, en un semicírculo formado por cipreses. El mármol blanco verdeaba a causa del musgo, pero aún se distinguía la inscripción de la piedra: «Penélope Onassis». El armador se demoró un momento; saltaba a la vista que rezaba una oración en silencio.

Los demás viajeros del grupo se congregaron detrás de él. Churchill y Anthony Montague Browne se habían unido al grupo. Todos esperaron sin decir nada a que su anfitrión tomara la palabra.

—Mi madre murió demasiado pronto —dijo al fin sin apartar la vista de la tumba—. Tuvo una infección después de que la operaran de los riñones y eso le provocó una muerte dolorosa. En aquel entonces, yo tenía seis años, y mi hermana Artemis, dos.

Se dio la vuelta y se acercó a Churchill.

—*Sir* Winston, usted me contó una vez que también era muy joven cuando murió su padre. ¿Habría seguido la misma trayectoria si él hubiera vivido más tiempo?

—Creo que sí —gruñó el viejo hombre de Estado—. Mi padre fue uno de los fundadores del partido conservador moderno, lo consideraban un candidato prometedor para ocupar el cargo de primer ministro y fue canciller del Tesoro. Cuando murió, después de una larga enfermedad, yo tenía casi veinte años y ya me había forjado mi propia opinión.

—Si mi madre no se hubiese muerto tan pronto, quizá yo no habría trabajado tan duro. —Onassis suspiró—. Bueno, ¿quién sabe? Es probable que no tenga sentido plantearse esas preguntas. Volvamos a bordo.

Maria pensó en sus padres. Los dos seguían vivos, pero ella siempre viajaba de un lugar a otro, de compromiso en compromiso, para liberarse de las presiones a las que la sometía sobre todo su madre.

Mientras caminaban de regreso al puerto, Aristo contó que su madrastra y sus hermanas huyeron, y a su padre lo apresaron las tropas turcas. De pronto tuvo que arreglárselas solo y presenció cómo un oficial turco confiscaba la casa paterna. A pesar de su juventud, se espabiló para sortear todos los peligros y, al final, el vicecónsul americano lo ayudó a huir. De manera muy gráfica y quizá un poco dramatizada, relató cómo saltó al agua en el puerto, en medio de una lluvia de balas procedente de los fusiles de los turcos, y nadó hasta un barco de guerra de Estados Unidos que le permitió subir a bordo. En esos momentos, en el muelle había centenares de miles de personas desesperadas que gritaban pidiendo auxilio, pero la marina americana y la británica, que estaban ancladas en la costa, no intervinieron y acabaron ayudando a muy pocos.

—Vivimos el infierno de Dante —dijo Onassis concluyendo el angustioso relato.

Después de comer en cubierta, los invitados se retiraron a los camarotes para echarse la siesta mientras la tripulación del yate preparaba la maniobra para zarpar. Maria se sentía abrumada por las impresiones que le habían sobrevenido en las últimas horas. Se quedó de pie delante del tocador y, pensativa, tiró del tapón redondo de cristal de un frasco de perfume y disfrutó del aroma a lavanda, lirio y rosas, sándalo y almizcle. Se echó unas gotas en la muñeca y se la acercó a la nariz para inhalar con mayor intensidad aún el *Hammam Bouquet* de Penhaligon's. Aquel perfume, en realidad creado para hombres, le volvía loca desde la primera vez que se lo había olido a Luchino Visconti, el director en La Scala de Milán en aquella época. Después se le había ocurrido la idea de distribuir entre bastidores pañuelos humedecidos con esa colonia para obtener una sensación de seguridad en el escenario. Gracias al perfume se sentía siempre cerca del director y amigo, y entonces constató que, aunque no hubiera sido consciente hasta ese momento, también le había recordado siempre sus años de juventud. Era el aroma de Oriente que también caracterizaba a la vieja Grecia. Y no le despertaba recuerdos terribles de sus años difíciles en Atenas, sino que le hacía rememorar la confianza y el amor con que la habían obsequiado sus profesoras de canto. Elvira de Hidalgo, por ejemplo, su profesora en el Conservatorio de Atenas, todavía le brindaba el cariño que su propia madre le negaba. Y aunque en aquellos tiempos aún no lo conocía, hacía más de seis años que llevaba en la piel el recuerdo destilado de la patria de Onassis. Sonrió sin pretenderlo para sus adentros.

—No quería desvelártelo todavía —anunció Meneghini—, pero en casa te espera una sorpresa. He cerrado contratos magníficos para ti. Tienes la agenda llena hasta finales de año.

Sus palabras le sentaron como un mazazo. Si se hubiera levantado y le hubiera dado una bofetada para devolverla a la realidad, el impacto no habría sido peor que el que había provocado el tono zalamero y, a la vez, exigente y falso de su voz. Maria se había distanciado de la ópera; en los días que llevaba a bordo no había pensado en ningún momento en sus próximas actuaciones. Por primera vez en su vida se sentía bien sin estar en un escenario. Notaba que se estaba recuperando físicamente, que cada vez se encontraba más a sí misma. Y la idea de que ese tiempo en el mar, con todas sus amenidades, tocaría a su fin era perturbadora y, de momento, también superflua.

Se volvió hacia su marido. Estaba sentado en el borde de la cama y se lo veía tan satisfecho que a Maria le habría encantado tirarle a la cabeza el pesado frasco de colonia. Pero lo dejó correr por respeto al perfume.

—¿A qué viene eso? —masculló.

—Quería darte una alegría. Tendrás el caché más alto. Lo he negociado por ti. He...

—No me interesa —lo cortó.

—Bobadas —replicó Meneghini con desdén—. Te entusiasmará cuando veas las cifras en los cheques. He negociado con dureza, ya te digo. No ha sido fácil sacarles tanto dinero. Pero Meneghini no se deja intimidar con facilidad. Yo...

—¡Tú, tú, tú! —se encolerizó Maria—. Pregunta alguna vez qué es lo que yo quiero. —Su marido la miró con cara de sorpresa y eso fue el colmo—. Eres un maleducado. Los directores artísticos no tiemblan ante ti como seguramente supones, sino que se avergüenzan de tu conducta.

—¿Se te han quejado? ¡Miserables! —Se levantó y se acercó a ella—. ¿Sabes qué? En el fondo, todos quieren que sus estrellas actúen por el caché de los cantantes del coro. Pero Meneghini no lo consiente. Yo...

—Yo tampoco lo consiento.

—Por supuesto. Les diré en tu nombre que no vuelvan a molestarte nunca más con esas tonterías.

Maria rechinó los dientes.

—Tú no vas a hablar de mí con nadie más. Estás despedido, Battista.

En un primer momento, dio la impresión de que Meneghini iba a echarse a reír a carcajadas. Sin embargo, luego miró atónito a Maria. Se pasó la mano por el cabello ralo con nerviosismo.

—¿A qué viene eso?

—A partir de ahora ya no eres mi mánager. Estoy harta de tu comportamiento y de tus exigencias a los teatros de ópera principales. A nadie le importa un comino Meneghini, quieren a la Callas. Tu conducta vergonzosa y tu manera de proceder me perjudican. Y no quiero que siga siendo así. ¿Lo entiendes? A partir de ahora, yo misma me ocuparé de mis actuaciones y de mis cachés.

¿Qué había dicho? ¡Válgame Dios, si ni siquiera sabía cómo abrir una cuenta bancaria!

Se volvió hacia el tocador para que su marido no viera las dudas que le ensombrecían el rostro. Sin embargo, acto seguido fue consciente de que no había reaccionado como una histérica. Había hablado con mucha calma. Con vehemencia y en alto, sí, pero sin perder la compostura. Y hablaba en serio. Por eso no le tembló la mano al poner el tapón en el frasco de Penhaligon's.

—Maria. —Meneghini recuperó el tono zalamero que resultaba tan desagradable a oídos de su esposa—. No te alteres. No hay motivos para sulfurarse. Al final, los organizadores han aceptado mis exigencias. Solo quiero lo mejor para ti. Ya lo sabes.

Se volvió otra vez hacia él.

—Parece que no quieres entenderlo: estás despedido.

Ya estaba dicho y ambos se enzarzaron en una discusión inevitable. Meneghini no entendía que ella ya no quisiera su apoyo, aunque se lo explicara con todo detalle. Maria no podía tolerar durante más tiempo que fuera tan descarado, desaprobaba que no supiera hablar en otros idiomas, cosa que nunca pasaba desapercibida en el mundo internacional de la ópera, y su agresividad le parecía repugnante. Se lo echó en cara y él la insultó diciéndole que no era nadie, que él la había convertido en una estrella. Los ataques se volvieron más personales, y las voces, más altas. Llegó un momento en que Maria fue consciente de que medio barco debía de ser testigo de la trifulca.

Avergonzada y furiosa al mismo tiempo, salió precipitadamente del camarote. Se marchó tan aturdida que ni siquiera cerró la puerta. No se tranquilizó hasta llegar a la escalera de caracol que conducía a cubierta. Volvió la cabeza y aguzó el oído, temerosa de que su marido la hubiera seguido. Pero ni rastro de Meneghini. El yate había zarpado y los cabeceos del barco lo habrían obligado a quedarse en su litera. Quizá se había acostado para recuperarse de la disputa. De todos modos, se pasaba el día metido en la cama desde que había empezado el viaje, quejándose constantemente. A Maria le daba lo mismo lo que hiciera. La cuestión era que la dejara en paz.

CUANDO LLEGÓ A la cubierta de popa, dirigió la vista de inmediato a la borda posterior, algo que se había convertido en costumbre. Onassis estaba allí, mirando atrás, como siempre que se despedían de un puerto. Y esa no fue la primera vez que Maria pensó que el armador parecía perdido. Solo y meditabundo. Los demás compañeros de viaje se echaban la siesta en los camarotes, de manera que no se veía a ninguno de sus acompañantes habituales por ninguna parte. Solo divisó a un joven camarero que recogía las tazas de café y las copas usadas de la mesa auxiliar situada entre las tumbonas. Saludó a Maria y ella le devolvió el saludo mientras avanzaba sobre las tablas y llegaba junto a Aristo.

El armador notó su presencia, puesto que se inclinó casi imperceptiblemente hacia ella, pero no dijo nada. Y Maria disfrutó como siempre de su cercanía, aunque estuvieran callados.

También miró atrás, hacia la masa de tierra que se difuminaba entre los vapores del calor de las primeras horas de la tarde. Un macizo montañoso elevado, con rocas escabrosas en las que se abrían paso unas franjas verdosas de vegetación escasa ante un cielo soleado. La serenidad que emanaba de Onassis se le contagió. Notó que la tormenta que se había desatado en su interior se calmaba y recuperó la tranquilidad. Quizá se debía a la presencia de aquel hombre o, seguramente, a las vistas y el cobijo que ofrecía el *Christina*.

—Es Lesbos —dijo Onassis al cabo de un rato. No se volvió hacia Maria, hablaba de cara al viento, que arrastraba sus palabras al mar—. El crucero de la marina americana me dejó en Mitilene. Allí habían instalado unos campamentos enormes para los refugiados de Anatolia. Tardé semanas en encontrar a mi madrastra y a mis hermanas en aquel caos.

—Pero las encontró —replicó Maria.

Onassis asintió en silencio, probablemente pensaba en los familiares a los que no había vuelto a ver nunca. Durante la visita a la ciudad les había contado que los turcos habían ahorcado a varios de sus tíos.

—¿Cree de verdad que su vida habría transcurrido de otra manera si su madre no hubiera muerto tan pronto? —le soltó a bocajarro. En ese momento, Maria fue consciente de que esa pregunta la atosigaba desde que se habían ido del cementerio—. La guerra no tuvo que ver con usted. Su familia tuvo que llevar esa carga, como muchas otras, pero usted no fue el responsable ni estaba en condiciones de cambiar las cosas.

—En cualquier caso, aprendí de muy joven que la existencia es finita. Todo puede llegar a su fin muy rápido. Por eso saboreo a fondo las cosas que me ofrece la vida.

«Las omisiones —pensó Maria—. Las pérdidas y las omisiones del pasado determinan nuestro presente.» A ella le ocurría lo mismo.

Onassis se apoyó de espaldas a la borda y la miró.

—Y, sin embargo, no me libro de la sensación de que, a pesar del lujo que me rodea, a pesar del éxito que tengo como hombre de negocios, me falta algo.

Otra cosa en común.

Maria asintió.

—A mí me pasa lo mismo.

El armador levantó la mano izquierda, probablemente para tocarla, pero algo se le pasó por la mente y lo dejó correr. Balanceó un momento la mano en el aire y luego la dejó caer a un lado.

Al cabo de unos instantes, se echó a reír.

—Puede que se pregunte cuánto amor recibí tras la muerte de mi madre. En general, no fue poco. Mi hermana Artemis se convirtió en una especie de segunda madre, a pesar de su juventud… Y todavía tiene cierta influencia sobre mí, aunque jamás lo admitiría en su presencia, claro.

Cuando estaban en Rodas, Maria había observado que Tina buscaba la compañía de Artemis, vio cuchichear a la mujer joven con la mayor. ¿Buscaba la esposa de Aristo cerrar filas con la hermana para formar un frente común contra la posible adversaria? Ese razonamiento hizo que se diera cuenta de que por primera vez se veía como una rival de Tina Onassis. «Solo somos amigos», se dijo de inmediato para convencerse de que no era así. Lo que ocurría entre ellos no era asunto suyo. Su matrimonio con Meneghini contaba con la bendición cristiana y, aunque solo estuviera inscrito en el registro civil de Verona, el voto era indisoluble según las leyes italianas. Eso no cambiaba sus problemas ni el hecho de que deseara abandonar a su marido con toda el alma.

Mientras cavilaba sobre separarse de su esposo, el hombre que tenía a su lado siguió hablando. Maria tardó un poco en comprender que hablaba de otro tipo de amor, de sus primeros deseos sexuales. Le prestó atención con una mezcla de curiosidad y repugnancia, le asombró que el amor físico pudiera ser tan importante para una persona.

—Mi primer gran amor —dijo Onassis sonriendo— fue una chica que trabajaba de criada en casa de mis padres. Hacía la colada para la familia. Por desgracia, mi madrastra nos sorprendió encima de una montaña de ropa, de modo que no hubo nada entre nosotros. Así pues, mi primera experiencia fue con una maestra de francés que contrató mi padre para que me diera clases durante las vacaciones de verano. Tenía un cuerpo fantástico y los pechos grandes, y me sedujo.

Maria bajo la mirada por instinto. Los suyos eran más bien pequeños. Volvió a levantar los ojos sonrojada.

—¿Y luego? —preguntó.

—Me enamoré de una chica judía del barrio. Locamente. Por aquel entonces, yo tenía quince años y era muy inocente. —El viento le sopló unos cabellos sobre la frente y así, despeinado, parecía más joven y casi irresistible, de manera que Maria fue capaz de imaginarse al adolescente de aquella época—. Le cantaba serenatas en la puerta de su casa, dejaba miel turca al personal de la entrada para que se la dieran y me pegué con un compañero del colegio que también se había fijado en ella.

Maria sonrió.

—¿La chica le hizo caso?

—No, claro que no. La hija decente de un sefardí no podía salir con un gentil. Un día, su padre la envió a Sudamérica, con unos parientes. Lo primero que hice a continuación fue despedirme de la idea de las almas gemelas y dedicarme a explorar el amor físico.

Maria agradeció que el viento le refrescara las mejillas.

Onassis se perdió unos instantes en sus recuerdos sensuales y luego siguió hablando.

—Algunas de las mujeres que conocí en esa época me dijeron que el dinero y el sexo se entretejen de manera inseparable.

A ella esa reflexión sobre las relaciones interpersonales le pareció demasiado simple, aunque en cierto modo la secundaba.

—El amor físico consiste en dar y tomar, como tantas otras cosas. —En cuanto expresó su opinión, se mordió el labio inferior. Nunca había hablado de cosas tan íntimas con un hombre que no fuera Meneghini, y su vida matrimonial no merecía aquella definición.

Onassis frunció el ceño.

—¿Eso es todo? —preguntó serio—. ¿De verdad ve la sexualidad de ese modo?

Maria desvió la mirada y la fijó en la espuma de las olas que levantaba la hélice del barco.

—Sí —susurró.

19

Nueva York
16 de septiembre de 1968

MARIA SE CONTEMPLÓ en el espejo alto de cristal del vestidor. El espacio formaba parte de su *suite* en el Sherry-Netherland, un exclusivo edificio de apartamentos situado en la Quinta Avenida, delante de Central Park, en el que también se ubicaba un hotel pequeño pero elegante. Como sabía que su amiga Mary se instalaría unas plantas más arriba, en el piso de una tía, decidió alojarse allí en vez de volver a casa de los Gatsos. Después de la gira sin rumbo por el oeste y el sudoeste de Estados Unidos hasta llegar a México, a Maria le sentó bien estar de nuevo en Manhattan. Se sentía como si hubiera regresado de un viaje azaroso, el final de su odisea particular. Por eso aceptó la invitación para asistir a la Metropolitan Opera esa noche. Quería sentar un precedente. Para ella, pero también para el resto del mundo; en especial para Onassis.

Sabía que tenía muy buen aspecto. El peinado alto le quedaba perfecto, el traje de noche de color verde oscuro, de corte elegante, ceñido y sin mangas le sentaba como un guante y las joyas que le habían prestado en la joyería de Harry Winston, justo en la esquina, eran sensacionales: unos pendientes del tamaño de un huevo de paloma, con esmeraldas y diamantes; una pulsera ancha a juego en la muñeca izquierda y un anillo macizo, también con esmeraldas y diamantes, de tal enver-gadura que probablemente podría servir de puño americano. Su imagen en el espejo demostraba que la hermosa y radiante Callas había vuelto. Sin embargo, el alma herida de Maria se escondía en lo más hondo de su ser.

Ojalá hubiera podido dejar el dolor en algún lugar del desierto de Nevada. Pero su odisea no había contribuido a miti-gar su pesar por la separación de Aristo. En vez de liberarse y pensar en volver a Europa y en su regreso a los escenarios, de lo que hablaba siempre en las entrevistas, ahora se encontraba en el Upper East Side, igual de decepcionada, triste y sufriendo a causa de un corazón roto en cualquier lugar del periplo. Había volado desde Santa Fe a Las Vegas con su séquito, luego se había trasladado a Los Ángeles con Mary, ya que Larry había tenido que interrumpir el viaje debido a ciertas obligaciones. Excepto en Disneyland, no se lo había pasado bien en ningún sitio; donde menos, en San Francisco, la ciudad en la que había hablado de Onassis con una periodista y, empujada por la rabia, se había dejado convencer para llamarlo «la rata». Como era lógico, eso mereció el correspondiente titular. Desde California se habían dirigido a México, a casa de unos amigos de Mary, y luego a Dallas, a casa de su amiga. Precisamente allí, donde pretendía sentirse como en casa y lamerse las heridas con calma, se había roto las costillas en el cuarto de baño. La cantidad de somníferos, sin los que no podía cerrar los ojos llorosos, la habían aturdido tanto que había tropezado y se había caído. Como consecuencia, le dolía tanto respirar que había estado casi a punto de olvidar la causa de todos sus males. Pero solo a punto.

En todo ese tiempo no le habían llegado noticias de Grecia. Ninguna llamada de Aristo, aunque ella se encargara siempre de estar localizable. Las flores que le habían enviado a Dallas mientras guardaba cama no eran del hombre amado, como había querido creer al principio, sino de su director general en

Nueva York. Costa Gatsos seguía cuidando su amistad con ella y no entendía cómo era posible que Onassis prefiriera a otra mujer. Maria estaba segura de que no se lo comentaba solo a ella, sino también a Aristo, pero eso no había cambiado nada. Evidentemente, un hombre como Onassis no atendía los consejos de su viejo amigo en cuestiones de amor.

Al final, volvió a ser Larry el que consiguió animarla un poco. La llevó a una cena con algunos de sus conocidos en la que se habló de la inauguración de la temporada en el MET. Un productor de discos muy influyente la invitó a asistir y Maria accedió, siempre y cuando pudiera ir con sus mejores amigos. En un primer momento, la decisión de aparecer en público la aterró y le provocó inseguridad, pero, después de meditarlo mucho, decidió que, si quería dejar atrás el dolor de un corazón roto, no podía esconderse durante más tiempo ni atrincherarse en habitaciones de hotel con teléfono.

—Tengo que demostrar y quiero demostrar a todo el mundo que la Callas todavía existe —le confió a Mary cuando fueron de compras a la casa de modas más lujosa de Manhattan.

Y ahí estaba ahora, luciendo un vestido elegante, cargada de joyas espléndidas y preparada para una gran aparición... Y lo único que sentía era un gran vacío. Larry le había asegurado que, aunque solo apareciera en el MET como espectadora de la ópera *Adriana Lecouvreur,* de Francesco Cilea, el público la aclamaría. Volver a ver por fin a la Callas en un teatro de primera daría lugar a una salva de aplausos, tanto si actuaba como si no salía a escena.

Y, sobre todo, todos estarían muy pendientes de cómo sería su encuentro con Renata Tebaldi. Años atrás, las dos trabajaban en La Scala y competían por conseguir el reconocimiento de *diva assoluta*. La prensa no se cansaba de relatar escenas desagradables que, sin embargo, para Maria solo expresaban la tensión que se vivía en el escenario. Y había sido ella la que había ganado el duelo contra la «voz de ángel», el apelativo con que se referían a la Tebaldi, y con razón, como se vio obligada a reconocer Maria. La otra no tardó en irse de Milán. Aun así, las maledicencias públicas de un lado y otro persistieron durante mucho tiempo. A aquellas alturas, coincidió con su amigo Larry en que había llegado el momento de reconciliarse, y el marco señorial del estreno ofrecía el escenario ideal para hacerlo. La aparición de la Callas no solo ensombrecería la actuación de Renata Tebaldi; las fotografías recorrerían el mundo y también le llegarían a Onassis. Quería enseñarle lo que se perdía.

Sonó el teléfono y Maria se sobresaltó. Caminando a pasos cortos con sus mules de tacón, se acercó al aparato, que estaba en la mesita de noche, al lado de la cama *king size*. Titubeó un momento. ¿Qué haría si era Aristo? Irían a buscarla en cualquier momento para llevarla a la ópera. No podía permitirse llegar tarde. Su aparición no tendría ningún sentido si se retrasaba y tenía que entrar a escondidas en el palco. Pero quería hablar con él, habría dado cualquier cosa por oír la voz del hombre al que aún amaba de todo corazón.

Le temblaron las manos al descolgar.

—¿Sí? Diga.

—Soy Mary. Te espero en el vestíbulo. Baja enseguida. El chófer ya está aquí.

Una vez más, la llamada no era de Aristo.

¿Por qué no podía dejar de esperar que la llamara? ¿Por qué no podía quitarse a ese hombre de la cabeza y permitir que se fuera con la otra?

Se tragó las lágrimas. No solo era una magnífica soprano, también era la mejor actriz que jamás se hubiera visto en los escenarios de ópera. El papel que interpretaría aquella noche estaba fuera de toda duda: la Callas volvería al MET para regocijo de sus fans, sería la generosidad en persona y le perdonaría a la

Tebaldi todas las canalladas. Igual que le perdonaría la infidelidad a Aristo si le pidiera que volviera con él.

Levantó la barbilla y se dispuso a irse.

LA LLUVIA DE *flashes* le pareció un cañón de luz proyectado hacia el cielo. Era la primera vez desde hacía años que aparecía en público sin la compañía de Onassis. La Callas había vuelto.

Cuando entró en el nuevo edificio de la Metropolitan Opera House en el Lincoln Center, recibió la salva de aplausos que habían preconizado sus amigos. No veía a Mary, pero notaba su presencia a su espalda, y pensar en ella le daba seguridad. Aunque Maria todavía bregaba con su corazón roto, ahora la Callas se dejaba querer por su público. No solo la aplaudieron mientras se dirigía al palco del director artístico, sino que un coro de voces reclamó que volviera a los escenarios. Avanzó majestuosa entre la multitud, se puso la mano a la altura del corazón y disfrutó de la admiración y el amor que le brindaban los espectadores que habían acudido al estreno. Todo ello la trasladó al séptimo cielo, de cuya existencia casi se había despedido.

—La Tebaldi está que rabia —oyó murmurar a alguien—. La aparición de la Callas la ha relegado a un segundo plano.

«Sí —pensó Maria—, como debe ser.» Y sonrió profundamente satisfecha, una sensación que hacía mucho que no tenía.

Después de la función, la llevaron detrás del escenario y celebró la reconciliación con Renata Tebaldi. A la italiana, tan solo un año mayor que ella, no le quedó más remedio que sonreír y responder al logrado abrazo que Maria le daba bajo los focos. Se oyeron los disparos de las cámaras de los fotógrafos de prensa y entonces supo que, en los días siguientes, las fotos de la Callas como mínimo abrirían la sección cultural de los periódicos, eso si no se publicaban en las portadas. Sonrió con desparpajo y notó que el juego sucio le hacía cierta gracia.

Después de la fiesta del estreno, Mary y ella volvieron al hotel de muy buen humor. Al cruzar el vestíbulo, Maria descubrió un montón de periódicos en un aparador. Debían de ser ejemplares del *New York Post* del día anterior, pero no le importó porque no los había leído. Al pasar por delante, cogió uno.

—Esta noche será mi lectura —le dijo a su amiga—. Me ayudará a dormir.

Entraron en el ascensor embriagadas por el acontecimiento operístico y la cantidad de champán que les habían servido.

Al llegar a la *suite*, Maria se quitó los zapatos, tiró el periódico encima de una butaca y se sentó delante del tocador para quitarse los pendientes y el resto de las joyas. Mientras manipulaba los cierres, oyó el leve murmullo del incesante tráfico de Nueva York que le llegaba a través de la ventana. Se parecía mucho al ruido de la calle en París. Por primera vez desde que se había ido a América, la embargó la nostalgia. Débil, pero lo bastante fuerte para que echara de menos su hogar.

La luz de las lámparas que había encendido hizo brillar las joyas que había depositado en el *vide-poche* de terciopelo. Especuló con la posibilidad de comprar las magníficas alhajas, pero decidió devolverlas a Harry Winston como habían concertado. No quería que su corazón se apegara a algo que quizá en el futuro luciría otra mujer. De momento, ya tenía bastante.

Después de desvestirse, desmaquillarse y ponerse la camisa de dormir, se llevó el *New York Post* a la cama… Y, de repente, clavó los ojos en una fotografía publicada en la parte inferior de la primera página, que antes le había pasado por alto. Se puso bien las gafas, pero no cabía duda: Aristo, vestido de esmoquin, sonreía con orgullo a la cámara; a su lado, una radiante Jacqueline Kennedy, también vestida con traje de noche.

Maria se derrumbó lentamente, aferrada al periódico. Tuvo que hacer un esfuerzo para leer el breve texto que aparecía debajo de la fotografía, tomada claramente por un *paparazzi*. No obstante, tenía demasiada curiosidad para dejar a un lado sin más el periódico:

> La ex primera dama Jackie Kennedy y el multimillonario griego Aristóteles Onassis delante del club nocturno El Morocco, en Manhattan.
>
> Lean la entrevista en exclusiva de nuestro columnista Earl Wilson.

«Aristo saca a pasear a su trofeo», pensó Maria. Y, como no podía ser de otra manera, lo presentaba en el club más famoso de Nueva York.

Acto seguido, fue consciente de que tenía que encontrarse muy cerca. Los dos estaban en Nueva York.

Hojeó las páginas del periódico, pasándolas con energía, hasta encontrar la sección de cotilleos. El papel se rasgó y le hizo un corte en la yema de los dedos. Sin embargo, apenas notó el ardiente dolor. Cuando encontró las columnas que buscaba, le temblaba todo el cuerpo. Sobrevoló el texto con los ojos mientras el corazón le latía con tanta fuerza que le entraron náuseas. Leyó un fragmento una y otra vez, y lo siguió leyendo incluso cuando ya se lo sabía de memoria:

> Podemos asegurar con bastante certeza que Aristóteles Onassis no tiene previsto casarse con Jackie Kennedy ni con nadie…

Había sido un error. La chismosa del *show* televisivo se las había querido dar de enterada. Maria sintió un gran alivio. Aristo se hartaría pronto de la viuda del presidente y volvería a su lado. No entendía por qué no la llamaba para arreglar las cosas entre ellos. Pero, en el fondo, no importaba. Onassis no quería casarse. Eso era lo único que contaba.

No podía seguir sentada sin más. El periódico crujió y batió las hojas al caer al suelo cuando se levantó de un brinco. Paseó inquieta de una punta a otra de la habitación. Fue hacia las preciosas ventanas en arco del edificio art déco; al otro lado, la noche aguardaba con calma al amanecer. Se dirigió al tocador, acarició con delicadeza las brillantes alhajas. Volvió a la cama, vio el periódico en el suelo y la fotografía de la famosa pareja, que se había arrugado. Levantó la hoja de la portada y alisó el papel con cuidado hasta que el centro de la imagen de Aristo y Jackie Kennedy quedó estirada.

Cuando estaba en Nueva York, Aristo se alojaba siempre en el mismo apartamento del hotel The Pierre; sus vecinos eran Elizabeth Taylor y Richard Burton. Maria había estado allí tantas veces que recordaba la *suite* con todo detalle. Al acercarse de nuevo a la ventana oscura, en el cristal creyó ver no el reflejo de su habitación en el Sherry Netherland, sino las salas del edificio que se encontraba a tan solo una manzana de distancia. Su imaginación era tan vívida que casi pensó que encontraría a Aristo en la cama cuando volviera la cabeza. Evidentemente, no fue así.

Sin embargo, los dos estaban en la misma ciudad. Solo los separaba una calle.

Y Onassis no iba a casarse con Jacqueline Kennedy.

Maria se dejó caer en el borde de la cama y cogió el auricular del teléfono. Pidió a la centralita que la pusieran con un número secreto del hotel The Pierre que tenía tan grabado en la memoria como la distribución de los muebles en la *suite* de Onassis.

Eran las tantas de la noche, pero Aristo no estaría durmiendo. Nunca dormía a esas horas. ¿Quién iba a saberlo mejor que ella? Al fin y al cabo, su relación se había iniciado de noche. A bordo del *Christina,* mientras charlaban durante horas. Se contaron la vida y de ese modo se compenetraron más que en algunos encuentros íntimos. Se abrazaban con palabras. Por algo su amiga Mary había dicho en una ocasión que Maria y Ari eran la media naranja el uno del otro.

Después de todo lo que había ocurrido desde entonces, era urgente que hablaran. En última instancia, no importaba quién empezara. Él no la llamaba. Así pues, ella daría el primer paso. El penoso discurso sobre el orgullo provenía de gente que no tenía ni idea de lo que era el amor.

—¿Sí?

Solo fue una sílaba, pero ella reconoció su voz en el acto. ¡Cuándo había añorado aquel sonido!

—Soy yo. Maria.

La respuesta al otro lado de la línea fue el silencio.

—Estoy en Nueva York.

—Lo sé —replicó él.

¿Sabía que estaban en la misma ciudad y no se había puesto en contacto con ella? Maria notó que el nudo que tenía en la garganta bajaba hacia el estómago. Respiró hondo.

—Creo que deberíamos hablar —dijo.

—No, Maria. Se acabó. Tú me dejaste. Tú lo quisiste. No hay nada de lo que hablar.

Estuvo a punto de gritarle que se equivocaba y mucho. Sin embargo, después habló con tanta serenidad que casi pareció un poco tímida.

—No soy una santa. No esperes de mí que me comporte como tal. Estaba enfadada porque me echaste del barco. Pero eso no es motivo para siempre…

—Ya te he dicho lo que pienso —la interrumpió. Maria oyó que algo golpeaba al lado del teléfono de Aristo, probablemente su mechero. Al parecer, había encendido un cigarrillo—. Ya me he hecho a la idea —prosiguió Onassis exhalando aire mientras hablaba—. Lo que hubo entre nosotros se ha terminado.

No podía acabar así. No tenía que acabar.

—¡Pero para mí no ha acabado! —exclamó desesperada.

—Lo siento, pero no me importa.

—Aristo, yo… —Se interrumpió. Se llevó la mano libre a la garganta porque le dio la sensación de que se asfixiaría en cualquier momento—. ¡Yo no puedo!

—¿El qué?

—No puedo vivir sin ti —murmuró.

—Pues tendrás que aprender a hacerlo. —Suspiró o le dio otra calada al cigarrillo.

¿Qué podía decirle? Onassis estaba siendo frío, verdaderamente desapacible. Y, aun así, no le colgaba el teléfono. Saberlo fue un rayo de esperanza. Mientras hablaran, no estaría todo perdido. Hasta que la conversación no acabara, no sería para siempre.

Unas lágrimas silenciosas se deslizaron por las mejillas de Maria. Una voz interior le advirtió que mantuviera la compostura. Tragó saliva porque no quería sollozar. A un hombre como Aristo no se le persuadía con una despedida lacrimógena. Maria reunió toda su fuerza de voluntad y, con voz ahogada, habló con la máxima dignidad posible.

—¿Por qué te esforzaste tanto en tenerme si ahora te esfuerzas tan poco en retenerme? ¿Por qué, Aristo? ¿Por qué?

20

Estambul
Principios de agosto de 1959

—¿Cómo se atreve? —lo increpó Maria.

En ese momento le daba igual la presencia de las otras mujeres y del personal que trabajaba en cubierta, y tampoco prestó atención a las numerosas embarcaciones que rodeaban al *Christina* en el puerto de la isla de Büyükada. Vio de reojo que varios fotógrafos se acercaban al yate en lanchas de motor. No pudo distinguir si se trataba de los mismos *paparazzi* que los acompañaban en su viaje desde que habían zarpado en Montecarlo, pero tampoco le importó. También le daba lo mismo que los periodistas, sus compañeros de viaje o algún miembro de la tripulación oyeran lo que tenía que decirle a Aristo después de saber que, además del embajador británico, subiría a bordo el presidente turco. Estaba furiosísima... Y decepcionada con el hombre, al que hasta entonces había considerado un patriota.

—¿Cómo ha podido invitar a Adnan Menderes a su yate? ¡Las manos de ese hombre están manchadas de sangre griega!

En vez de reaccionar a su furia, Onassis concentró toda su atención en lo que ocurría en el agua azul cian, sobre la que se extendía un cielo despejado, todo de un mismo tono de color claro. Las casas encaladas de color blanco y azul celeste que

217

se veían al otro lado del paseo contrastaban radiantes con los tonos oscuros y los yates, lanchas de recreo y transbordadores que se mecían en el puerto.

—Mire —manifestó Onassis sin mirarla—, ese regatista temerario es mi Alexander. —Su voz estaba impregnada de orgullo paterno.

Hacía rato que Maria se había fijado en la pequeña lancha de competición que el hijo de once años de Onassis conducía a toda velocidad entre las barcazas de los reporteros y los curiosos. Alexander trazaba curvas cerradas impresionantes, levantaba olas con la quilla y parecía disfrutar de lo lindo mojando a las personas que estaban en el puerto. Sin embargo, ella lo consideró mucho menos reseñable que los invitados que le habían anunciado. Le sacudió el brazo a Onassis.

—¡Estoy hablando con usted!

El armador se volvió por fin hacia ella con una mueca de divertimento en la comisura de los labios.

—Sí, la he oído. Pero ¿qué debo hacer según usted? Menderes quiere presentar sus respetos a sir Wilson. ¿Quiere que le niegue la hospitalidad al presidente turco en un puerto turco?

—Podría posicionarse —le soltó.

—Ya lo hago organizando el encuentro. Se trata de la cuestión de Chipre, Maria, la situación diplomática entre Turquía, Grecia y Gran Bretaña es crítica. Me complacería aportar un poco de distensión en esta época de crisis con un humilde almuerzo.

Ella meneó la cabeza con vehemencia.

—Quiere hacer alta política, tourkosporos. Es eso. Y utiliza cualquier medio para conseguirlo, incluso la traición a su propio pueblo.

—A eso se le llama diplomacia —argumentó él. A Maria le sorprendió que sus duros ataques no parecieran ofenderlo. Incluso le sonrió bondadosamente al añadir—: Conseguir la paz es la mejor manera de proteger mis negocios. Mis barcos transportan mercancías a través de los océanos, no armas.

—Pero Menderes es el responsable de que la comunidad griega en Estambul casi se extinguiera. La chusma saqueó y quemó miles de negocios y casas de ciudadanos griegos por encargo del Gobierno, destruyó iglesias ortodoxas y escuelas. Cientos de miles de griegos tuvieron que huir…

—Ya lo sé. —Aristo interrumpió el torrente de palabras de Maria—. Aunque no se ha podido demostrar la participación del presidente en los terribles sucesos de hace cuatro años, me gustaría añadir una cosa… que quede entre nosotros… —dijo, y ahí lo dejó.

Maria no tuvo paciencia para esperar mucho sus explicaciones.

—¿Qué?

Sonó una sirena, seguramente un aviso a Alexander Onassis. Les llegaron gritos de alegría desde las embarcaciones.

—Desde el pogromo, la posición del patriarca ecuménico es complicada —prosiguió Aristo—. Los turcos quieren expulsar de su territorio al representante de la Iglesia ortodoxa griega y preferirían hacerlo más pronto que tarde. El patriarca Atenágoras es un buen amigo mío. Y he organizado un encuentro privado entre Menderes y Churchill con la esperanza de consolidar la posición de Su Santidad. Si *sir* Winston intercede por el jefe de nuestra religión, suya y mía, el Gobierno turco no se atreverá a tocar al patriarca.

Maria se quedó impresionada. Aristo siempre conseguía sorprenderla con su bondad, su inteligencia y su empatía por las preocupaciones y las necesidades de las personas de su entorno.

Asintió titubeando.

—Entiendo. Entonces, ¿tendremos que poner al mal tiempo buena cara?

Onassis la obsequió con una de sus encantadoras sonrisas.

—Usted es una actriz extraordinaria, se las arreglará. —Su amplia sonrisa se transformó en una carcajada. Aquel carisma, la expresión pura de su alegría de vivir, era lo que más la seducía de él—. Por cierto, Menderes tiene debilidad por las cantantes de ópera. Es probable que se rinda a sus pies.

—Seré amable con él —prometió suspirando con elocuencia—. Pero nada más.

—El patriarca se lo agradecerá en persona. Mañana tenemos audiencia con él en la catedral de San Jorge.

Maria puso ojos como platos. La perspectiva de reunirse con el jefe de la Iglesia ortodoxa griega superaba su imaginación. A la Callas la habían homenajeado jefes de Estado y reyes, pero un encuentro personal con el patriarca de Constantinopla significaba mucho más para ella que cualquier ovación. Cuando Aristo le habló de su amistad con Atenágoras, Maria se inclinó a pensar que exageraba, como tendía a hacer en ocasiones. Pero el hecho de que no fuera así aquella tarde soleada le pareció una señal del cielo.

—Veré lo que puedo hacer. Y seré tan amable como pueda con Menderes.

«¡Que Dios me ayude!», añadió en pensamientos.

AL DÍA SIGUIENTE, una fotografía de Maria Callas, Aristóteles Onassis, Winston Churchill y Adnan Menderes adornó las portadas de los periódicos turcos. En el interior se publicó una fotografía de grupo en la que también salían *lady* Clementine, la hija y la nieta de Churchill, el embajador británico, Tina, Artemis, los Montague Browne y Meneghini. Un grupo de élite dando la bienvenida al presidente turco a bordo del *Christina*. Maria supo por Aristo que su hermana mayor albergaba las mismas reservas que ella respecto al invitado y casi le pareció un milagro que todos aguantaran hasta el final de la cita, cuando permitieron subir a bordo a los reporteros bajo una estricta vigilancia. Se sintió unida por primera vez a Artemis y eso fue probablemente lo mejor del almuerzo.

—Es bueno saber que puedes confiar en las personas a las que quieres —le dijo Onassis esa noche mientras contemplaban con Nonie el firmamento que se extendía sobre el mar de Mármara.

Maria asintió pensativa.

—De pequeña, yo también me llevaba muy bien con mi hermana mayor. —El tono de su voz, dulce al principio, se endureció—. Luego nos distanciamos. Iacinthy también quería ser cantante, ¿sabe? Pero a nuestra madre le gustaba más mi voz; además, mi hermana era guapísima, no como yo. Eso determinó nuestros caminos. Y me temo que ahora Iacinthy envidia mi éxito mientras que, cuando éramos jóvenes, yo la envidiaba muchísimo a ella por su físico.

—No me refería solo a Artemis —replicó con voz suave Aristo.

Maria desvió la mirada hacia Nonie, pero la inglesa sonrió y dio la impresión de que no se había dado cuenta de la tormenta de sentimientos que acababa de desatarse en la cantante. Evidentemente, Maria sabía a quién se refería Onassis, pero fingió no entenderlo.

—Con toda probabilidad, los ingleses ven los acontecimientos en Turquía de manera distinta a los griegos, aunque…

—Artemis no es la única griega a bordo —objetó él con paciencia—. Por cierto, tampoco pensaba en Tina al hacer el comentario.

—Usted hablaba de amor —se le escapó a Maria. Una vez más, expresó sus pensamientos antes de meditar bien sus palabras.

Por lo visto, a Onassis le pareció divertida la objeción. Se echó a reír.

—Ahora no me venga con mi confianza en la tripulación. No he exigido a mis hombres que pactaran con el diablo, pero, si tuviera que hacerlo, esperaría eso de ellos.

—Obediencia incondicional —murmuró.

—Lealtad —la corrigió él.

Maria asintió. Esa vez cerró la boca aunque le acudieran muchas preguntas a la cabeza. Todo se relacionaba con los negocios de Onassis. Pero estaba segura de que él no entraría en detalles en ese tema… En realidad, tampoco quería conocer las bases de su éxito financiero. A la vista de su riqueza, cabía suponer que no siempre se ponía del lado del bien, aunque durante todo el viaje se hubiera esforzado en convencerla de su respetabilidad. No obstante, con independencia de lo que él hubiera querido enseñarle, hacía tiempo que ella se había formado su propio juicio respecto al armador. Y era mucho más positivo de lo que jamás habría esperado. En los días que habían pasado en el mar, Aristo se le había mostrado como un hombre muy simpático; no solo era atractivo hasta el extremo, también era divertido y cariñoso, y quería mucho a sus hijos. Era el hombre con el que siempre había soñado. Y durante toda su vida adulta había asumido que no existía nadie que fuera así.

—Maria…

Onassis la arrancó de sus pensamientos y ella lo miró un poco sorprendida.

—¿Sí?

—Usted sabe que hace mucho que la deseo y ahora…

—Sí… No. —Lo interrumpió porque no quería que continuara hablando. Onassis no debía decir nada que la turbase bajo el cielo nocturno, en el que las estrellas brillaban como millones de diamantes esparcidos sobre una alfombra de terciopelo azul oscuro, pero que se revelara como una mentira bienintencionada a la luz de los primeros rayos de sol.

O como la exaltación pasajera de un hombre que podía comprarlo todo… Pero no el amor de una diva. Aunque, bien pensado, ya la poseía.

Volvió a mirar Nonie. Igual que antes, la inglesa parecía ajena a todo y daba la impresión de que no notaba ni por asomo la importancia de aquella conversación mantenida en griego.

—Me honra que me mencione en un mismo contexto con su hermana —comenzó a decir, y su voz sonó como la de una jovencita que rechazaba por primera vez una propuesta de matrimonio—. Pero no debería empeñarse en confundirme. Ninguno de los dos está libre. El adulterio es pecado. No podemos.

—Dígame: ¿dónde empieza la infidelidad? —Onassis se golpeó el pecho—. ¿Aquí, en el corazón? ¿O en la cama, cuando se toca lo que se desea tanto que se piensa en ello noche y día?

A Maria le ardían las mejillas. Era la primera vez que un hombre le exponía de un modo tan abierto que la deseaba… y le provocó una excitación sexual insospechada. ¿Qué podía decir? ¿Que le entregaría en el acto lo que le reclamaba si Meneghini no estuviera durmiendo abajo en el camarote? Cerró los ojos.

—Debería ir con mi marido.

—¿No nota usted también lo que hay entre nosotros? ¿El amor?

En un escenario operístico habría sabido cómo poner fin a ese diálogo. Pero allí, delante de aquel hombre, se sintió desvalida. Al mismo tiempo, fue consciente de que habían ido demasiado lejos… y que su respuesta sería decisiva para determinar lo que serían el uno para el otro en el futuro. Probablemente, en ese instante se decidiría su porvenir como esposa de Battista Meneghini. «Voy a dejarlo —pensó una vez más—. Lo abandonaré en cuanto regresemos a Italia.» No obstante, ese paso le infundió un miedo insoportable al instante.

—Me voy a la cama.

Se levantó de la butaca que se había convertido en su asiento nocturno habitual. Solo faltaba su nombre en el respaldo. Como en la silla del director en el rodaje de una película.

Aristo también se levantó de inmediato.

—Buenas noches, Maria. Por desgracia, no podrá dormir mucho. Mañana hay que salir muy temprano para la audiencia en la catedral de San Jorge.

Maria asintió en silencio, aliviada porque, en vez de ahondar en los deseos y sentimientos de Aristo, podría prepararse para la reunión con el patriarca antes de dormirse.

—*Good night*, Nonie —dijo dirigiéndose a su acompañante y sin volver a mirar a Onassis.

EL ARMADOR HABÍA preparado una visita turística al palacio Topkapi para sus invitados británicos, que, como era obvio, no eran ortodoxos. Meneghini rechazó el ofrecimiento, igual que Churchill, que prefirió quedarse a bordo. El marido de Maria insistió en visitar la catedral de San Jorge. En un primer momento, no vio ningún inconveniente porque, en el pasado, ella también lo había acompañado a iglesias católicas en Italia. Sin embargo, luego fue consciente de que pretendía controlarla. Lo relevante para él no era interesarse por la religión de su esposa, sino la necesidad de no perderla de vista. Cuando lo comprendió, ya era demasiado tarde para no impedir esa forma de control.

La catedral de San Jorge se ubicaba en el antiguo barrio griego que habían saqueado hacía cuatro años. Aunque Maria se esforzó por no mirar por la ventanilla del coche, no pudo evitar ver los cristales hechos añicos ni los muros de las casas calcinadas por el fuego y los tejados hundidos. Cuatro años después de la llamada «noche de los cristales rotos de Estambul», todavía no se habían reparado todos los daños, no se habían rehabilitado ni mucho menos la mayoría de los edificios ni se habían construido casas nuevas. Volvió a embargarla la ira contra el presidente turco y se preguntó con desesperación si un simple almuerzo con Winston Churchill y un apretón de manos de la Callas en realidad bastaban para proteger del nacionalismo turco al patriarca griego.

A simple vista, la iglesia patriarcal parecía una sencilla portería si se la comparaba con la imponente Santa Sofía, construida hacía casi mil quinientos años como lugar de coronación de los emperadores bizantinos y como sede del patriarcado ecuménico. Maria había ido con los demás el día anterior para visitar el museo que albergaba en aquel momento. Así pues, se encontraban delante de la catedral de San Jorge, que por fuera parecía una mansión un poco grande. Suspiró hondo al bajar del coche, se puso bien el chal que llevaba en la cabeza y siguió a Onassis, Tina, Artemis y al capitán del *Christina* al interior del templo del brazo de Meneghini. En esa ocasión, apenas se fijó en la multitud que aclamaba a los recién llegados en el portal, ante la fachada de ventanas francesas, aunque fuera evidente que los vítores se dirigían a la Callas. Maria entró en la iglesia más importante de su fe agachando la cabeza.

La recibió un intenso olor a incienso y el aroma balsámico, entre dulce y resinoso, la envolvió. En el coro sonaban cánticos bizantinos y la antiquísima salmodia colmaba de un aura casi irreal el elevado espacio. En la pared frontal, las imágenes doradas del iconostasio relucían a la luz de decenas de velas que habían encendido en unos candelabros altos. El patriarca esperaba allí a sus invitados. Atenágoras era un hombre mayor, llamativamente alto y con una barba blanca como la nieve que le llegaba a la cintura. Debajo del *kamilavkion,* el gorro litúrgico, se veía una cara surcada de arrugas que parecía bondadosa; los ojos, vivarachos. A Maria le dio la impresión de que Su Santidad le escrutaba el alma. Las impresiones eran tan fuertes que se sintió extasiada.

—Maria —dijo Aristo separándola con suave vehemencia de Meneghini—, al patriarca le gustaría darle las gracias en persona por su apoyo.

Por el rabillo del ojo, vio que su marido se sentaba en una de las muchas sillas de terciopelo rojo que, cosa inusual, habían dispuesto como en una parroquia católica. En las iglesias ortodoxas griegas no era habitual colocar filas de asientos del mismo modo que se hacía en el teatro. Meneghini no parecía muy feliz, pero ella agradeció que se mantuviera en un segundo plano sin rechistar.

Se acercó al altar con la cabeza agachada y se arrodilló. No reparó en los creyentes que permanecían a su espalda; estaba tan conmovida por ese instante sublime que había desconectado por completo de la realidad. Solo contaban el patriarca y la presencia de Onassis, que se había arrodillado a su lado.

Tuvo que concentrarse para seguir la liturgia, pronunciada en griego con una entonación monótona. La ampulosidad del tono, acompañada por los antiquísimos cantos del sacerdote, actuó sobre ella como si oyera el aleluya de un coro de ángeles y reforzó la espiritualidad del momento y la sensación de recogimiento. Cuando Atenágoras puso las manos sobre la cabeza de Maria y la coronilla de Aristo, fue como si una marea cálida le recorriera todo el cuerpo, como si la magia la poseyera. Cerró los ojos para notarla con más fuerza y también para atender mejor.

Atenágoras integró en su bendición el homenaje a los dos creyentes. Llamó a Maria «la mejor cantante del mundo» y a Onassis «el navegante más famoso del mundo moderno, un nuevo Ulises».

Una sonrisa involuntaria se deslizó en el rostro de Maria.

El patriarca prosiguió dándoles las gracias en nombre del pueblo griego que, según sus palabras, honraban tanto Maria Callas como Aristóteles Onassis. Luego entonó una oración.

—¡Pero si ya está casada! —Se oyó retumbar al fondo en italiano.

Maria abrió los ojos de golpe. ¿Cómo se le ocurría a Meneghini perturbar ese maravilloso instante con semejante tontería?

—¡Chsss! —exclamó alguien indignado.

Maria temió durante un instante que el corazón se le pararía en el acto. Precisamente su marido, que no entendía el rito ortodoxo, lo interrumpía a voces, y eso era más de lo que podía soportar. Se sintió impotente... Y al mismo tiempo asqueada por aquel hombre que no respetaba su fe.

—Solo es una bendición —oyó mascullar en italiano al capitán Anastasiades.

Meneghini pareció tranquilizarse. No volvió a lamentarse ni a rechistar.

Pero ella nunca se había sentido más desolada. Miró a los ojos bondadosos del patriarca. Él también la miró y continuó con su plegaria, pero a Maria le dio la impresión de que en esos momentos hablaba solo con ella.

Y de repente supo con una certeza absoluta lo que tenía que hacer.

AL PRINCIPIO, SE mantuvo callada. Intentaba retener el máximo tiempo posible la atmósfera que se había apoderado de ella en la catedral de San Jorge. El encuentro con el patriarca no había terminado: Aristo había invitado a Atenágoras a almorzar a bordo y Su Santidad había aceptado con mucho gusto. Sin embargo, la comida transcurrió en un ambiente tenso. Al principio, Churchill no pareció sentirse muy cómodo en compañía del religioso ortodoxo y Artemis empinó demasiado el codo durante el almuerzo, cosa que la indujo a soltar una serie de comentarios inapropiados. Meneghini estaba de morros, pero Maria no contribuyó a entretenerlo y se mantuvo en silencio.

Entretanto, el anfitrión parecía sometido a la máxima tensión, esforzándose por contentar a todo el mundo.

Después de despedirse de Atenágoras, Onassis se dirigió con su característica serenidad a los reporteros que esperaban en el muelle.

—Sería un gran placer para mí poner mi yate a disposición de los políticos turcos y griegos para disfrutar de un crucero si garantizan la democracia a Chipre —anunció.

Luego dio las gracias a los representantes de la prensa y volvió al barco.

Maria lo vio subir por la pasarela de embarque, dejando atrás a los curiosos, y se fijó en que estaba tenso. Ella se encontraba junto a la borda y no pudo evitar admirarlo de nuevo por su destreza diplomática. Y porque la impresionaba constantemente. Como si la misa no hubiera bastado para toda una vida.

Onassis desapareció hacia las zonas bajo cubierta, absorto en sus pensamientos. Parecía rendido y Maria se preguntó si el día lo habría sobrecogido tanto como a ella.

Seguro que sus ambiciones políticas requerían toda su atención, pero Maria no lograba imaginar que la bendición del patriarca no lo hubiera conmovido. Si Aristo se sentía poco más o menos como ella, en esos momentos también se enfrentaba a la ruptura en pedazos de su matrimonio. Ahora bien, ¿querría separarse de Tina? ¿Por ella? Si lo pensaba bien, nunca le había prometido dar un paso en esa dirección. Por otro lado, ella no había dejado pasar ninguna ocasión para señalarle que consideraba indisoluble el voto matrimonial que le había dado a Meneghini. Pero ¿acaso esa mañana no habían recibido ambos la bendición para separarse? Recordaba con precisión la mirada del patriarca, en la que había leído su aprobación tácita para perseguir el amor.

Sin apreciar la belleza del agua azul oscuro en la que se reflejaba el cielo, Maria contempló el puerto y el palacio de

Dolmabahçe, tras el cual se alzaban hacia lo alto los minaretes. Había sido la residencia de Kemal Atatürk antes de que Ankara se hubiera convertido en la capital de Turquía. La primera vez que vio el edificio, le recordó un *palazzo* de Venecia. Quizá un poco más grande que la mayoría de las mansiones del Canal Grande, pero construido con el mismo estilo hacía cien años para un sultán del Imperio otomano, cuyo nombre había olvidado. Seguro que Aristo lo sabía. Aunque se hubiera visto obligado a abandonar la escuela antes de terminarla y no hubiera podido ir a la universidad, Maria se había fijado en que era sumamente ilustrado. Impresionante. De nuevo pensó en esa palabra para definirlo. Aquel hombre era de verdad impresionante.

Tenía la cabeza como un bombo. Estaba cansada de tanto cavilar. ¿Por qué se perdía en reflexiones que no conducían a ninguna parte? Había tomado una decisión ante el altar. Había llegado la hora de compartirla con las personas afectadas.

El despacho de Onassis se ubicaba dentro de su *suite*, compuesta por cuatro estancias y situada en la cubierta del puente. Maria solo había estado allí una vez, cuando el anfitrión les había enseñado con orgullo las salas del yate al comienzo del crucero. Ahora, delante de la puerta la recibió un camarero que la llamó y anunció su visita al jefe.

Cuando entró, Aristo estaba de pie detrás del escritorio estilo Luis XVI, a punto de levantar el auricular de uno de los tres teléfonos que había en la mesa. Tenía el torso desnudo; se había quitado la camisa y la corbata. Con esa imagen desenfadada parecía más relajado y le dio la bienvenida con una sonrisa radiante.

—¡Maria! ¡Qué agradable sorpresa! —Echó una mano atrás para coger algo que ponerse del respaldo de la silla, mientras que con la otra señalaba la butaca para las visitas al otro lado del escritorio.

—Por mí no hace falta que se vista —dijo Maria y se sentó. Entonces se dio cuenta de que era la primera vez que estaban a solas en un espacio cerrado y se apresuró a añadir—: No me quedaré mucho rato.

—Y yo sé comportarme como es debido —contestó él riendo.

Definitivamente, era mejor que se vistiera. Maria lo había visto muchas veces con bañador en cubierta, pero la visión de su cuerpo en esos momentos la perturbó más que nunca. Aquellos brazos deberían estar abrazándola, deseaba hundir la cara en el vello oscuro de su pecho, rozar con los labios sus hombros bronceados, aspirar su olor. Nunca se había sentido así al ver a un hombre.

Avergonzada, desvió la mirada hacia el luminoso retrato al óleo que colgaba detrás de él. Representaba a una joven de pelo negro con un hermoso rostro y unos ojos muy expresivos. Aunque el cuadro ocupaba una posición dominante en la pared revestida de madera oscura, no recordaba haberlo visto cuando visitaron todas las estancias del barco. Aquel día, una pintura de El Greco había acaparado toda su atención. La Virgen con el Niño y las santas Martina e Inés. La obra casi la había abrumado con sus tonos rosas, verdes, azules, amarillos y rojizos. La madre de Dios la había cautivado y le había recordado la pequeña imagen de la Madonna que ella llevaba siempre consigo. Sin embargo, ahora se sentía atrapada por el retrato de la extraña, que no era ni mucho menos equiparable al trabajo del célebre pintor renacentista, pero tenía una expresividad especial.

—¿Quién es? —preguntó antes de ser consciente de su impertinencia. Se mordió los labios abochornada.

—Penélope Onassis —contestó él tranquilamente mientras se abrochaba la camisa—. Mi madre. Es el único recuerdo que conservo del hogar que tuve que abandonar en Esmirna. —Hizo una breve pausa y prosiguió—: Hay quien afirma que no está muy logrado. ¿Le gusta?

Lo que más le gustaba era la sensibilidad del armador por haber encargado el cuadro.

—Me gusta su forma de rememorar a su madre.

—Gracias. Es muy amable. —Su sonrisa se volvió un poco más reservada—. ¿Qué puedo hacer por usted? No habrá venido a verme sin motivo.

—No, claro que no.

De repente, no le pareció tan sencillo plasmar en palabras lo que le rondaba por la cabeza. ¿Cómo podía decirle lo que le torturaba el alma?

Inquieta, se deslizó hacia el borde de la butaca.

—He venido… —Se interrumpió. ¿A qué había ido en realidad? Sin embargo, si quería hacer caso a sus sentimientos, no quedaba otro remedio. No conocía ningún otro modo—. He venido a decirle que puede tener lo que desea.

Onassis no dijo nada, la miró con una expresión inescrutable… y no se movió de su sitio.

Sin duda, Maria esperaba otra reacción.

«Quizá no te ha entendido», conjeturó su voz interior.

Tragó saliva. Luego le habló con todo el aplomo que fue capaz de reunir.

—Voy a dejar a mi marido. Se acabó para siempre.

Onassis respiró hondo, pero siguió sin contestar.

—Nuestro matrimonio está acabado… Pero… lo hago sobre todo por usted —añadió—. Quiero libertad para estar con usted, Aristo.

Ya estaba dicho. Había costado. Pero al fin había expresado lo que sentía.

Y, entonces, Onassis reaccionó por fin.

—Acaba de hacerme el hombre más feliz del mundo —murmuró. Su voz sonó emocionada.

Maria se sintió de repente infinitamente liviana. Le ardían las mejillas, tenía la garganta seca a causa de la emoción y notó que se le iluminaba el alma, como si alguien hubiera encendido una luz en su interior. Lo miró y le devolvió la sonrisa que ahora se le dibujaba en los labios y que provenía de un lugar que ella quería explorar de todo corazón.

Onassis bordeó la mesa sin apartar los ojos de Maria y se le acercó. Le rodeó la cara con las manos y se inclinó hacia ella.

—Hacía tanto que deseaba hacerlo… —susurró. El aliento de Aristo le acarició las mejillas, su boca le rozó la cara, jugó con ternura con sus labios.

Maria tenía la mirada del patriarca grabada a fuego en la memoria. Apartó a Aristo con suavidad.

—¿Tú también estás dispuesto a separarte de Tina?

—Sí. Oh, sí. Lo estoy.

Onassis le quitó las gafas con cuidado y las dejó caer encima del escritorio. Se inclinó de nuevo hacia ella. Y la besó. Por fin.

«El destino lo ha querido», pensó Maria.

Luego, no pensó nada más.

EN CASI TODOS los libretos de ópera, el segundo acto contaba con una gran escena que solía transcurrir en una fiesta. Maria había cantado muchas veces esas partes, conocía a la perfección el vértigo que producía la felicidad, y también su fragilidad, a partir de su experiencia en los escenarios. Cuando Aristo dijo que esa noche quería celebrar una fiesta en cubierta, Maria no se atrevió a pensar en el tercer acto, la mayoría de las veces complicado, ni en los problemas que la esperaban en Italia al final del crucero. El *Christina* zarparía de Estambul aquella noche y pondría rumbo hacia el oeste. No sabía si ese era el motivo de la pequeña fiesta. Quizá Aristo quería celebrar la decisión de Maria y su propia esperanza de satisfacer un gran amor. No le dijo nada y a ella le dio lo mismo, puesto que nunca se había sentido tan ligera como esa noche.

Acordaron que se controlarían como antes, que no darían rienda suelta a sus sentimientos. Por respeto a los Churchill y a los demás huéspedes y, sobre todo, por respeto a sus respectivos cónyuges y a los hijos del armador. Ni Maria ni Aristo querían mostrarse como dos tortolitos a bordo delante de esa gente ni de las cuarenta y cinco personas que formaban parte de la tripulación. Con todo, no sería fácil interpretar sus papeles como habían hecho hasta entonces, ni siquiera aunque el repentino tuteo con el que conversaban no le llamara la atención a nadie.

Aun así, Maria no pudo evitar sentirse en el séptimo cielo. Rebosaba de vitalidad y conversó con una soltura que hasta entonces había echado de menos. Después de la cena, a la que también fueron invitados el embajador británico y su esposa, se dirigieron casi todos a cubierta, bebieron champán y admiraron la luna menguante que brillaba en el cielo como una linterna. Alguien puso un disco de jazz y bailaron en la piscina cubierta. Maria tarareó las canciones y Aristo lanzó por la borda sus obligaciones como anfitrión y bailó solo con ella. De ese modo pudieron estar juntos y, aunque tuvieran que mantener cierta distancia, al menos se estrechaban las manos y se sonreían. Era como si quisieran retener la felicidad que empezaba a desplegarse en su interior. Después, Aristo les gastó una broma a sus amigos, jugó con los mecanismos y bajó un poco la pista de baile para darles un susto. Todos se lo pasaron en grande y Maria no recordaba haber reído tanto nunca.

Volvió a su camarote mucho después de medianoche. Esperaba encontrar a su marido durmiendo. Meneghini se había retirado justo después de los postres, poniendo cara de reproche y señalándole que él no podía pasárselo bien si ella no estaba dispuesta a traducirle las conversaciones que se desarrollaban a la mesa; además, el día había sido fatigoso. Sin embargo, en vez de roncar levemente, como de costumbre, esa noche la recibió sentado en el borde de la cama y con cara de ofendido.

—¿Dónde has estado?

Maria se agachó para desabrocharse las hebillas de los zapatos. De esa manera podía ocultarle la expresión de felicidad que reflejaba su rostro.

—En cubierta. Ya lo sabes —murmuró mientras controlaba la expresión.

—Nunca te había visto tan suelta. Me alegro de que te diviertas, todavía eres joven. Pero no deberías perder la compostura. —Hablaba como una institutriz. Preocupado, en tono de desaprobación, anticuado.

«No aguantaré hasta que estemos en casa», pensó Maria.

Se levantó lentamente y se quedó delante de él muy erguida, como en una escena sacada de *La traviata:* Violetta Valéry se acercaba al padre de Alberto cuando este le exigía que pusiera fin a la relación amorosa con su hijo.

—Se acabó —anunció con voz firme y serena—. Amo a Ari Onassis.

—No seas ridícula —gruñó su marido—. Está casado y solo te utiliza. No lo creas. Ese hombre solo te quiere de adorno. Su interés por ti no va más allá.

Obviamente, esas palabras le hicieron daño. Pero no dejó que se le notara. Se mantuvo impasible y empezó a prepararse para irse a la cama.

—Tú di lo que te plazca —le gritó desde el cuarto de baño—. Eso no cambiará la decisión que he tomado.

—¿Qué vas a hacer sin mí? —Meneghini sollozó de forma teatral—. Lo he dado todo por tu carrera. ¿Cómo vas a volver a cantar si yo no negocio tus contratos? ¡Van a tomarte el pelo, Maria! Ningún teatro de ópera va a pagarte un caché razonable.

Ella se apoyó en el marco de la puerta, con la cara blanqueada con crema desmaquillante y agitando el pañuelo que tenía en la mano.

—En eso te equivocas, como en todo lo demás. No quiero cantar. Al parecer, siempre lo olvidas. Necesito descansar… Y si tú dejas de ordenarme lo que tengo que hacer, por fin podré tomarme esa libertad.

Las palabras volaron de un lado a otro como proyectiles. Nunca a voces. Maria no le gritó, ya estaba harta de esas disputas. En cambio, él alternaba los lamentos con los sollozos, luego volvía a los insultos, que ella paraba con una dureza invencible, pero también con la serenidad que le daba pensar en Aristo. Fue una noche larga y a Maria le habría encantado estar en cubierta, enfrascada en una conversación con el hombre al que amaba. No obstante, sabía que sus noches con Meneghini estaban contadas. Las resistiría. El amor que le brindaba Aristo le prestaba fuerzas inesperadas.

21

Atenas
9 de agosto de 1959

TRES DÍAS DESPUÉS de que el *Christina* partiera de Estambul y tras una sola escala, el yate llegó a Miconos, el último puerto antes de emprender el regreso. Fueron tres días complicados para Maria. Aunque jamás habría creído posible que su aversión por Meneghini aumentara, el rencor hacia su marido se acrecentó de manera considerable durante ese tiempo. Como si su reivindicación del derecho a ser dueño de la artista no fuera bastante grave, Meneghini incrementó el control: no la perdía de vista, prefería echar una cabezadita sentado a la mesa con los demás huéspedes que irse al camarote y la seguía como una sombra. En las islas Cícladas, cuando Maria fue a la playa y se adentró nadando en las aguas del Egeo, que allí eran transparentes, la siguió en un patín a pedales. Todos los días, al despertarse, ella se prometía que no le diría una sola palabra, pero luego discutía con él, con la esperanza de que entendiera de una vez que su matrimonio se había acabado y tenía que dejarla en paz. Pero no él no quería saber nada.

Evidentemente, la tensión entre ambos cónyuges no era un secreto para nadie en el barco, tampoco que la relación entre Maria y Tina y entre Meneghini y Aristo se había enfriado. El armador seguía intentando interpretar el papel de anfitrión perfecto, pero le resultaba casi desesperante. Le interesaba sobre todo que *sir* Winston y *lady* Clementine no se enteraran de que dos matrimonios se rompían ante sus ojos. A Maria se le henchía el corazón al observar el cariño con que se ocupaba del gran hombre de Estado. Aristo trataba a Churchill como a un padre. Intentaba estar a su lado y procuraba que siempre tuviera con quien hablar, jugaba con él al ajedrez y comentaban juntos las condiciones náuticas; además, lo cuidaba con cariño y, alguna vez, incluso lo había ayudado a comer. En su manera de tratar a Churchill, Maria había constatado que Onassis escondía muchas más caras que la de un anfitrión encantador y generoso... Era un hombre que rebosaba calidez y empatía, y muy inteligente. Y por eso lo amaba cada día más.

La llegada a Atenas aflojó un poco la tensión de Aristo. Artemis y su marido, el doctor Theopolos Garofalidis, los invitaron a una fiesta en su casa de la playa en Glyfada, y Onassis se sintió liberado de sus obligaciones como anfitrión al menos mientras estuvieran en tierra. Cuando su cuñado fue a buscar a los huéspedes del crucero en su propio coche, Aristo esperó con paciencia junto a la borda y se despidió, uno a uno, de sus amigos. Maria se puso al final de la fila. Se encargó de que Meneghini avanzara por la pasarela de embarque delante de ella; de esa manera pudo quedarse un momento con Aristo sin que nadie los observara.

Sus manos se tocaron como por casualidad.

—Yo no puedo ir —le dijo él con visible pesar—. Tengo que resolver con urgencia algunos asuntos de negocios. Llamadas, correspondencia. En casa me espera el correo de las últimas semanas. Podría decirse que soy el vecino de Artemis y Theopolos.

Maria deseó que la invitara a su casa. Pero era imposible. Era el hogar de Tina y de sus dos hijos. No obstante, le habría encantado ver cómo vivía en tierra firme. Quería participar de todo lo que formaba parte de su vida.

—Si voy con los demás es solo porque me volvería loca si me quedara en el barco sin ti —le contestó Maria en voz baja—. Preferiría no desempolvar mis recuerdos de Atenas, mi última visita fue muy desagradable.

Onassis le brindó una amplia sonrisa.

—Me encargaré de que, en el futuro, pensar en este lugar te despierte otros sentimientos.

Ella enarcó las cejas divertida.

—¿Qué te propones?

—Tú espera. Nos vemos esta noche. Hasta luego. *Antio*, Maria. —Con esas palabras la despidió.

La paciencia no era uno de los fuertes de Maria y, si había algo que apreciara poco, eran las sorpresas. Sin embargo, no le quedó más remedio que resignarse. Mientras participaba en una visita turística por la ciudad, que le resultó soporífera, sus pensamientos giraban constantemente en torno a un radiante Aristo, en su manera de despedirla, vestido con pantalones y camisa blanca y una corbata club con rayas azules. ¿Podría recuperarse un poco del estrés de los últimos días en su mansión? ¿Le diría a Tina en su casa de Glyfada que quería separarse? ¿En qué ambiente transcurrirían esa noche y los últimos días del viaje si le confesaba a su mujer que amaba a otra? Maria estaba segura de que Tina, y también los demás pasajeros, sospechaban que ella y Aristo no se eran indiferentes. Con todo, Meneghini era el único que, de momento, sabía hasta dónde llegaban esos sentimientos y las consecuencias que acarrearían.

AQUELLOS PENSAMIENTOS SEGUÍAN persiguiéndola cuando se tumbó con las inglesas debajo de un parasol en la playa de arena blanca y fina. Meneghini había montado el puesto de centinela en una cafetería del paseo, desde donde abarcaba toda la bahía con la mirada. Maria participó sin mucho entusiasmo en la conversación de las mujeres y pronto se sintió perdida en la conversación. Nadaron juntas en el agua luminosa y azul, cálida como un baño caliente. Se sumergió en las olas y se olvidó unos minutos de todo lo que la rodeaba. De los mil ojos de Meneghini y de un futuro con Aristo, de los compromisos artísticos que había aceptado antes del viaje y que quería cumplir, de los problemas con su voz y de sus dudas sobre si lograría resolverlos. Se adentró en el mar, se puso de espaldas, se dejó llevar y cerró los párpados. Desconectó del ruido de la playa, escuchó el silencio y el ligero chapoteo que ella misma provocaba con sus movimientos; una gaviota gritó en lo alto. Miró de manera automática al cielo y se sintió unida por completo a los elementos de su entorno, como si fuera Tetis, la ninfa más bella del mar.

—¡Yuju, Maria! —La voz de Nonie destruyó la ilusión.

Su compañera de viaje agitaba la mano, le indicaba por señas que era hora de dar media vuelta.

Ella asintió con un gesto.

Mientras nadaba hacia la playa, agradeció que su previsora asistenta, Bruna, la hubiera convencido para que se llevase una peluca por si alguna vez no tenía tiempo de arreglarse el pelo después de nadar. De ese modo, Maria pudo hacer justicia a su papel de diva esa noche. Al menos en el plano estético. Su corazón sabía que lo único que ansiaba era ser la mujer al lado de Aristóteles Onassis y que solo quería gustarle a él.

En el transcurso de la tarde, Maria se preguntó en alguna que otra ocasión si Artemis y su marido pretendían hacerles sombra a su hermano y su cuñada. Vivían en un moderno bungaló sobre una colina con vistas al mar, rodeado de pinos, cipreses, olivos, glicinias, jazmines y rosas, que lo inundaban todo de una fragancia embriagadora. La piscina no disponía de cobertura, pero en el borde había dispuestas infinidad de velas encendidas que lograban un efecto mágico. De los árboles pendían farolillos japoneses y en el césped alternaba la alta sociedad de Glyfada, el barrio más elegante de Atenas. También había invitados procedentes de todas las partes del mundo. Como Spyros Skouras, un hombre simpático y rollizo que rondaba los setenta años, con tendencia a la calvicie y a la obesidad, y que era uno de los magnates más poderosos de la industria cinematográfica de Hollywood. Acaparó por completo la atención de la artista al explicarle, en una mezcolanza de griego e inglés típica en él, que quería que participara en una película que producirían sus estudios, la 20th Century Fox. Era un hombre francamente divertido y tenía una conversación interesante, por lo que permitió que la cortejara, a pesar de que, por el momento, nunca había considerado la posibilidad de cambiar las tablas de los escenarios por un lugar frente a las cámaras.

—¿Me permite que le robe a la dama?

Onassis se presentó en la zona de asientos ubicada al fondo del jardín en la que estaban Maria y Skouras, apartados de los demás y rodeados de numerosas copas de champán. Tras enterarse de que querían discutir sobre un posible papel para su mujer en una película, ni siquiera Meneghini se había atrevido a inmiscuirse y molestarlos, lo que había permitido que ella se volcara en la conversación con más entusiasmo que precaución.

—No, Ari, no —protestó el productor y distribuidor cinematográfico—. Maria Callas todavía no ha firmado nada.

—Pues de eso mismo tengo que hablar con ella. Con urgencia.

Aristo sonrió con malicia y la blancura de sus dientes relució en la oscuridad, pero las gafas de sol le ocultaban la mirada. Habló con tono cortés, aunque en su voz se percibía una pizca de impaciencia.

—La asesoro en todos sus asuntos económicos y tengo que hablar con ella ahora mismo, antes de que tome ninguna decisión.

No tardará en volver, Spyro —dijo y tendió la mano hacia Maria—. ¿Me acompaña un momento, por favor?

—Vaya, vaya con él —exclamó Skouras con alegría—, pero no me pienso mover de aquí hasta que no me asegure de que puedo contar con que vendrá a Hollywood.

—Ahora mismo vuelvo —le prometió ella con una sonrisa mientras se levantaba, aunque las rodillas le temblaban de emoción.

¿Qué tenía que hablar Aristo con ella a esas horas tan intempestivas? ¿Sería la sorpresa que le había prometido aquella mañana? A lo largo de la tarde, apenas habían intercambiado un par de palabras, por lo que ella pensó que se le habría olvidado.

Él la tomó de la mano y la arrastró hacia la maleza. Era un momento bien escogido, puesto que Meneghini parecía haber aceptado por fin que su constante vigilancia no era bien recibida durante las conversaciones de Maria y Skouras, y, por tanto, no rondaba por los alrededores. En pocos segundos se encontraban en un sendero de arena flanqueado de guijarros que descendía en una pendiente empinada desde el jardín. Una mirada rápida les confirmó que nadie podría observarlos desde la villa.

—¿Dónde estamos?

Aristo la atrajo hacia él.

—A salvo —dijo y le besó la mano—. Ven, quiero enseñarte algo.

Agradeció en silencio su decisión de haber renunciado a cualquier tipo de tacón alto en favor de los zapatos planos debido a la diferencia de altura con el armador. Si hubiera sido por Meneghini, nunca habría tenido esa deferencia. Había sido una elección bastante sensata, puesto que aquel camino empedrado e irregular le habría destrozado unas sandalias de tacón, en el supuesto de que antes no se hubiera roto una pierna.

Al fin llegaron a una caseta amurallada y sin ventanas. Tan solo en la puerta de entrada, de madera azul, se reflejaba en la oscuridad el cristal de un ventanuco. Aristo se sacó del bolsillo una llave oxidada y abrió la puerta con un chirrido. Con la mano que tenía libre encendió un mechero.

Maria siguió la luz de la llama. Mientras él encendía un par de velas gastadas, ella miró atónita a su alrededor. Había herramientas de jardinería alineadas sobre la pared; en una esquina se apilaban cajas de madera y botellas de vino; junto a artículos de pesca, una silla de aspecto inestable colgaba bocabajo de una mesa angosta. Sin embargo, lo que atrajo su atención fue el montón de mantas colocadas sobre una colchoneta que parecía estar recién inflada. Todo parecía muy limpio. Aunque apenas podía apreciarse bajo aquella tenue luz, estaba segura de que alguien había pasado por allí para poner orden hacía poco.

—¿Dónde estamos? —insistió desconcertada.

—En el jardín de mi cuñado. Nadie viene por aquí, aparte de Theo, y ahora mismo está ocupado con sus obligaciones de anfitrión. Por fin estamos solos, Maria.

Si se alejaban demasiado tiempo de la fiesta, saldrían a buscarlos. Antes o después, alguien se daría cuenta de que Onassis no estaba. Hasta entonces, como comprendió en ese instante, podrían hacer lo que les diera la gana. Por fin lo tenía junto a ella. ¿Cuánto tiempo llevaba deseando esa intimidad?

Se dejó caer con cuidado sobre la especie de jergón, que se hundió ligeramente bajo su peso. De pronto, le pareció del todo apropiado que se encontraran en un entorno tan improvisado como aquel, puesto que allí no eran la Callas y Onassis; allí solo eran Maria y Aristo, dos amantes sin apellido. El corazón le latía con fuerza.

Él se tendió junto a ella sin dejar de susurrar su nombre.

EL AZUL OSCURO del cielo se iba transformando poco a poco en un pálido tono lavanda contra el que destacaba la línea de la costa, como un telón casi negro. Como pintada por un dibujante invisible sobre el horizonte oriental, apareció por el mar una única línea violeta, que después adoptó un rosa intenso, y, a continuación, un naranja dorado, mientras se iban reflejando sobre el agua, como si fuera un espejo, todas las tonalidades. Las últimas estrellas plateadas se apagaron y solo la luna, que parecía algo perdida, permanecía aún en el cielo.

—No existe nada más hermoso que un amanecer sobre el Egeo —dijo Aristo.

Maria estaba junto a él, en la popa, y alzó una mirada ausente desde el puerto aún durmiente de Glyfada, que acababan de abandonar, hacia la dirección adonde el capitán viraba el *Christina*. Un bote pesquero salió a su encuentro; sus ocupantes les gritaron *Kaliméra sas*, «buenos días a todos», y después continuaron su camino entre el estruendo del motor. Tan solo el aliento de Anthony Montague Browne a su espalda logró amortiguar el ruido cuando expulsó el humo del cigarrillo que se estaba fumando.

Delante de su carabina, Maria ni siquiera rozó a Aristo, pero su presencia era más real que nunca. La mayoría de sus compañeros de viaje se habían vuelto a dormir a bordo justo después de la fiesta de Artemis, y Meneghini tampoco había podido mantenerse en pie. Sin embargo, aunque ya eran pasadas las cuatro, para ella era impensable irse a dormir. Estaba demasiado agitada, con todos los sentidos en alerta plena. Lo que había ocurrido hacía un par de horas perduraba en ella como el sonido de una melodía. Valiéndose de las manos y los labios, Aristo había logrado tocarla como si fuera un instrumento de cuerda, interpretando acordes que no sabía que existían y en formas que hasta entonces nunca había creído posibles. Hasta ese momento, el amor físico no había sido para ella mucho más que la más desagradable de las obligaciones conyugales. La experiencia de alcanzar el clímax le había arrebatado las fuerzas y el aliento más que ninguna melodía, y, al mismo tiempo, también le había resultado mucho más satisfactoria. La caseta de jardín del doctor Theopolos Garofalidis le había parecido un pedacito de paraíso, y aquel jergón improvisado, un lecho divino.

—Ahí está —exclamó Aristo y señaló hacia el este.

Frente a ellos, poco a poco, surgió una bola de luz amarilla en el cielo, como un farolillo sostenido por una mano invisible.

«Quizá la mano sea la suya —pensó Maria—. Es un mago.»

22

Sobre las nubes
Septiembre de 1968

EL AVIÓN DE la Olympic Airways llevaba un tiempo en el aire y la mayoría de los pasajeros de primera clase ya había reclinado el asiento para poder descansar algo durante el vuelo nocturno que unía Nueva York y París. Las azafatas andaban de puntillas; las luces se habían ido apagando poco a poco hasta que solo quedaron encendidos algunos de los pilotos de emergencia. Gruesos cortinajes protegían a los clientes más exclusivos del murmullo de voces que provenía de la parte trasera del avión.

Maria, en su sitio, tenía la mirada fija en el sillón que había frente a ella. Eran las imágenes de los recuerdos lo que la mantenía despierta. El inmenso ramo de rosas que la esperaba en el asiento reservado junto al suyo cuando voló a Londres para cantar *Tosca* en la nueva escenificación de Franco Zeffirelli; Onassis, mientras leía para ella *El banquete* de Platón: «Cuando el que ama llega a encontrar su mitad, unos maravillosos sentimientos de confianza, amistad y amor los unen de una manera tan maravillosa, que no quieren bajo ningún concepto separarse ni por un momento». La disputa con el alcalde de la isla vecina de Skorpios, Leúcade, por los derechos sobre el agua, que se zanjó cuando Onassis le prometió una actuación de Maria Callas en su plaza principal. Tras aquel incidente, se le concedió el permiso necesario para llenar las cañerías de su recién adquirida isla, que se había convertido en un hogar para ambos. Su primera vivienda en la avenida Foch, pegada a la de él... Todas esas cosas, grandes y pequeñas, le pasaban por la cabeza mientras el avión atravesaba el Atlántico y la alejaba cada vez más de él.

Durante dos días enteros había estado fuera de sí de pura pena y había empapado con sus lágrimas un cargamento entero de cajas de pañuelos de papel. Tras todas esas semanas en las que había añorado a Aristo y mantenido la esperanza de un reencuentro, aquellas palabras suyas por teléfono le habían provocado un dolor casi insoportable. Sin embargo, aquella conversación también le había traído claridad: era el fin. Ya no tenía más opción que la de empezar una nueva vida. Había aceptado que, al final, todo había acabado. Su fe en la posibilidad de una reconciliación no había sido más que una pérdida de tiempo. Ahora ya solo le quedaba la rabia. Como era evidente, él había leído la entrevista en la que ella lo había descrito como a una rata. Se lo había dejado muy claro por teléfono mientras le recriminaba una y otra vez que había sido ella la que había abandonado el barco antes de tiempo. Él intentaba darle la vuelta a la tortilla para presentarse como la víctima, una víctima que se consolaba con la famosa viuda de un presidente. Al pensar en Jackie Kennedy, Maria saltaba indistintamente del odio a la tristeza, del agotamiento al vacío.

El mismo destino que aquella vez los había unido a Aristo y a ella era, con toda probabilidad, responsable del *affaire* entre Jackie y él. Desde que el vicecónsul estadounidense lo había ayudado a escapar de Esmirna, Onassis idolatraba todo lo americano y aquello se había convertido en una auténtica obsesión que había arrastrado durante toda la vida. Para él, los Estados Unidos eran la Tierra Prometida y nunca había podido olvidar que ni todo el oro del mundo había logrado comprarle un pasaporte estadounidense. Al menos sus hijos sí habían logrado la tan ansiada nacionalidad, dado que Tina había traído al mundo tanto a Alexander como a Christina en Nueva York.

No eran menos importantes los intereses económicos que habían hecho que Onassis persiguiera de continuo una buena relación con los presidentes estadounidenses. Sin embargo, si bien con los altos mandatarios griegos había logrado establecer negocios prósperos que proporcionaron sustanciosos beneficios a ambas partes, tal y como exigía la política tan cambiante de aquellos tiempos, en Washington no lograba hacerse oír. Por esa razón, apenas un par de meses antes del atentado contra John F. Kennedy había invitado a la esposa de este a su barco. En aquel entonces, ella se recuperaba de un aborto. Aristo había descrito aquella invitación como una cuestión de negocios, y, sin embargo, Maria había sentido ya entonces una punzada en el corazón. No fueron los celos, que tan dolorosos le resultaban, lo que había experimentado en aquella ocasión, pues en ese momento no albergaba la más mínima sospecha. No, había sido su propia historia, tan cercana todavía...

Apretó los puños con fuerza. «No, ese recuerdo no», pensó.

Sin embargo, no podía zafarse del temor que albergaba desde hacía más de ocho años. La tristeza, la decepción y la rabia dieron paso a la desesperación al plantearse si, de haber tenido un hijo en común, Aristo habría estado tan dispuesto a añadir aquel nuevo trofeo a su colección.

De haberlo tenido. Un supuesto siempre hipotético.

No había ningún hijo. No sobrevivió.

Sentada en su asiento, aturdida, se sintió más sola que nunca.

Era Aristo el que no lo estaba. Mientras ella padecía, él disfrutaba de la mejor de las compañías.

En el estado de confusión y agravio en el que se encontraba, de pronto empezó a fantasear con una escena en la que lograba hacerlo sufrir. Había algo que podía utilizar para causarle el mismo dolor que la estaba torturando a ella. Si llamarlo rata ya lo había ofendido, eso significaba que en realidad no tenía ni idea de lo que era capaz de hacer. Con solo un rumor se puede hacer mucho daño; el hecho de que no sea cierto no tiene ninguna importancia. Siempre queda algo en la memoria del que lo ha oído.

Solo había que prestar atención a la inteligencia de la que se había valido Meneghini para beneficiarse de las malas lenguas y la atención pública, y utilizarlas en contra de la mujer que lo había abandonado y traicionado. Pensándolo bien, y en vista de la situación, Maria tenía mucho que aprender de él. Aunque nunca iría por ahí lloriqueando como su exmarido, sí que podía dejar caer alguna que otra mentira, como había hecho él en su momento. Aquellos rumores seguían causándole estragos a Aristo.

Maria se sentía como Medea cuando esta sacrificó a sus propios hijos como venganza. Había descubierto una conexión entre su papel más conocido y lo que le estaba pasando. En la penumbra del avión, planificó una ofensiva que probablemente terminaría por destruirla a ella también. Sin embargo, ya le habían destrozado el alma, así que, ¿qué tenía que perder?

No harían falta más que un par de llamadas a Mary Mead y a Anastasia Gatsos para dar alas a la calumnia. Presentar a Aristóteles Onassis como un asesino de niños sería coser y cantar.

23

Milán
Principios de septiembre de 1959

—Es UNA LOCURA —exclamó Maria indignada—. Eso es lo que es: una locura. ¿Por qué esos periodistas no me dejan en paz?

—Pues a mí este desarrollo de los acontecimientos me parece muy divertido —replicó Peter Diamand con una sonrisa irónica mientras revisaba la pila de periódicos que ella había pedido que llevaran a su camerino de La Scala.

El director del Festival de Holanda había viajado desde Ámsterdam para asistir a la presentación del disco de *La Gioconda*, que se celebraría en la ópera de Milán debido a la acústica tan especial del recinto. Sin embargo, llevaba un par de días ejerciendo de guardaespaldas improvisado de Maria. Esa misma mañana, al encontrarse en el acceso a los escenarios, había tenido que interponerse entre ella y los *paparazzi* valiéndose de su propio cuerpo.

El empresario artístico extrajo uno de los periódicos del montón y lo sostuvo en alto por la página abierta.

—Jamás habría creído posible que esos periodistas serían capaces de volver a tomarme por un peluquero egipcio. Pues ahí lo tiene: la entrevista con su supuesto estilista de El Cairo.

Pertrechado con unas gafas de lente redonda, hojeó el texto antes de estallar en una sonora carcajada.

—Este sujeto ha escrito todas las tonterías que le conté. Aquí dice que usted va a lucir un cabello brillante y sedoso cuando interprete a Violetta en *La traviata*...

—Qué locura —repitió Maria, y se llevó la mano a la cabeza en un gesto mecánico.

No le parecía nada divertida la manera en la que la prensa internacional se abalanzaba sobre ella desde que empezaron a circular los primeros rumores, probablemente orquestados por Meneghini, de un romance con Onassis.

—¡Una locura, eso es lo que es!

—Pues me he guardado lo mejor —prosiguió Diamand con una sonrisa maliciosa—. Su peluquero egipcio tendría que haber contado también que llevará el cabello suelto y lustroso cuando interprete a Medea.

Maria, crispada, puso los ojos en blanco.

—De hecho, debo admitir que aquí el peluquero ha dicho algo por el estilo. En cualquier caso, me pregunto qué clase de necio se creería semejantes disparates... y los publicaría.

—Pues ya lo ve —replicó Maria disgustada. Recorrió de un lado a otro el cuartito mientras se retorcía las manos con el ceño fruncido—. Como no tienen ninguna declaración nuestra, los de la prensa se quedan con cualquier cosa a la que puedan echar el guante.

A ella le había tocado interpretar el papel más difícil: el de la avariciosa rompehogares. Incluso Elsa Maxwell había tomado partido en su columna a favor de Tina y en su contra. Su vieja amiga, la que le había presentado a Aristo hacía dos años, ahora le daba la espalda en público. Era algo increíble. Sin embargo, todo aquello no solo le generaba un sentimiento de decepción y culpabilidad, sino también la sensación de que el mundo entero la envidiaba por haber encontrado el amor verdadero.

Desde que desembarcó en Montecarlo el 13 de agosto tras tres semanas de crucero, a Maria no la abandonaba la sensación de que debía dar multitud de explicaciones sobre el motivo de su alegría. Meneghini parecía ignorar que, ya a bordo del *Christina*, ella le había hablado de una posible separación. Hacía como si su matrimonio no se hubiera venido abajo, como si ella no le hubiera expuesto con una franqueza carente de todo adorno que quería que se marchara a Sirmione, que ella se quedaría en la casa de la Via Buonarroti, en Milán. Aun así, Meneghini sí que se había marchado la mañana siguiente, por lo que Aristo tomó un vuelo desde Montecarlo a Linate; no podía soportar seguir separado de ella por más tiempo.

Como es lógico, no se alojó en su casa, ni siquiera en el cuarto de invitados, sino que se hospedó en el Hotel Principe di Savoia. Aquella tarde, por sorprendente que pudiera parecer, Onassis seguía siendo un empresario como cualquier otro por el que la prensa no tenía ningún interés. Incluso la cena que compartieron en un pequeño restaurante cerca de su casa pasó desapercibida para el gran público. Era maravilloso poder ser, por primera vez, una pareja de enamorados que por fin lograban pasar algún tiempo juntos, lejos de las miradas de sus cónyuges y de sus amigos.

Arrullados por la luz de las velas y por un excelente Barbera d'Alba del Piamonte, conversaron sin tapujos sobre lo humano y lo divino, y no dejaron de susurrarse halagos que para ellos tenían un valor incalculable. En un momento dado, surgió el tema de las dos separaciones.

—Hablaré con tu marido —anunció Aristo—. Le diré a Meneghini que tiene que renunciar a ti.

Aquello la conmovió. Aristo le ofrecía una seguridad diferente a cualquier otra cosa que su exmarido hubiera intentado darle. Su marido había cuidado de su voz como artista, pero nunca de ella como mujer. Esa era la diferencia.

Tras la cena, lograron escabullirse sin ser vistos hasta la *suite* de Aristo y volvieron a pasar desapercibidos con las primeras luces de la mañana. Era la primera vez que se acostaban en una cama de verdad, sin tener que preocuparse por la hora ni por que nadie los descubriera. Maria estaba exultante y por fin comprendía la expresión «hacer el amor». Era posible que lo que él le daba fuera mucho más que afecto y pasión: le estaba descubriendo una nueva vida.

TAL Y COMO había acordado con su amante, le dijo a Meneghini que fuera a la Via Buonarroti la tarde siguiente. Sabía que él pensaría que era porque deseaba que volviera a su lado. Por supuesto, ignoraba sus planes de separación, igual que había hecho siempre con sus necesidades personales. Entendía que no era justo hacerle creer a su marido que había cambiado de opinión. Sin embargo, quizá no se hubiera molestado en hacer el viaje desde Sirmione si le hubiera contado la verdad por teléfono. Por tanto, se limitó a decirle con amabilidad que le gustaría hablar de algo importante con él. Al fin y al cabo, tampoco era mentira.

Aquello sería el comienzo de un debate interminable.

Meneghini entró en la vivienda y se comportó como era de esperar, como si nada hubiera pasado entre ellos. Se sentó en el comedor y empezó a comer con decisión el menú que Bruna le había servido, sin hacer siquiera el esfuerzo de disimular los bostezos.

Como de costumbre, Maria se limitó a picotear sin apetito. Observó a su marido durante un buen rato hasta que por fin explotó:

—No vas a cambiar nunca. No cambian tus ganas de comer ni de dormir. Al menos tus peculiaridades te siguen siendo fieles —espetó, mordaz, sin que él le dirigiera siquiera la mirada mientras hablaba.

El cubierto repiqueteó al caer en el plato de Meneghini, que lo dejó a un lado y permaneció en silencio.

No tenía ningún sentido tratar de protegerlo. Todo intento sería en vano. Así pues, debía ser por las malas, o eso pensaba Maria mientras se levantaba y cerraba la puerta para evitar que el servicio los molestara o espiara.

Tras sentarse de nuevo en su silla, habló con frialdad:

—Se acabó, Battista. Lo nuestro está muerto y enterrado.

Él permaneció inmóvil, con la mirada fija en ella. En sus labios parecía dibujarse una sonrisa. Sin embargo, ella sabía por experiencia que aquella mueca no era más que una fachada.

—Ari Onassis y yo sentimos algo el uno por el otro —le espetó, y luego, con voz algo más tenue, prosiguió—: No hemos podido evitarlo. No hemos hecho nada malo. Hemos respetado las normas y no traspasamos ningún límite a bordo. Te doy mi palabra.

—Y eso, ¿de qué me sirve si me roba a mi mujer? —la interrumpió—. Te ha cegado con sus artimañas, Maria. Abre los ojos.

—Sé lo que hago —le aseguró.

«Más me habría valido haber tenido cuidado contigo y haber visto antes tu ignorancia. De haber sido así, me habría separado mucho antes», pensó. Sin embargo, solo dijo:

—Ya no sé vivir sin él ni él sin mí. Por eso está aquí, en Milán. Quiere hablar contigo.

Como es lógico, Meneghini no estaba precisamente encantado con la idea de un enfrentamiento directo con su rival. Se negó a verse con él; sin embargo, esa vez fue Maria la que lo ignoró. Para ella, era evidente que Aristo no permitiría que nadie se interpusiera en su propósito de hablar cara a cara con Battista.

Cuando Aristo apareció por fin en el vestíbulo, Maria rompió a reír a carcajadas. Llevaba puesto un mono azul y una gorra marinera de imitación de cuero calada hasta las cejas.

—Perdonadme. Ha sido lo único decente que he podido conseguir con estas prisas —se disculpó ante ellos—. Me he vestido así para que no me reconocieran por la calle.

—Eres muy considerado —murmuró ella con una risilla traviesa.

—Cielo santo, qué ingenua —dijo Meneghini.

Maria observó con admiración que Aristo se mantenía respetuoso y cortés mientras Meneghini iba perdiendo poco a poco los nervios. Quizá fuera aquella ropa de trabajo lo que había provocado que su marido se pusiera a gritarle a Onassis a pleno pulmón. Frente a un contrincante vestido con decoro y con una corbata de seda, con toda seguridad habría sido capaz de mantener el control. Sin embargo, ahora utilizaba expresiones que ella nunca le había oído decir antes, bramaba y profería todo tipo de improperios. Aquellos ataques verbales, no obstante, caían sobre Aristo sin tocarlo. Maria lo amó aún más por eso.

—Sepa usted que nunca voy a renunciar a ella —anunció su amante con una calma exasperante—. Voy a ser yo, y nadie más, quien se la lleve si es necesario, y lucharé con todos los medios que hay a mi alcance. No me importa nada ni nadie; ni los papeles ni los convencionalismos. Nos amamos. Acéptelo. Algo así solo pasa una vez en la vida.

—¡Sabandija! —musitó Meneghini.

Maria contuvo el aliento. Estaba sentada junto a los dos hombres en torno a la mesita de café, pero se sentía como una extraña que observa un duelo. Como en una puesta en escena del *Eugenio Oneguin* de Tchaikovsky, con la diferencia de que ella no era Tatiana y prefería morir antes que permanecer con su marido.

—¿Qué es lo que quiere? —preguntó Onassis—. ¿Cuánto vale la separación para usted? ¿Cuántos millones quiere por ella?

—No tiene usted ningún gusto —bramó su contrincante.

«No es eso —pensó Maria—. Es que ha tomado buena nota de lo que le conté sobre nuestra situación financiera.»

Aristo permaneció impasible.

—¿Cuánto quiere por dejarla marchar? —insistió—. ¿Cinco millones de dólares? ¿Diez?

Meneghini hizo un ademán negativo, aunque aquello le supuso un esfuerzo. Echó un vistazo a su reloj y Maria miró, como un acto reflejo, el reloj de la chimenea, que marcaba ya la medianoche.

—No pienso seguir escuchando nada más. Esta es mi casa y me voy a la cama ahora mismo.

Se levantó del sillón, pero Aristo fue más rápido.

—Tenemos que despedirnos con un apretón de manos —dijo mientras le ofrecía la suya.

El otro lo miró, sombrío. Después, volvió a negar con la cabeza.

—A los hombres como usted no les doy la mano, Onassis. Me invita a su condenado barco y luego me clava un puñal. ¡Váyase al infierno!

Atravesó el salón con parsimonia mientras la alfombra oriental absorbía la energía de sus pasos. Ya en la puerta, se volvió de nuevo:

—¡Yo le maldigo!

Maria, espantada, contuvo el aliento.

—Ojalá no logre encontrar la paz hasta el fin de sus días.

Tras aquella dramática despedida, Meneghini salió de la habitación.

Aristo apretó la mano derecha en un puño. Dejó caer el brazo, que aún mantenía extendido.

—Qué teatral ha sido eso —decidió él tras unos instantes. Después se colocó junto a ella y le acarició el cabello con delicadeza—. No te preocupes, ya se calmará.

Ella apoyó la cabeza en su cuello.

—Me da igual, siempre que podamos estar juntos.

—De eso que no te quepa ninguna duda.

La miró con confianza, pero Maria creyó notar una sombra de preocupación que empañaba sus rasgos. Aristo era tan supersticioso como ella. Puede que no fuera artista, pero sí griego. Por eso compartían destino, por su fe en la magia. Sin embargo, ¿tendría Meneghini tanto poder sobre ellos como para que aquella maldición pudiera convertirse de verdad en su venganza? Levantó la mano y la posó sobre el dedo de Aristo, con el que seguía acariciándola la cabeza.

—Deberías cortarte el pelo —murmuró él sumido en sus pensamientos.

—Como es lógico, no pudimos seguir escondiéndonos mucho tiempo —le confesó Maria a Peter Diamand dos semanas después en el camerino de La Scala.

Estaba sentada en la silla giratoria que había frente al espejo, pero se había colocado de manera que podía mirar al empresario holandés directamente a la cara. Este seguía hojeando los periódicos del día.

—Primero, la prensa nos encontró en Cúneo, esa ciudad pequeñita entre Alba e Imperia —dijo ella, y suspiró—. Aristo y yo hicimos una parada de camino a Mónaco cuando huimos de las discusiones con mi marido. No tengo ni idea de por qué cogimos ese coche en vez de su automóvil privado. En cualquier caso, la *Stampa Sera* no tardó en informar de que se nos había visto juntos.

—Cielo santo, Maria. Pero ¿qué esperaba? Es usted la mujer más famosa del mundo, y Aristóteles Onassis, el hombre más famoso. Como pareja son únicos.

«Y eso es lo que somos en realidad —se dijo—. Pero en un sentido totalmente distinto. Somos un único ser, pertenecemos el uno al otro.»

Eso era algo que ya había experimentado en aquel primer fin de semana juntos en el Hotel Hermitage de Montecarlo. Habría sido perfecto si Meneghini no hubiera descubierto dónde se encontraba su mujer. La llamaba cada media hora, no le daba un respiro. En una ocasión en la que no pudo librarse de una de esas llamadas y tuvo que coger el teléfono, él se dedicó a lamentarse de la inviolabilidad del sacramento del matrimonio y de los pecados en los que ella había incurrido. Con eso se refería no solo a la ruptura de sus votos nupciales; en realidad lo que él quería decir era: «Me has destrozado la vida». Después de aquello, sacaron el teléfono de la habitación. Pero él siguió llamando hasta que, en un momento dado, terminó por colapsar la centralita del hotel.

Maria se deshizo de aquel recuerdo.

—Meneghini se ha vuelto loco de remate —le contó a su amigo—. Quería acusarme de adulterio. Aquí, en Italia, se considera delito, como sabrá. Incluso está penado con la cárcel. Sin embargo, como soy ciudadana estadounidense, no puede hacerme nada de forma legal.

—¡Qué escándalo!

—Eche un vistazo a los periódicos. Meneghini se ha ocupado de que todo salga a la luz. Todos los trapos sucios.

SIN EMBARGO, TAMBIÉN hubo momentos maravillosos. Pasaba casi cada fin de semana con Aristo en Montecarlo. Eran dos enamorados que, a pesar de todas las adversidades, se habían encontrado el uno al otro. Fueron los días más felices de su vida. El *Christina* estaba anclado en el puerto, visible desde la habitación de hotel, y allí pasaban Tina y sus hijos los últimos días de verano. Maria no tenía nada en contra de que él dejara el hotel para encargarse de sus asuntos de negocios, como por supuesto tampoco tenía inconveniente en que subiera a bordo del barco para ver a sus hijos. No había lugar en el mundo en el que ella se sintiera más protegida aquellos días que en Montecarlo. Al final, durante el último fin de semana de agosto, él admitió que su mujer tenía intención de zarpar junto algunos amigos para acudir al Festival de Cine de Venecia. Como buen anfitrión, quería acompañar a la comitiva.

Maria asintió comprensiva. Ella misma tampoco podría permanecer más tiempo en esa ciudad, dado que debía regresar a Milán para iniciar la grabación de un disco en el que hacía tiempo que había accedido a participar. Ambos tenían responsabilidades que atender. Sin embargo, poco después de medianoche, alguien llamó de pronto a la puerta de la *suite*. Al abrirla se encontró frente a frente con Aristo vestido con un traje de chaqueta blanco. Algo desgreñado, tal vez, pero resplandeciente como un chiquillo que esperara el botín logrado tras una travesura.

—En cuanto quitaron la escalerilla, salté de nuevo a tierra —dijo—. Saber que estabas aquí y marcharme a pesar de todo me resultaba insoportable. Tina tendrá que acostumbrarse a viajar sin mí.

El resto de la noche se convirtió en una fiesta para ambos.

MARIA MIRÓ A Peter y sintió que se sonrojaba; no podía disimular el recuerdo de aquellos momentos de profunda ternura y pasión desenfrenada con Aristo. Sus cuerpos se habían encontrado de una manera tan juguetona como carente de complicaciones, formando un nuevo todo. Le asaltaron las náuseas, como solía ocurrirle últimamente. Incluso había ido a la consulta del cardiólogo, pero el médico le había asegurado que gozaba de buena salud. Desde su punto de vista, estaba bastante mejor que antes del crucero, lo cual era cierto. Por eso concluyó que sus molestias físicas debían ser consecuencia de los nervios, pues aquella situación la afectaba al estómago como una puñalada.

El mismo fin de semana en que Aristo se despidió, se desató sobre ella una caza de brujas sin cuartel. Nada más regresar a Milán, se vio perseguida por los *paparazzi*. Vigilaban cada paso que daba y luego lo publicaban en cada periódico o revista de cualquier parte del mundo. Incluso había periodistas apostados frente al Hotel Principe di Savoia, que vigilaban si volvía a abandonar el establecimiento por la noche después de aquella tarde que había entrado del brazo de Onassis. No lo hizo, y aunque no hubiera estado enamorada de él, tampoco lo habría hecho, por mera tozudez.

—Debería dar una rueda de prensa. —Peter Diamand interrumpió el curso de sus pensamientos—. No puede ser que los periodistas acosen a cualquier persona de su entorno y llenen los periódicos con especulaciones sobre su pelo —añadió mientras golpeaba con el dedo la entrevista con el supuesto peluquero egipcio de Maria—. Huya hacia adelante, Maria. Dígale a la gente lo que quiere oír.

Ella dio un respingo, como si acabara de despertar.

—¿Cómo? ¿Debería hacer público que amo a Aristóteles Onassis?

—No, eso no. No. Pero debería ponerle punto final a su matrimonio antes de que a alguien le dé por airear los trapos sucios. Podría anunciar su separación con una declaración personal; con ello, cortaría bastante las alas a las futuras especulaciones.

Asintió pensativa. Su manera de presentarse en público ya no era una cuestión que le atañera solo a ella. No obstante, hablaría con Aristo de lo que Diamand le había propuesto. Se sentía fuerte con Onassis a su lado.

AQUELLA MAÑANA, EN el vestíbulo de La Scala reinaba un gentío solo comparable al de la inauguración de la temporada. Sin embargo, de entre todos los hombres que se apretujaban tras la cuerda roja, buscar amantes de la ópera sería un esfuerzo inútil. Cámaras en alto, listas para disparar; las de vídeo ya habían empezado a grabar; todos los micrófonos estaban dirigidos hacia la puerta por la que la Callas pronto irrumpiría en la abarrotada rueda de prensa; los cuadernillos y bolígrafos dispuestos en docenas de manos. Un murmullo inquieto cundía entre la marabunta de periodistas.

Maria, que observaba el escenario por una rendija, se sentía extraña, como si se encontrara en la escena final de *Vacaciones en Roma*. Hacía mucho tiempo que había visto aquella película en el cine y había decidido que quería parecerse a Audrey Hepburn. Lo había logrado. Ahora solo debía conseguir dominar la conferencia de prensa con tanta majestuosidad como lo había hecho en la película la princesa Ann, para quien aquel acto había supuesto un punto y aparte. Su vida no era tan diferente.

«No es más que una actuación —se tranquilizó en silencio—. Como cualquier otra.» De hecho, en las actuaciones también experimentaba un miedo escénico atroz. El malestar del estómago la envolvía por completo. Tan pronto como terminara la grabación del disco, debía ir al médico de una vez.

Tomó aire y se meció para calmarse. Su mirada se cruzó con la del regidor. Asintió de forma apenas perceptible y se quitó las gafas.

Maria se presentó frente a la prensa entre un atronador aplauso. Por primera vez en la vida, no lamentó no reconocer del todo los rostros vueltos hacia ella. Así, las miradas hambrientas de sensacionalismo de los reporteros quedaban ocultas tras una neblina. Lo único que veía era una masa difusa y ondulante. Aquí y allá aparecían fogonazos, como en una densa tormenta.

Saludó con una ligera y majestuosa inclinación de cabeza, metida por completo en el papel de la Callas, que tenía la intención de decirlo todo en pocas frases. Volvió a respirar hondo; después, tomó la palabra y declaró:

—Quiero anunciarles que la ruptura entre mi marido y yo es definitiva. Nuestra separación llevaba gestándose desde hacía mucho tiempo y el hecho de que coincidiera en el tiempo con el viaje a bordo del *Christina* es pura casualidad.

—¿Existe una relación romántica entre usted y el *signor* Onassis? —preguntó una joven voz masculina.

—Entre el *signor* Onassis y yo existe desde hace tiempo una profunda amistad. También tenemos algunos intereses empresariales. Nada más.

«Dios, ayúdame a soportar esto», pensó.

—¿Qué relación empresarial tiene con el *signor* Onassis?

—¿Seguirá siendo el *signor* Meneghini su representante?

—¿Qué planes tiene para el futuro?

—¿Existe entre ustedes algo más que una amistad?

—Al parecer, el *signor* Meneghini ha acudido a un bufete de abogados en Turín. ¿Podría decirnos algo al respecto?

Las preguntas caían sobre ella como un aguacero que, en cierta medida, combinaba con los relámpagos que había imaginado. En otras circunstancias, es posible que aquella asociación la hubiera divertido. Sin embargo, en aquel momento se sentía prisionera en un lugar en el que estaba expuesta frente a todos. Alzó la mano para interrumpir las preguntas.

—Aristóteles Onassis es solo un buen amigo que ha permanecido a mi lado en estos momentos tan difíciles —declaró decidida—. Lo que más me preocupa es mi carrera y estoy considerando una oferta para la Ópera de Montecarlo, además de un papel en una película de Hollywood.

Como era natural, los periodistas quisieron saber en qué proyectos en concreto estaba involucrada. Entre todas esas preguntas se intercalaban, una y otra vez, las mismas de siempre en torno a su relación con Aristo. Deseó poder gritar a los cuatro vientos la verdad. Sin embargo, habían acordado comportarse con tanta discreción como fuera posible hasta que sus respectivos compromisos se hubieran aclarado.

Por otra parte, su exmarido se había dedicado, en los últimos días, a dar una serie de entrevistas tan estrafalarias como cabría esperar. Acusó a Onassis de no querer nada más que tener a una famosa artista que lucir como a un trofeo y opinaba que era «un demente, igual que Hitler». Maria no quería echar más leña al fuego bajo ningún concepto.

Apretó los dientes y dedicó a la prensa una nueva reverencia majestuosa antes de desaparecer por la misma puerta por la que había entrado. El clamor indignado de los periodistas, decepcionados por no escuchar las respuestas que esperaban, la persiguió hasta la salida.

—¡HA SIDO HORRIBLE! —sollozó con el auricular pegado a la boca.

Estaba tendida cuan larga era en la cama y deseaba que Aristo estuviera cerca, en lugar de al otro lado de la línea telefónica. Mientras ella daba la rueda de prensa, él volaba a Venecia para ultimar los detalles de su separación con Tina. Maria le contó todo lo que había ocurrido en el vestíbulo de La Scala y también que había guardado silencio sobre su amor y respondido con unas evasivas que no convencerían a nadie durante demasiado tiempo.

—Por aquí no va mucho mejor —dijo él—. Esta tarde los *paparazzi* me han pillado en el Harry's Bar. Ya me había figurado que durante el Festival de Cine de Venecia sería casi imposible escapar de la prensa.

Hablaba con la voz tomada, como si hubiera dado buena cuenta de algunas copas en el famoso local.

—¿Qué les has dicho?

—Mis amigos me describen como un lobo de mar y los lobos de mar no tienen nada que ofrecer a las sopranos —rio con regocijo—. «En cualquier caso, me sentiría profundamente halagado si una mujer con la clase de la Callas se enamorara de mí.» ¿Te gusta?

—Es verdad. Se ha enamorado de ti.

—Y espero que siga siendo así durante mucho tiempo.

Ella sonrió.

—Lo será. Para siempre.

24

Milán
Mediados de noviembre de 1959

Los PRIMEROS MESES de su relación con Aristo estuvieron llenos de altibajos.. Para ella nunca había sido tan evidente lo cerca que están la felicidad y la ira hasta ese momento. Se sentía como en un carrusel de emociones que girara cada vez más rápido y nunca se detuviera. Junto a Aristo experimentaba todas aquellas cosas tan hermosas que, hasta entonces, nunca o casi nunca habían tenido cabida en su vida: el amor, la seguridad, la confianza, la pasión y la ternura; el humor y el deseo de aventura. Sin embargo, al mismo tiempo la arrollaba toda la malicia con la que, primero Meneghini y luego Tina, cebaban a la opinión pública. Por si todo aquello fuera poco, su madre había tomado también la palabra desde Nueva York para tacharla de hija desagradecida. Evangelia la había puesto de vuelta y media y había aprovechado la situación para anunciar que iba a publicar un libro sobre la Callas. Elsa Maxwell, por su parte, parecía cernerse como un espíritu malvado que azuzara a todos los demás, propinando derechazos verbales desde su columna, en la que describía a la artista como «genio y bruja», y también como «la encarnación humana de la decepción». A pesar de todo, esos ataques no lograban enturbiarle el ánimo.

Por otra parte, el deterioro de su salud ya era suficiente motivo de preocupación; volvía a sentirse extrañamente débil y sus nervios estaban más sensibles que nunca. Su voz funcionaba cada vez peor, sobre todo al interpretar las arias. Durante un concierto en Bilbao, apenas había logrado llegar a un do medio, tras lo que enmudeció en las notas más altas para evidente decepción del público. Sin embargo, pocas semanas después, en Londres, logró llegar hasta las notas altas de siempre y consiguió un nuevo triunfo.

Pero lo más importante era que Aristo la sostenía, la consolaba, la amaba. Incluso bajo la presión de los enormes reproches a los que tenía que enfrentarse desde que se había separado de su mujer, intentaba sobrellevar la situación con tanta calma y saber estar como le era posible. Por eso se encontraba siempre, además de inmerso en sus responsabilidades empresariales, en un constante trasiego entre los abogados, el padre de Tina, la propia Tina, sus numerosas viviendas y Maria, en Milán, cada vez que podía. Los dos amantes solo encontraban algo de paz a bordo del *Christina*, en el que la cantante acudía a refugiarse con tanta frecuencia como le era posible.

Días robados. Quizá los últimos. Ya que, entre tanto, ella había comenzado a temer por sus mareos, terribles en ocasiones incluso con el mar en calma, que dificultaban enormemente su estancia en el barco. Lo más temible era eso: ¿qué haría su lobo de mar cuando ella ya no pudiera acompañarlo océano adentro?

Llegó el momento en el que tuvo que despedirse de toda incursión por las aguas para acudir a Kansas City y a Dallas a interpretar *Lucia di Lammermoor* y *Medea*. En tres de los cinco periódicos que le ofrecieron durante el vuelo se encontró con supuestas novedades en la situación de su drama matrimonial.

En ellos se informaba de que Meneghini podía ejercer sus vigentes derechos sobre la casa de Milán, lo cual era cierto.

Además, se le atribuía haber dicho: «Onassis y mi mujer solo son amigos. El problema es que mi mujer haría cualquier cosa con tal de conseguir publicidad». Ahí era donde terminaba la verdad.

Un columnista escribía: «Apuesto a que Ari y Tina volverán a estar juntos en un futuro, mientras que la codiciosa Maria Callas se dedicará a cantar solos». Una afirmación de lo más desvergonzada.

El *New York Times* rezaba: «Battista Meneghini ha presentado frente a los juzgados italianos una demanda de separación legal de Maria Meneghini-Callas. Se trata de la abolición del contrato matrimonial y, con ello, de las relaciones económicas conjuntas. Ninguna de las dos partes podrá contraer un segundo matrimonio, pues el divorcio no es posible en Italia, como ocurre en muchos otros países. Se espera que la sentencia llegue a mediados de noviembre».

Intentó dormir, pero la zozobra de las olas la persiguió hasta en sueños. La rueda de prensa que había dado a principios de septiembre apenas le aportó algo de calma. En cuanto pasaban un par de días sin que se escribiera nada sobre ella, Meneghini se apresuraba a encontrar algo que decir. Así llevaba sucediendo desde hacía varias semanas.

Aunque mantenía las piernas alzadas, notó que los tobillos se le habían hinchado durante el vuelo. Alternaba constantemente los sofocos con un frío gélido. Se echaba encima la estola de visón para luego volver a tirarla por ahí, por lo que la azafata tuvo que agacharse repetidas veces en su recorrido por la primera clase para recoger las pieles. Maria esperaba poder relajarse, pero no era capaz de mantener la calma. De hecho, se encontraba tan mal que no podía ni alcanzar el bolso para buscar las pastillas. Para cuando el avión tomó tierra en el aeropuerto de Nueva York, estaba agotada y en un estado lógico de irritación.

—En la salida le espera un coche para llevarla al aeropuerto de LaGuardia —le indicó la sobrecargo.

Se inclinó un poco sobre la célebre pasajera y le dijo en voz queda:

—Allí tomará su vuelo de enlace con Kansas City. Estamos cumpliendo con el horario a la perfección. En cualquier caso, han informado por radio a los pilotos de que hay un enorme grupo de periodistas esperándola en la pista.

—¡Oh, Dios mío! —exclamó Maria—. Pero ¿es que no hay nada que pueda hacerse contra esa gente?

La joven la miró con compasión.

—Me temo que ya están allí y que incluso han logrado zafarse de la policía.

«Entonces no hay nada que hacer», resumió para sí. ¿Cuándo dejarían de atosigarla los *paparazzi*? Las cosas habían empeorado tanto en casa, en Milán, que incluso sus amigos la rehuían, porque nadie quería tener que pasar por la desagradable situación de enfrentarse a los periodistas. Se había ocultado en la Via Buonarroti hasta que su exmarido había sacado a colación el contrato y la había echado de la casa. En ese momento fue cuando perdió al fin todo el autocontrol y lo amenazó por teléfono: «¡Ten cuidado, Battista! Algún día me presentaré frente a ti con una pistola y acabaré contigo». Su respuesta no había sido menos terrorífica: «¡Cuando quieras! Te esperaré con una ametralladora». No obstante, se volvió a mudar sin necesidad de recurrir a la amenaza de las armas. Los abogados de Onassis, que también representaban a Maria, lograron llegar con Meneghini a un acuerdo mucho menos belicoso.

Desde el momento de su partida, Maria esperaba que la prensa americana fuera menos agresiva que en Italia. ¡Qué error! «A estas alturas, ya deberías saber esas cosas —se reprendió a sí misma mientras se levantaba para intentar aliviar la tensión muscular—. ¡Eres una ingenua!»

En cuanto Maria apareció por la puerta del avión Lockheed Starliner comenzaron los primeros fogonazos. El personal de seguridad tenía que esforzarse al máximo para contener a los periodistas, que trataban de tomar la escalerilla.

Estaba casi segura de tener un aspecto bastante adecuado, con su traje claro con cuello de visón y una estola de piel sobre el brazo. Sin embargo, no le gustaba nada que le tomaran fotografías desde abajo, pues en ellas resaltaban sus poco favorecedoras piernas. A pesar de ello, tendría que adoptar con convicción, aunque no lo consiguiera del todo, el papel de diva, como ya había hecho en ocasiones anteriores.

Sintió los clics de las cámaras de fotos y el zumbido de las grabadoras en cuanto las vio. Enseguida surgieron las primeras preguntas: «*Madame*, ¿qué hay de los rumores de que *mister* Onassis va a poder divorciarse? ¿Cómo es su relación con Aristóteles Onassis? ¿Siguen siendo solo amigos? ¿Ha intentado hablar con su marido y anular la separación? ¿Qué dice *mister* Onassis del proceso judicial al que se enfrenta usted en Italia? Su marido ha declarado que el señor Onassis y él eran viejos amigos, ¿podría usted confirmarlo?».

Sintió que el pánico la inundaba. Comenzó a descender con lentitud los escalones, bien agarrada a la barandilla, con los ojos miopes fijos en los pies. Por un momento, temió tropezarse. Se detuvo un instante. Frente a los fotógrafos, quería crear la impresión de estar posando. Sin embargo, en realidad contenía la respiración e intentaba concentrarse. La multitud la rodeó. Allí no había nadie para sujetarla, para darle aliento. Aristo estaba en París, llevando a cabo negociaciones con sus abogados y con el padre de Tina en torno al acuerdo financiero de su separación y los derechos de visita a los niños. Tendría que encontrar ella sola el camino hacia la limusina que la esperaba, lo que le causó un repentino ataque de pánico.

El nivel del ruido ascendió cuando un nuevo avión se aproximó a la zona en la que habían aterrizado. El sonido de las voces subió y se entremezcló en una amenazadora cacofonía.

«No te caigas —suplicó Maria en silencio—. Por favor, no te desmayes.»

«Vienes de Washington Heights —surgió de pronto una voz en su interior—. Nadie que venga de allí se deja amedrentar tan fácilmente.»

Descendió los últimos escalones y estuvo a punto de tropezar con un cable con el que uno de los cámaras tenía el aparato enchufado al cargador de la batería.

—¡Quite eso de ahí! —le ordenó ella, no con su habitual voz monótona y tranquila, sino con el tono y el acento callejero de su peligroso barrio natal—. ¡Ahora mismo! ¿Me ha entendido?

El chofer salió del coche como empujado por un resorte y se dirigió con premura hacia ella. Tuvo que abrirse camino a codazos antes de llegar por fin hasta el personal de seguridad, que contenía a duras penas a los fotógrafos.

A través de la fina línea de hormigón que se acababa de abrir ante ella, Maria se apresuró a recorrer los escasos pasos que la separaban de la limusina. El corazón le latía en un desagradable redoble; la angustia le había acelerado la respiración y ella era incapaz de controlarla. Las preguntas seguían cayendo en aguacero mientras los *flashes* iluminaban aquel día plomizo. Intentó contener aquella desagradable sensación y se resguardó en el asiento de atrás del Cadillac.

«Nunca más volveré a exponerme a semejante jauría, a semejante tumulto —logró concluir—. No lo soporto más.» A continuación, decidió que, en cuanto llegara al aeropuerto de LaGuardia, le comunicaría a su amigo y promotor Larry Kelly que debía excusarla de su actuación en Kansas.

El chofer dirigió con suavidad el coche hacia la multitud y la fue atravesando entre golpes de claxon y frenazos para no atropellar a nadie. Los objetivos la observaban a través de las ventanillas, como ávidos ojos monstruosos sedientos de noticias.

25

Dallas, Texas
Principios de noviembre de 1959

LARRY NO ACEPTÓ un no por respuesta. Al fin y al cabo, Mary y él habían ido a Kansas City solo para asistir al concierto de Maria.

—Te apoyaremos en todo lo que podamos —le prometió—, pero tienes que salir al escenario y cantar. Por lo que sé, se ha presentado aquí hasta el expresidente Harry S. Truman. Apenas se muestra en público, es un gran honor que quiera escucharte. Aunque solo sea por eso, no puedes decir que no.

Su miedo a las multitudes había aumentado hasta unos límites espantosos, pero ella accedió a actuar. Sin embargo, justo antes de la representación, lamentó con toda el alma haberlo hecho. Una amenaza de bomba hizo necesario evacuar al público y a toda la orquesta del Loew's Midland Theatre, e incluso Truman tuvo que abandonar el impresionante edificio estilo art déco. Tras el consiguiente retraso, Maria se presentó sobre el escenario entre miles de aplausos y la ovación la liberó por fin del pánico. Al cantar, se sentía como si naciera de nuevo, como en casa. Controló la voz en los pasajes más exigentes a nivel técnico, logró alcanzar todos los tonos y, al concluir, los espectadores aplaudieron y patalearon con tal brío que el patio de tres mil doscientas butacas vibró en su totalidad. El éxito la hizo olvidar los malos augurios con los que había iniciado su viaje a Estados Unidos, por lo que el siguiente vuelo a Dallas lo vivió como en una nube.

En compañía de sus amigos, Maria se sentía protegida; sin embargo, le sorprendió el escaso número de periodistas que la esperaba tanto a su llegada a Texas como en su despegue de Missouri. Al parecer, en el salvaje Oeste la gente se interesaba más por los vaqueros y los magnates del petróleo que por la vida amorosa de una soprano mundialmente famosa; una forma de ignorancia que a Maria, no obstante, le pareció mucho más agradable que el ajetreo que parecía imperar en cualquier otro lugar. Logró relajarse hasta que llegó a casa de Mary, la dirección de contacto que había dado en caso de necesidad. Allí la esperaba una carta de sus abogados.

Abrió el sobre de pie, y tras la lectura se hundió poco a poco en el sillón de satén amarillo claro que su amiga tenía en el salón.

—¿Malas noticias? —se interesó Mary algo preocupada.

—Depende de cómo lo mires —murmuró. Releyó por encima la carta antes de dirigir la mirada hacia ella—. Han fijado la fecha del juicio para la disolución de nuestro acuerdo matrimonial. Es el catorce de noviembre.

—Eso por fin acabará con todo el proceso…

—Se requiere que comparezca en persona. Tengo que regresar a Milán —suspiró y dejó caer la cabeza sobre el respaldo del sillón—. Habrá que cancelar mi actuación en *El barbero de Sevilla.* —Maria suspiró de nuevo—. Es todo tan desagradable…

—Tu público se sentirá satisfecho en cuanto regreses a las tablas del Music Hall como Medea.

Había cuatro días de diferencia entre el juicio y la representación. La perspectiva de tener que pasar durante ese breve período de tiempo por dos vuelos transoceánicos no era demasiado emocionante.

—En estos momentos, los vuelos tan largos me dejan absolutamente agotada —su voz sonaba como si incluso a ella todo aquello la sorprendiera un poco—. Antes, los viajes nunca me quitaban tanta energía. Sin embargo, todo este espectáculo en torno a mi separación de Battista me pesa. No me sienta nada bien, Mary.

—A lo mejor debería concertarte una cita con mi médico.

Negó con la cabeza.

—Hace ya dos meses que fui a ver a mi internista. Me dijo que no me pasa nada. Todas las pruebas que me hicieron concluyeron con buenos resultados.

—Pero ya hace tiempo que sientes ese malestar, y no solo desde el último vuelo que tomaste, ¿verdad?

Como mantenía un contacto regular con Mary tanto por teléfono como por carta, Maria la había mantenido informada de su estado de ánimo, así como del resto de los sucesos que ocurrían en su vida. Se dio cuenta de que su amiga tenía razón. El malestar que sentía había empezado en septiembre, cuando regresó a Grecia tras su segundo viaje en el *Christina*. Aquellos días junto a Aristo le habían parecido como una luna de miel, los dos solos en el barco. De nuevo en tierra, había tomado su estado de salud como una expresión física, primero, del pesar que le causaba tener que alejarse de su amante, y, después, de las preocupaciones que la esperaban en Italia. Recreó en su mente, como si las observara a cámara rápida, todas las situaciones posibles, pero no merecía la pena pensar demasiado en ninguna de ellas. No quería tener que ocuparse de ninguna enfermedad. Sabía, no obstante, que más tarde o más temprano tendría que hacerlo.

Maria se pasó los dedos por debajo de las gafas para frotarse los ojos.

—Mejor hablamos de esto luego. Ahora mismo quiero concentrarme solo en *Lucia*. Ya veremos después de la actuación.

El escenario del Music Hall de Fair Park era casi tan grande como el espacio reservado para los espectadores, con una capacidad de casi tres mil quinientas butacas. Maria se encontraba sobre una tribuna de la que surgía una escalera curva, con un vestido blanco de novia cubierto de sangre (que, por supuesto, no era más que pintura roja), un cuchillo en la mano, que no era más que *atrezzo* teatral, pero cuyo filo relucía de manera amenazante bajo la luz de los focos. Era la escena final del tercer acto, en la que había un aria que exigía toda su fuerza y concentración. Durante casi diecisiete minutos realizaba una especie de dueto con la flauta, un pasaje que le exigía mostrar todo su poderío y brillantez. Escuchó los tonos que le llegaban a través de las grabaciones de la orquesta y entró justo en el momento preciso:

Spargi d'amaro pianto... Derrama lágrimas amargas...

Maria maltrataba sus cuerdas vocales para entonar a la perfección las coloraturas del *belcanto*. La *Lucia di Lammermoor*, de Donizetti, sobre todo la denominada «escena de locura», era una de las obras más exigentes del género, por lo que permitía que una soprano mostrara, sobre todo en los registros más altos, la flexibilidad de su voz. Llena de orgullo, y al mismo tiempo con un profundo alivio, Maria alcanzó sin esfuerzo el «si» más alto, y a continuación el «do». Sintió una inusual falta de aire durante un instante, pero el tono, a pesar de ello, fluyó con delicadeza de entre sus labios. Conforme se fuera aproximando al «mi» de la tercera octava, casi al final del aria, su fuerza de voluntad lograría dominar esa inusual sensación en su voz, de eso estaba segura.

Ya casi lo había conseguido, sin cometer ni un error hasta el momento. Solo quedaba la nota final. Pronto llegaría, ese «mi» que tantas sopranos eran incapaces de alcanzar. Sabía que el público daba por sentado que, en su caso, sería diferente: era un hecho conocido que la Callas sí era capaz.

El coro la ayudó a tranquilizarse un poco. Poco después, el director alzó el brazo como señal para la entrada de la orquesta y allí ella tendría que sostener el «mi» del final. Cuerdas, vientos, era un largo acorde de cierre. Había llegado el momento de alcanzar las fronteras de la capacidad humana en el canto. Se preparó para empezar...

En su interior, escuchó el tono correcto.

No llegó.

Maria sintió las miradas atónitas de cada uno de los miembros del coro y del bajo que interpretaba a Raimondo. Su especial sensibilidad para la resonancia en el público le envió una señal de alerta.

En lugar del aquel tono, su voz se había quedado dos octavas por debajo.

Igual que Lucia se clava en el pecho el mismo cuchillo con el que antes ha matado a su prometido, Maria habría deseado que lo que tenía en las manos no fuera un puñal de *atrezzo*.

Tras la representación, regresó como anestesiada a su camerino. Todos los demás, los tramoyistas bajo el escenario, los regidores, los de vestuario, los compañeros de Maria, los músicos... todos desaparecieron de su vista. Cada uno de ellos sabía que, en ocasiones anteriores, sí había logrado alcanzar aquella nota. El público también lo sabía. No había cumplido con las expectativas de nadie, mucho menos con las suyas propias.

Maria no entendía lo que había ocurrido. El tono había estado ahí. Se había aparecido en su mente con total claridad. Su fuerza de voluntad debía haber sido capaz de invocarlo, pero había fracasado. ¿Por qué no había podido cantar la nota más alta y hermosa de toda la coloratura? ¿Qué había ocurrido? ¿Podría ser que su ligero malestar la hubiera distraído lo suficiente como para que se olvidara de la técnica? Imposible. Esas cosas nunca le ocurrían a la Callas.

Se miró en el espejo. Abrió la boca como un acto reflejo y los tonos brotaron solos, como un torrente. Notas claras y limpias. Alcanzó sin problemas todos los registros. Incluso el «mi» alto. ¡Qué maravillosa le sonaba su propia voz!

Lo más probable era que aquello no hubiera sido más que una triste casualidad, que a partir de ahora debía recordar que podía producirse, pero que nunca más podía permitir que sucediera en momentos importantes. Hizo otra prueba. También esa vez lo alcanzó de manera intachable. Lo mismo en el tercer intento, incluso en el cuarto. Como en un brote maníaco, siguió poniendo a prueba una y otra vez el rango de su voz. Siempre con éxito, al contrario que en el escenario.

Observó el rostro desfigurado con la mueca de una sonrisa que le devolvía el espejo, con particular atención a la máscara de pestañas que se había ido precipitando por sus mejillas, arrastrada por las lágrimas. Hasta ese momento no se había dado cuenta de que estaba llorando. De pronto, sintió que todas las fuerzas del cuerpo la abandonaban. Cada paso era una lucha y sobrellevar la fiesta posterior a una ópera le parecía un esfuerzo aún mayor que correr una maratón olímpica. Agotada, se hundió en la silla del tocador. Y entonces supo que ya no quería seguir luchando.

En su juventud, había fracasado en numerosas ocasiones, había tenido que cancelar actuaciones y soportar el descontento de muchos. Por aquel entonces, habían sido fallos que podían imputarse a problemas médicos, como sinusitis o laringitis. Sin embargo, nunca antes había permitido semejante metedura de pata. Un error que, con toda probabilidad, guardaba relación con la separación de su marido. En ese momento tenía otros frentes en los que combatir, aparte de los escenarios, y lo que la espoleaba no era la aspiración a alcanzar la brillantez musical, sino el deseo de encontrar la felicidad. ¿Sería imposible lograr la plena satisfacción en el arte y en la vida al mismo tiempo? Lo desconocía. Sin embargo, lo que en aquel momento deseaba de todo corazón, y de eso estaba segura, era ser la mujer de Aristóteles Onassis. No la Diva.

El torrente de lágrimas no cesaba. Mientras sus rasgos volvían a suavizarse, se despidió en silencio del mundo de la ópera. Una despedida escalonada, por supuesto. Sin embargo, debía ser definitiva. Una nueva vida la reclamaba. Merecía la pena luchar por ella, tanto como por el «mi» alto, solo que el premio era muy diferente.

Maria estaba decidida a aceptar su destino. De hecho, incluso lo deseaba. Entonces, ¿por qué no podía parar de llorar?

EN LUGAR DE concertar una cita en la consulta, Mary solicitó al médico una visita a domicilio. Después de que Maria se pasara toda la noche sollozando, no estaba dispuesta a seguir haciendo la vista gorda ante el malestar de su amiga. Le pidió que le diera a la paciente un calmante, que le recetara alguna pastilla, lo que fuera necesario. Si quería dar un nuevo concierto al día siguiente, era necesario que se tranquilizara. Mary trataba a su amiga con la maternal determinación con la que cuidaría de su propia hija, y la artista estaba dispuesta a dejarse cuidar. En los últimos tiempos ya no era capaz ni de moverse. Incluso para eso le faltaban las fuerzas.

El doctor Hartley era un anciano simpático que, con sus gafitas redondas de níquel, a Maria le recordaba un poco al presidente Truman, a quien le habían presentado hacía apenas un par de días. Se sentó en una silla junto a la cama de invitados, en la que ella reposaba. Después de que la doncella saliera y cerrara la puerta tras de sí, el médico comenzó a hablar:

—Antes de empezar con la exploración, tengo que hacerle algunas preguntas.

—Adelante.

Maria se recolocó las gafas, que se había puesto para poder ver bien a su visitante, y se frotó con cansancio los ojos húmedos.

Tras las preguntas habituales sobre su edad y el historial médico, quiso saber los medicamentos que tomaba con regularidad.

Ella le dio todas las indicaciones pertinentes.

—¿Hay algún otro medicamento que le hayan administrado en los últimos meses? ¿O en el último año? Verá, algunos remedios tienen un efecto mucho más prolongado de lo que parece. Por eso lo pregunto. Por favor, piense. Puede ser importante.

Dudó. Casi se había olvidado de las inyecciones. ¿Qué clase de mujer seguiría pensando en la menopausia prematura cuando había experimentado por primera vez en su vida la satisfacción del amor físico? Se enderezó sin querer. Para disimular el azoro que la acababa de sobrecoger, se dispuso a colocar con énfasis un nuevo cojín a su espalda. Le resultaba difícil comentar los problemas en su bajo vientre incluso con un médico.

—Estuve recibiendo inyecciones de hormonas hace aproximadamente medio año —admitió por fin—. De esa forma, mi ginecólogo de Milán intentó aplazar el climaterio.

—Teniendo en cuenta que apenas tiene treinta y seis años, no cabe duda de que es usted algo joven para eso —asintió el doctor Hartley—. ¿Por qué concluyó el tratamiento? ¿Tuvo éxito?

—Para serle sincera, no lo sé. He tenido tantas cosas que hacer que no me había vuelto a acordar de preocuparme por eso.

«Me fui de crucero y no me hicieron falta medicamentos para recuperar la salud», pensó, pero lo que dijo en voz alta fue:

—Pero, pensándolo bien, todas esas inyecciones no han servido para nada. Hace meses que no tengo el periodo.

El médico le dedicó un silencio preocupante, seguido de una sonrisa de desconcierto.

—Está usted casada, ¿verdad?

«Cielo santo, ¿es que este hombre no lee los periódicos?»

Asintió para no complicar las cosas.

Él se colocó las gafas antes de proceder con su explicación.

—Los tratamientos hormonales no solo previenen el inicio de la menopausia, también fomentan la fertilidad. Si, tras concluir con las inyecciones, lleva usted meses sin menstruar, puede que el motivo sea otro mucho más feliz, señora Callas.

—¿Un bebé? —le miró fijamente—. ¿Quiere decir que puede ser que esté embarazada?

—Sí. Justo es eso lo que quiero decir, querida. Voy a proceder a examinarla. Así podremos saber más.

Un aluvión de retazos de ideas y fragmentos de recuerdos invadieron su mente. Anhelos, esperanzas y deseos la embargaron por completo. Se imaginó a sí misma como una Sísifo femenina, obligada a empujar una roca por una escarpada pendiente. La pesada piedra era su infertilidad. No podía ser que sus infortunios hubieran acabado y que por fin estuviera lista para tener un hijo o una hija. Debía tratarse de un error.

—Llevo diez años casada —murmuró afectada—. Mi marido y yo no hemos…

Se detuvo en el mismo instante en que comprendió que Meneghini no podía haber influido en lo más mínimo en la concepción. Aristo, con su consideración, con su amor y con su capacidad para despertar en ella el deseo, era el único candidato para una posible paternidad. Al fin y al cabo, ya había engendrado dos hijos antes.

Jadeó en busca de aire.

—¿Cree de verdad que podría estar esperando un hijo?

—Pronto lo sabremos —la tranquilizó el médico—. Por favor, tenga la amabilidad de retirarse algo la ropa para que pueda examinarle el vientre.

26

Brescia
14 de noviembre de 1959

LA MULTITUD SE fue aproximando al *palazzo* Martinengo Colleoni como una persistente llovizna. Los carabinieri se esforzaban por mantener abierto el acceso al portal de entrada, sobre el cual pendía la bandera italiana, húmeda y adormecida. Los corresponsales competían con las hileras de curiosos por hacerse un sitio. La muchedumbre se inclinaba cada vez que se aproximaba un coche para poder echar un vistazo a los pasajeros, y retrocedía de nuevo cuando no se trataba de la Callas ni de su marido. Dio la casualidad de que ambos llegaron casi al mismo tiempo al antiguo edificio de tres plantas construido en el siglo XVI. El que apareció en el primer coche fue Meneghini.

Desde el asiento de atrás del taxi, ella lo observaba salir con torpeza del imponente Lancia Aurelia, que con toda probabilidad había alquilado solo para impresionar. «Además, a mi costa», pensó ella furiosa. Meneghini, que tiempo atrás había sido un empresario de la construcción de gran éxito, parecía haber perdido su capacidad para gestionar el dinero. No solo había provocado que su cuenta bancaria se encontrara en una situación tan precaria, sino que además muchas de las joyas que él le había regalado ni siquiera había llegado a pagarlas. Maria había recibido una notificación de que debía abonar toda una serie de facturas pendientes con firmas como Buccellati, Bulgari y Cartier. Los gastos en los que él había incurrido eran escandalosos. Y a costa de ella. Solo eso ya le bastaba para convencerse de que su separación era lo más adecuado para ambos.

La multitud aplaudió.

Maria comprendió, atónita, que aquella jubilosa bienvenida no estaba destinada a ella. El homenajeado era su marido.

A través de la ventanilla del coche, observó la figura rechoncha de su cónyuge. Contempló que saludaba a los espectadores con una sonrisa forzada. Battista, que nunca había quedado particularmente bien sobre la alfombra roja, atravesaba las filas de curiosos como quien desfila por una pasarela, hasta que desapareció dentro del edificio del juzgado. Era evidente que estaba disfrutando de su papel de marido traicionado más famoso del mundo. Lo seguían dos hombres, que debían de ser sus abogados.

La sobrecogió el pánico. Se mareó y las náuseas matutinas, que hasta el momento se habían apaciguado hasta límites soportables, volvieron a atacarla. De manera inconsciente, Maria se llevó la mano al abdomen. Lo primero en lo que pensó fue que tenía que proteger a aquella criatura de la horda. Después, que ya no estaba sola. Que nunca volvería a estarlo.

Junto a ella, de hecho, se encontraba una amiga que se había ofrecido a acompañarla hasta el juzgado. Sus representantes legales ya estarían esperándola en el tribunal. La bella *contessa* Carla Nani Mocenigo resultaba impresionante no solo por su antiquísimo linaje veneciano, sino también por sus rizos rubios. Maria esperaba que la presencia de su compañera desviara algo la atención de ella. Sin embargo, al observar el escenario, se preguntó si la idea de llevar a alguien tan delicado para guardarle las espaldas no habría sido una insensatez. La constitución de Carla no bastaría para protegerla de la multitud.

Presentarse en aquel lugar tan indefensa, frente al antiguo y hermoso palacio de justicia, era un error que podía llegar a ser peligroso. La reputación que ya se había labrado lo demostraba. Para la gente, Meneghini no era el representante que había exigido unos cachés escandalosos y se había comportado de forma inadecuada frente a importantes directores de ópera. Tampoco era el hombre que se había gastado sin pudor sus honorarios; era el anciano marido cuya esposa, veintisiete años más joven, no solo se mostraba desagradecida, sino que parecía haber roto todas las reglas del saber estar. Además de eso, él era compatriota de todos aquellos morbosos, un italiano, de Lombardía para más señas, mientras que ella era extranjera.

Tendría que soportar todo el juicio. Después, hallaría la paz. Se ocuparía de su embarazo con calma. Sería Aristo quien se enterara el primero de la noticia. Dado que acababa de llegar de Dallas el día anterior, todavía no había tenido la oportunidad de contarle el milagro que se estaba produciendo en su cuerpo. Ni siquiera se habían visto aún. Lo cierto era que ella misma tenía todavía dificultades para entender lo que estaba ocurriendo, incluso para creérselo. Parecía algo imposible. Al principio, había sido como un sueño que, al despertar, permanecía sobre ella, como un velo del que no pudiera zafarse. Después, se había asustado. Quizá no fuera todo más que una ilusión. ¡Una locura! Todo aquello la desbordaba, y además del doctor Hartley y del ginecólogo al que había acudido tras su examen, no había podido contarle a ningún otro ser humano nada sobre su inminente y dichosa maternidad. Incluso había tenido que inventarse una excusa frente a Mary. Era lo natural. El futuro padre debía ser el primero en enterarse.

«Podemos hacerlo», decidió Maria. Se quitó las gafas y las guardó en el bolso. Después, se volvió a Carla con una sonrisa titubeante.

—A veces la miopía tiene sus ventajas. Ahora ya no puedo ver a ningún reportero ni a ningún partidario de Meneghini. Ni siquiera él va a ser más que una figura borrosa. Al fin y al cabo, eso es todo lo que en realidad es para mí.

El taxista, mientras tanto, había salido del coche y abría la puerta de Maria.

La multitud reaccionó ante la llegada de la Callas con división. Se produjeron los habituales fogonazos, pero las preguntas de los periodistas quedaron sofocadas por los improperios de algunos de los curiosos, mientras que otra parte de los espectadores aplaudía a la estrella mundial. Maria no miró ni a izquierda ni a derecha, solo al centro. Un policía abrió para ella la puerta de los tribunales, que cruzó con el orgullo de una Norma que penetrara en el bosque sagrado de los druidas.

«Pero este no es el primer acto —pensó—. Es el último.»

27

Diez horas más tarde
Milán, 14 de noviembre de 1959

Poco antes de la medianoche, era escaso el número de periodistas que resistían haciendo guardia a las puertas de casa de Maria. Parecía evidente que la mayoría de ellos habían renunciado a lograr alguna otra fotografía o declaración de la diva. Cuando ella, oculta tras la cortina, se colocó tras la ventana en la oscuridad de su despacho y observó la Via Buonarroti entre las otoñales ramas desnudas de los árboles de la calle, no vio a la luz de las farolas más que un grupo pequeño, al que reconoció por las cámaras. Eran tres o cuatro hombres jóvenes que al parecer se ofrecían cigarrillos los unos a los otros y se pasaban por turnos un mechero. No daban la impresión de querer aguantar mucho más en la fría humedad de la noche. Sintió un destello de alivio. Al fin iba a conseguir algo de paz.

Como un eco de sus esperanzas, percibió voces ininteligibles en la planta baja. Sobre el mármol de la escalera resonaron unos pasos que, sin duda, pertenecían a alguien más aparte de a Ferruccio, el mayordomo.

La asaltó un tenue presentimiento. De inmediato, se preguntó si no debía recibir al visitante en el vestíbulo. Abandonó entonces su puesto de vigilancia. Se llevó las manos a la cabeza, se recolocó el pelo, que desde hacía poco lucía más corto y a la moda, se dirigió hacia la puerta y, al fin, echó a correr.

Una vez en los escalones superiores de la galería, se lanzó a los brazos del hombre que salió a su encuentro vestido con un uniforme de jardinero. Algunas rosas se soltaron del ramo que este llevaba en la mano, planearon unos instantes y aterrizaron con movimientos circulares entre la maraña de hojas y flores a los pies de la pareja, que se había fundido en un largo beso.

—¿Saludas así a todos los repartidores de flores? —preguntó un sonriente Aristo tras unos instantes.

Ella rio.

—A todo el que entra por la puerta principal.

—Pero yo he tenido la precaución de entrar por la de atrás.

—¡Oh!

Recogió las flores del suelo y la tomó de la mano.

—¿Qué tal te ha ido, Maria? —Su tono era serio.

—Bien. Soy libre. Somos libres. Eso es todo lo que nos tiene que interesar. —Se llevó la mano libre al vientre y, tras una mirada de soslayo a las rosas, dijo—: Ferruccio o Bruna se encargarán de las flores y se asegurarán de ponerlas en agua. Ven, hay algo que quiero contarte.

Mientras la seguía al despacho, él respondió:

—He oído por la radio del coche que el juzgado ha confirmado la separación. Como no podía ser de otra manera.

—Por supuesto. Por eso no entiendo por qué al juez le han hecho falta seis horas para dictar sentencia. Pero, en fin...

Se soltó de la mano de su amado para encender la lámpara de pie. Le daba igual si la luz podía verse a través de las cortinas o desde la calle; los *paparazzi* no lograrían reconocer más que sombras.

—Meneghini terminó disputándome cada miserable pendiente que en teoría me había regalado, sin perjuicio de que en realidad los hubiera pagado yo, y eso cuando la cuenta no está aún pendiente.

Aristo se quitó la chaqueta gris verdosa de dril y se acomodó en uno de los sillones.

—¿Qué le han permitido quedarse?

Maria tomó asiento en el diván cercano.

—Todos los bienes de valor se repartirán a partes iguales. Me han concedido esta casa, tal y como yo deseaba, como bien sabes. A Meneghini le han dado la vivienda de Sirmione…

—Me parece bien. Jamás comprenderé cómo ese hombre pudo tener los redaños de malgastar a una mujer como tú a las orillas de esa charca que llaman lago.

Tomó de nuevo la chaqueta que había dejado sobre el reposabrazos del sillón para sacar del bolsillo su cigarrera y un encendedor Dunhill de oro.

Aunque él se comportaba como si estuviera en su casa, Maria recordó sus obligaciones como anfitriona:

—¿Quieres beber algo?

Hizo un gesto negativo con el cigarrillo encendido.

—Le he pedido a Ferruccio una cerveza —dijo con una sonrisa traviesa—. A juego con mi aspecto.

Sí, estaba como en casa. Maria sintió una oleada cálida en el pecho.

—Te traerá algo a ti también —añadió él.

—No me cabe ninguna duda.

—¿Y bien?

—¿Cómo que «y bien»?

Había perdido el hilo.

—¿Qué más? Tú te quedas esta casa, y él, la villa junto al Garda. Pero eso no es todo.

—Meneghini recibe las restantes propiedades inmobiliarias. Los objetos de valor se dividirán a partes iguales. Los muebles, los cuadros, ese tipo de cosas. En el fondo, es como si cada uno se quedara lo que hay en sus respectivas casas. Retendrá parte de mis joyas, pero no muchas, que es lo que yo me había temido a la vista de sus desvergonzadas afirmaciones.

Llamaron a la puerta. Enseguida entró el mayordomo con una bandeja, sobre la que portaba una hielera de plata de forma redondeada y dos copas de perfiles diferentes. De entre la montaña de hielos sobresalía la chapa de una botella de cerveza y el cuello de una garrafita de cristal.

—*Signora*, he traído vino blanco para usted —explicó Ferruccio—. ¿Le parece bien?

—Sí, es perfecto. Gracias.

Tras dejar la carga sobre la mesa, el mayordomo les dedicó una formal reverencia.

—Bruna ha puesto las rosas en agua. ¿Dónde debe colocar el jarrón?

—En el salón, por favor. Y váyanse ya a dormir. Nos serviremos nosotros mismos.

—Por supuesto. Buenas noches, *signora* Callas. Buenas noches, *signor* Onassis.

—*Buona notte* —le deseó Aristo, afanado ya con el abridor que Ferruccio les había llevado.

Maria esperó en tensión a que el mayordomo cerrara al fin la puerta al salir. Observó en silencio la maniobra de Aristo y notó que la espuma de la cerveza le salpicaba los dedos. El vaso de vino que sirvió a continuación para ella no la tranquilizó. Había llegado el momento que tanto había anhelado desde su primera exploración en Dallas. Ahora que ya se habían dicho todo lo que había que decir sobre la separación, lo siguiente en la agenda era un tema mucho más importante. Sin embargo, de pronto, no sabía cómo contarle a Aristo que iba a ser padre de nuevo.

De todas formas, él terminó por notar su cambio de actitud.

—¿Qué pasa? ¿Vuelves a encontrarte mal? —La preocupación se le marcó en la voz y, antes de que ella pudiera negarlo, él porfió—: Tienes que volver al médico. El Hospital Americano de París es muy bueno. A lo mejor la medicina en Italia…

—Me hicieron una exploración en Dallas —le interrumpió—. Mary llamó a su médico para que me hiciera una consulta domiciliaria, y este me remitió a un ginecólogo para que confirmara su diagnóstico.

Él la observó atónito. La mano que había extendido para agarrar la cerveza se quedó paralizada en el aire un momento. Dio una larga calada al cigarrillo. Después, la miró sin pestañear. Era evidente que había entendido lo que le había querido decir. Sin embargo, no parecía precisamente encantado, lo que la llenó de inseguridad.

—Estoy embarazada, Aristo.

Tras esto, ambos parecieron quedarse sin palabras. Se diría que él se había quedado paralizado. No hacía más que mirarla y fumar de manera frenética, hasta que no le quedó entre los dedos más que el filtro del cigarrillo. La cerveza perdió toda su fuerza.

Maria esperaba que él estallara en júbilo, que cayera de rodillas ante ella y le jurara amor eterno. Ni en sus peores pesadillas habría esperado esa reacción por su parte. ¿Es que no se alegraba del futuro que compartirían los tres? ¿Le preocupaba que no pudieran casarse, al menos no según las leyes italianas? ¿Qué le impedía alegrarse con toda el alma?

—Aristo —murmuró y se inclinó hacia él para tomarle de la mano.

Él la apartó antes de que pudiera hacerlo.

—Maria —logró decir por fin—. No va a ser así. No puedes tener un hijo mío. No quiero.

—¿Cómo dices? —No entendía qué quería decir.

—Ya tengo dos hijos. Para mí eso es suficiente. —Se levantó y comenzó a caminar de un lado a otro de la habitación—. De hecho, yo solo quería tener uno. Un hijo único, ¿entiendes? Cuando Tina se quedó embarazada del segundo, aquello no me alegró especialmente. No quería tener más. Es cierto que las cosas han cambiado desde entonces, por supuesto que quiero a mi hija. Pero ya tengo suficientes. No quiero un tercero.

«Una pesadilla —pensó ella—, tiene que ser una pesadilla.» Negó con la cabeza, con la esperanza de aclararse las ideas, de espabilarse. No funcionó. Oía la voz, pero era incapaz de creer las palabras que le llegaban a los oídos.

—Te conseguiré los mejores médicos. Iremos a Suiza, que allí tienen una legislación algo más liberal. No te va a ocurrir nada, Maria. Para la intervención, tendremos solo a los mejores...

—¿Te has vuelto loco? —exclamó ella—. ¿Cómo se te ocurre proponerme un aborto? No solo es contrario a mis creencias, es que es incompatible con mi personalidad. Además, siempre he querido tener un hijo. ¡Y lo voy a tener!

—Por favor, sé razonable... —le rogó.

—¡Estoy siendo más razonable que tú! —gritó fuera de sí.

—Entiéndelo: ya tengo cincuenta y pico años. Para cuando tu hijo tenga la edad de los míos, ya seré un abuelo.

—¿Mi hijo? —La voz que se le quebró—. Es nuestro hijo. ¡Nuestro!

Los ojos le brillaban como carbones encendidos a pesar de estar mirándolo desde detrás de las gafas. No podía hacerse a la idea de que aquel hombre, al que había conocido como alguien dulce y cariñoso, mostrara en aquel momento semejante frialdad. ¿Tan limitada era su capacidad para preocuparse por los demás? ¿Lo que dura una tarde en la piscina, chapoteando con Alexander y Christina? ¿Era solo una fachada para esconder a un ogro egoísta y necio? Maria no sabía qué le horrorizaba más: su negativa a tener un hijo juntos, la propuesta de abortar o el descubrimiento de su verdadera personalidad.

Se llevó las manos al abdomen. De algo estaba segura: iba a traer a un bebé al mundo. Daba igual lo que Aristo le pidiera. No dependía en absoluto de él, ni siquiera en los aspectos financieros. En lo que a lo demás concernía, si él ya no permanecía a su lado, tendría que recurrir a poderes superiores. La Santa Madre de Dios, su patrona, a la que debía el nombre, se ocuparía de que nada le ocurriera a ella, a Maria Callas.

28

París
17 de noviembre de 1968

Tras la separación de Meneghini, Maria se había refugiado en la soledad de su casa de Milán. Por el contrario, después de que su relación con Aristo se viniera abajo, buscó la cercanía de sus amigos, tanto tras su regreso a París como durante su improvisada gira por Estados Unidos. Escribió incontables cartas a todos sus seres cercanos procedentes de todas partes del mundo. Los informó de su inquebrantable voluntad de tomar las riendas de su destino y de seguir adelante; le contó a quien quisiera leerlo que, dadas las circunstancias, le iba bastante bien, y les agradecía de todo corazón a todos sus compañeros de viaje que estuvieran allí con ella a lo largo del camino.

Así fue librándose de forma paulatina de las peores fases del dolor, y en eso tuvo también gran importancia que su arte volviera a demandar toda su atención. Era como si los directores, productores y empresarios del arte hubieran estado esperando a que se separara de Onassis y volviera a estar libre para satisfacer las necesidades de su público. El buzón se le llenaba a diario de mensajes de la industria musical, el teléfono no paraba de sonar, incluso la ópera de París la quería en una nueva representación de *La traviata*. Incluso le llegaba multitud de ofertas cinematográficas. Toda esa afluencia le alegraba los días, pero también las noches, que dedicaba a comparar los proyectos y propuestas y a valorarlos, como por ejemplo el tratamiento de Pier Paolo Pasolini al mito de Medea en la película que tenía planeada. Una vez más tuvo la sensación de que las dos grandes pasiones de su vida, el arte y el amor, no podían convivir la una con la otra, y de que ahora que Aristo había pasado el testigo, la música tomaba el relevo. Sin embargo, aún no estaba del todo segura de estar preparada para un nuevo comienzo.

Una llamada de Mary lo cambió todo.

Su amiga hablaba con la voz algo entrecortada.

—Estoy en Nueva York y aquí es muy temprano, pero ya me he enterado de la noticia por el *Boston Herald Traveler*. Es mejor que te lo diga tan pronto como sea posible para que no te pille desprevenida cuando te topes con una turba de *paparazzi* en la puerta de tu casa.

Maria miró como un acto reflejo el reloj sobre la estantería de su despacho. Se acababa de levantar, se había pasado la noche entera trabajando en un guion y en Europa era apenas mediodía, por lo que para Mary debían ser poco menos de las seis de la mañana. Le preguntó, algo preocupada:

—¿Qué ha ocurrido?

—Por favor, siéntate y mantén la calma.

Mary suspiró y ella oyó de fondo el sonido de las páginas de un periódico. Entonces, su amiga comenzó a hablar:

—El diario informa en titulares, según fuentes en teoría incuestionables, de que Ari se va a casar con Jackie Kennedy antes de fin de mes. En cualquier caso, la boda se celebrará antes de Navidad.

Todo se volvió borroso. Con la mano que no estaba sujetando el teléfono, Maria se agarró al reposabrazos del sillón en el que estaba sentada.

—Especulaciones —murmuró al tiempo que se avergonzaba por lo quebradizo de su voz—. No son más que especulaciones.

—Lo siento muchísimo —respondió su amiga con tono afectuoso—. Ojalá no estuviera tan lejos y pudiera abrazarte ahora mismo.

Se aferró a la idea de que se trataba de un bulo.

—El *Boston Herald* no es más que un panfleto sensacionalista que publica patrañas para morbosos en las que apenas hay un ápice de verdad.

—Es un panfleto sensacionalista que tiene contactos estrechos con Ted Kennedy.

—Aristo siempre ha negado los rumores —señaló Maria—. Quizá esta vez no sea diferente.

Mientras hablaba, se daba cuenta de que lo que decía no tenía sentido. Era cierto que en el pasado él siempre había dicho que Jackie y él no eran más que amigos. ¡Cuántas veces Maria había tenido que escuchar eso! Ante las preguntas sobre una posible boda, él siempre había replicado diciendo que ya estaba casado. Sin embargo, nadie sabía mejor que ella que eso no era verdad. Y nadie conocía mejor sus excusas.

En octubre de 1959, Tina había presentado una demanda de divorcio, y, tras la sentencia de separación legal, tanto Aristo como ella podían volver a contraer matrimonio. Un par de años después, y para sorpresa de todos, no se casó con su amante Reinaldo, sino con un aristócrata británico. Todo ello para disgusto de los dos niños Onassis, que siempre habían esperado que sus padres se reconciliaran algún día. Alexander y Christina le habían hecho la vida imposible a su «madrastra». A Maria le dolía no haber conseguido con Onassis la familia que siempre había deseado tener. Sin embargo, también sabía que no había paraíso sin serpientes. Lo peor era que jamás había dejado de tener la sospecha de que Aristo no la había llevado al altar porque, durante una discusión, su hijo le había hecho un juramento: «Si te casas con la cantante, no volverás a verme nunca». Tanto ella como Onassis sabían que aquello no había sido una amenaza hueca.

Cuando a lo largo de los años volvían a surgir las persistentes preguntas de los periodistas sobre su boda con la Callas, Onassis respondía, algo irritado, con la misma declaración: «Ya estamos casados». Lo que él quería decir con aquello era que ya convivían como un matrimonio. Aunque sin contrato matrimonial de por medio, sobre todo porque Meneghini seguía esforzándose por torpedear la felicidad de su exmujer.

Año y medio después del juicio en Brescia, presentó una apelación contra la sentencia y exigió la anulación de la separación. Antes no había logrado librarse del todo de su marido, pero, a tenor de las circunstancias, Maria no deseaba bajo ningún concepto que volvieran a arrastrarla a un matrimonio con él. Primero, gracias a una jugada legal maestra, logró que anularan el matrimonio. El proceso, no obstante, exigió años, además de sacrificar su nacionalidad estadounidense en favor de la griega. Aristo y ella habrían podido casarse entonces, pues la Iglesia ortodoxa permite las segundas nupcias. Sin embargo, el deseo de Maria nunca se cumplió. En lugar de eso, los ya adolescentes Alexander y Christina se mostraban cada vez más hostiles con ella. El hecho de que su madre siguiera con el duque de Marlborough hacía que una posible reconciliación de sus padres fuera algo imposible. Sin embargo, para ambos hijos, la culpable de la ruptura había quedado señalada hacía tiempo.

—Maria… —La voz de Mary la arrancó de sus pensamientos—. Te lo pido por favor, hazte a la idea de que este matrimonio se va a celebrar. Si yo no me lo hubiera tomado en serio, no te habría llamado.

Aún enfrascada por completo en sus recuerdos y tan herida como tocada por la noticia, Maria se sentía como sumida en un trance, atrapada entre la angustia y el pánico.

—Me las apañaré —contestó con voz débil.

—Cariño, estoy preocupada. ¡Aguanta, por favor!

Fue entonces cuando la Callas tomó el control de Maria, con toda su fuerza, su perseverancia, su obstinación. Frente a Mary, podía sincerarse; había pocas personas a las que pudiera abrirles el corazón con una confianza tan absoluta. Sin embargo, ella misma quería descubrir de una vez cuán fuerte podía llegar a ser la Callas. Por eso, contestó:

—Me he liberado de una pesadilla llamada amor que era destructiva se mirara por donde se mirara. Ahora acepto la vida tal y como viene. Ese es mi destino.

—Mmm —musitó Mary.

Su amiga parecía ser capaz de leer entre líneas más rápido de lo que a ella le gustaría.

Pero ella no quiso ahondar en aquello. Se obligó a adoptar un tono jovial para preguntarle:

—¿Qué tal están tus hijos?

TRAS LA CONVERSACIÓN con su amiga, Maria se dedicó a vagar sin cesar por el despacho y optó por poner un disco que eligió de entre todos los que ocupaban la estantería. Era una grabación del cincuenta aniversario de la ópera *La sonnambula*, de Bellini, dirigida por Leonard Bernstein, en la que ella misma interpretaba a la protagonista, Amina. Una historia de amor, de celos, de traición. De matrimonio. Una de las pocas óperas que no acababan en asesinato u homicidio. El aria *Ah! Non credea mirarti* era una de las declaraciones de amor más hermosas que había entonado sobre los escenarios. Sin embargo, no estaba destinada a levantarle el ánimo en ese momento. Lágrimas silenciosas le resbalaron por las mejillas, conmovida por la música y consciente, al mismo tiempo, de que no tendría el final feliz de Amina. En su realidad, el hombre al que amaba se casaba con otra y no había nada que ella pudiera hacer al respecto.

Cuando encendió el televisor para ver las noticias de la tarde no solo tenía el corazón roto, sino también los ojos enrojecidos e hinchados de llorar, y los pensamientos tan sombríos que ni tan siquiera los amagos de zalamería de su caniche lograron animarla. En su estado, solo el vino blanco y los tranquilizantes podrían ayudarla. Puesto que no había comido en todo el día, podía tomarse un vaso más sin temor a engordar. Entonces, cayó en la cuenta de que, en realidad, le daba igual terminar pareciendo una matrona. Onassis no iba a volver a verla desnuda, nunca volvería a recorrer con los labios la línea de su cuerpo ni a comprobar la tersura de mármol de su abdomen, logrado gracias a su formación como cantante. No, ahora ya no volvería a verla ni siquiera vestida.

La imagen en blanco y negro llenó la pantalla, pero el volumen era tan bajo que apenas se oía un murmullo. Decidió pedirle un vaso de vino al servicio antes de darles la noticia. Las imágenes de los bombardeos en Vietnam tampoco ayudaban a que se sintiera mejor. Lograría sobrellevar la situación con un buen *bordeaux*.

Llamaron a la puerta.

Sorprendida, alzó la cabeza. ¿Sería posible que Bruna o Ferruccio fueran capaces de leerle el pensamiento?

—¿Sí?

Su viejo mayordomo apareció en el umbral.

—Discúlpeme, *signora*, pero hay una llamada para usted desde Estados Unidos. Es un periodista del *New York Times* que quiere saber su opinión sobre… —Tragó saliva y repitió—: Quiere saber su opinión sobre la inminente boda del señor Onassis con la señora Kennedy.

En el pasado ya hubo un día que ella consideraba como el peor de su vida. Había dado por sentado que ningún otro podría superarlo.

Tomó aliento.

—Sin comentarios. No hablo sobre bodas ajenas. Por favor, dígale eso, Ferruccio. Y tráigame una botella de vino tinto.

Un vaso no sería suficiente para dejarla insensible, para que no pudiera oír nada más ni sentir nada más.

—Muy bien, *signora*. También debería saber que hay un grupo de periodistas que la espera en la calle. Parece que van a echar la puerta abajo.

—Gracias. No creo que hoy vaya a salir más.

En ese momento, dos fotografías iluminaron la pantalla de televisión. Una mostraba a Jacqueline Kennedy; la otra, a Ari Onassis. Maria saltó, más que corrió, los dos pasos de distancia que la separaban del aparato. Subió el volumen como si fuera un técnico de sonido que estuviera comprobando una grabación. Las palabras del presentador resonaron por toda la estancia:

—Desde Nueva York nos llega la declaración de prensa de Nancy Tuckerman, la secretaria personal de Jacqueline Bouvier Kennedy. En ella, confirma el compromiso matrimonial entre la viuda del presidente y el armador griego Aristóteles Onassis. La fecha y el lugar de la ceremonia no se han fijado aún, pero se producirá en las próximas semanas.

Le seguía una grabación de la rueda de prensa protagonizada por la elocuente secretaria que, en su papel de portavoz de la madre de la novia, anunciaba las inminentes nupcias con una pompa del todo arcaica.

«¡Qué ridículo! —fue lo primero que pensó Maria—. Ridículo y chapado a la antigua.»

Onassis ya no era ningún mozalbete y Jackie Kennedy tenía dos hijos. Que la madre de la novia anunciara el compromiso de esa manera, como era tradición entre los jóvenes prometidos de familias prominentes, le pareció artificioso y en absoluto tan refinado como pretendían hacerlo ver. En la pantalla, de lo único de lo que hablaban era de los niños Kennedy: la hija, Caroline, tenía once años; el hijo, John Junior, apenas ocho. Le pareció curioso que los dos huérfanos tuvieran exactamente la misma edad que Alexander y Christina cuando ella había entrado en la vida de Aristo. ¿Ejercería de padrastro para ellos? No pudo evitar preguntarse qué opinión les merecería la nueva mujer de su padre a los hijos de Aristo. Como era lógico, no estarían encantados. Alexander, que había cumplido ya los veinte, sin duda estaría fuera de sí; su hermana probablemente reaccionaría con más delicadeza, pero con una hostilidad similar. ¿O habría sido suficiente para ellos que hubiera abandonado a la cantante a la que culpaban de la separación de sus padres? ¿Quizá Jackie, con sus hijos pequeños, sería más tolerable para los mayores?

«Los hijos son una alegría —pensó Maria—. La mayor de las alegrías, tal vez. Pero Aristo tiene ya sesenta y tantos, podría ser el abuelo de Caroline y John Junior. ¡Menuda farsa!»

29

París
18 de octubre de 1968

Maria se despertó con un punzante dolor de cabeza. Además, tenía el estómago revuelto y las náuseas le subían por la garganta. «Demasiado vino», pensó, y se levantó el antifaz de seda con el que se tapaba los ojos para dormir. Prefería no acordarse de todas las pastillas que se había tomado. Era casi un milagro que siguiera con vida y en su propia cama en lugar de estar haciéndose un lavado de estómago en el Hospital Americano.

Se echó con pesadez a un lado y accionó el cordel que había sobre la mesilla. Le resultaba imposible levantarse y llamar a Bruna, pero su doncella acudiría en cuanto oyera el timbre.

¿Se sentiría mejor después de un baño? A lo mejor la solución era esa, ahogarse. Rio con amargura. Justo ella, que había aguantado cada tormenta en el *Christina* sin el más mínimo atisbo de mareo. No, ella no se hundiría. Al menos no en una bañera. Una genuina novia de marino. Cuando cayó en la cuenta de que ese puesto le correspondía ahora a otra mujer, apretó los dientes con tal fuerza que le chirriaron. Sin embargo, aquello no impidió que se le escapara un grito lastimero de animal herido.

En cuanto Bruna apareció, Maria le pidió un café.

—Y, por favor, consígame todos los periódicos que pueda encontrar. También las publicaciones internacionales. Sobre todo esas.

Querer leer lo que la prensa había escrito sobre la publicitada boda de Jacqueline Kennedy y Onassis era una estupidez. Sin embargo, se sentía atraída como por arte de magia por las malas noticias.

Por otra parte, si lo analizaba con frialdad, también quería saber qué contaban para así poder estar preparada para las preguntas de los *paparazzi* que, más pronto que tarde, terminarían por llegar hasta ella. No podía ocultarse en su casa para siempre.

Poco DESPUÉS DE que Bruna le sirviera el deseado café en la cama, Ferruccio le llevó un fajo de periódicos que había obtenido en el quiosco de Trocadero, donde se podían conseguir las publicaciones de actualidad de los Estados Unidos, Italia y Grecia. Mostraba un semblante preocupado mientras apilaba sobre la cama los periódicos, como le había pedido Maria. Después, se retiró en silencio.

Ella se inclinó sobre los ejemplares en lo alto del montón, lo cual fue un error, como no tardaría en darse cuenta. Con la inclinación, la cabeza empezó de inmediato a zumbarle, se mareó y se le nubló la vista, aunque llevaba las gafas puestas. A pesar de todo, fue capaz de reconocer a la perfección a los protagonistas de los diarios, que le sonreían desde la portada. La esperada boda causaba sensación en la prensa internacional.

Se dominó y extendió todos los periódicos frente a ella sobre la cama. En el fondo, todos los artículos decían lo mismo. Citaban la rueda de prensa de Nancy Tuckerman, así como una declaración de Onassis que había obtenido uno de los periodistas apostados en el hotel Grand Bretagne de Atenas. Aristo confirmaba su intención de casarse con la viuda del presidente y añadía que le había hecho la petición por teléfono.

Maria estalló en una carcajada irónica. Durante su relación con Onassis, a pesar de todos los errores, él se había comportado como un auténtico romántico, puesto que era un hombre emotivo y sensible. ¿Y esa era la misma persona que ahora hacía propuestas de matrimonio por teléfono? Qué... mísero.

—Exacto, mísero —exclamó complacida de haber encontrado la palabra adecuada para una situación tan anodina.

En el *New York Times* decían: «*Miss* Callas declinó ayer por la tarde desde París, donde reside en la actualidad, hacer ningún tipo de comentario sobre las noticias de la boda».

«Bien», pensó, satisfecha por fin.

En el periódico griego *Naftemporiki*, el diario económico ateniense especializado en cuestiones navales, encontró una nota de prensa de la hermana mayor de Aristo. Al parecer, Artemis había anunciado en algún momento de la tarde del día anterior en Glyfada que la boda se celebraría en Skorpios y que la familia Onassis estaba encantada con el enlace.

«Kokoromiali», fue lo primero que pensó Maria. Menuda cretina.

Nunca llegó a aceptarla de verdad. Era de esperar que la hermana de Aristo se posicionaría con claridad a favor de su nueva cuñada. Tina y su herencia, venidas de una de las mayores familias de armadores, le habían proporcionado a Artemis valiosos contactos empresariales y la viuda de un presidente estadounidense procedente de una de las mejores familias de Boston sin duda haría lo propio. Sin embargo, una cantante, aunque fuera la más famosa del mundo, solo era una artista, alguien que se subía a un escenario para entretener a los demás. De cara a satisfacer los deseos de prestigio social de Artemis no era nadie.

Por primera vez desde su regreso de Nueva York, a Maria se le volvió a pasar por la cabeza la idea de vengarse de Onassis y, por extensión, de toda su familia. Por lo menos, de una abanderada de la decencia como Artemis, cuyo encantador marido perseguía a cuanta mujer tenía cerca como un perro encelado detrás de las hembras. Maria había sido parte de aquella familia el tiempo suficiente como para conocer todas sus miserias.

El teléfono de la mesilla de noche comenzó a sonar. Cuando Ferruccio le redirigía la llamada era porque se trataba de una conversación privada. Así pues, Maria descolgó el teléfono y se lo llevó al oído.

—¿Sí?

La línea sonaba como un crujido. Entonces, se oyó una voz grave que conocía a la perfección.

—Maria, soy Ari. ¡Necesito tu ayuda!

La habitación empezó a dar vueltas alrededor de ella. Abrió y cerró la boca sin poder articular palabra.

—¿Sí? —fue lo único que logró por fin articular con los labios resecos.

—Por favor, ven ahora mismo a Atenas. ¡Tienes que salvarme!

Era absolutamente incapaz de comprender qué podía querer de ella. Sin embargo, el sonido de su voz se le clavaba dentro.

Como no le contestaba, él se apresuró a insistir:

—¡Por favor, no cuelgues!

—No —se oyó decir a sí misma, para su sorpresa, aunque sabía que debía poner fin a esa conversación de inmediato.

La razón se lo exigía a gritos. Sin embargo, el corazón quería seguir hablando con Aristo y no dejar de hacerlo nunca.

De nuevo, se encontró con que su voz adquiría voluntad propia:

—No. No te cuelgo. Te escucho.

—He cometido un error —exclamó él—. Tú sabías que era un error, pero no lo he averiguado porque tú me lo dijeras. Me han dado gato por liebre.

Maria no pudo reprimir las carcajadas. El que un empresario tan experimentado como Aristóteles Onassis se dejara engañar era algo casi inconcebible. Si así había sido, entonces era el mejor chiste que había oído nunca.

Él ignoró su ataque de risa y prosiguió:

—Tenía a la familia Kennedy al completo detrás de mí, incluidos sus abogados de Nueva York. Costa Gatsos te lo confirmará. Jackie me preparó el anzuelo con la ayuda de Ted Kennedy y yo he picado como un pez. Pero esta vez han ido demasiado lejos. Los Kennedy informaron a los periódicos antes de que Jackie llegara a hablar conmigo. ¿Qué pinto yo en esa boda de la que habla todo el mundo? Yo no quiero nada de esto.

¿Era autocompasión lo que se oía? ¿O quizá una disculpa por la forma en la que se había comportado? Sí y no. Maria calculó en silencio cuánto tiempo llevaba esperando a que él le diera una explicación. Casi tres meses. Un cuarto de año. Mucho tiempo. No es que la separación le hubiera hecho ningún bien, pero hasta cierto punto comenzaba a recuperarse del impacto que le había supuesto todo aquello. ¿De verdad iba a permitir que todo volviera a empezar otra vez? ¡Sí, sí, sí!

Aunque había otras muchas cosas que quería decirle, se le escapó:

—¿No te parece que es con *miss* Kennedy con quien deberías hablar de esto? Es un poco difícil que yo pueda anular tu boda.

—No quiero perjudicarla, Maria. Tiene dos hijos pequeños. Caroline y John no deberían pasar por el escándalo al que yo sometí a mis propios hijos. No puedo hacer eso.

—Entonces, ¿qué es lo que quieres?

—Me gustaría que vinieras ahora mismo a Atenas. Cuando Jackie te vea aquí, se pondrá furiosa y volverá de inmediato a Estados Unidos. Tu presencia hará que anule el compromiso.

Si bien hasta entonces había hablado con frenesí en la voz, su tono adoptó en ese instante el cariz confiado y controlador que ella sabía que utilizaba cuando hacía negocios. A todas luces, estaba encantado con el acuerdo que le estaba proponiendo.

Maria se dio cuenta de que en ningún momento había mencionado que quisiera volver con ella. La necesitaba como componente en una estratagema de *fait accompli*, pero ni siquiera se disculpaba por lo que había hecho ni parecía preocuparle en lo más mínimo. En lugar de eso, en lo único en lo que pensaba era en la reputación de los Kennedy y en la integridad moral de las dos criaturitas, que fue lo que terminó por colmar el vaso. ¡Cómo era capaz de hacerle aquello!

—¿Quieres que haga de caballo de Troya para ti? —preguntó, y su voz adquirió un tono gélido—. No pienso hacerlo. Tú solito te has metido en esta situación. ¡Mira a ver cómo sales ahora!

Antes de que pudiera contestar, Maria cortó la comunicación de golpe al apretar la horquilla con la mano. El tener que incorporarse para colgar el auricular le habría llevado demasiado tiempo, y entonces, de haber tenido solo un minuto más para hablar con Aristo, es probable que se lo hubiera pensado dos veces. A pesar de todo, no experimentó la más mínima sensación de triunfo por haberlo rechazado, solo rabia y una tristeza infinita.

Haciendo acopio de todas sus fuerzas, se levantó de la cama y sintió que una docena de cuchillos se le clavaban en la cabeza. Sin embargo, la ira le daba las fuerzas de una furia, y así había ocurrido en las numerosas ocasiones en que había interpretado a Medea, además de aquellas, fuera de los escenarios, en que se le había agotado la paciencia. Agarró el teléfono y tiró de él hasta que logró arrancar el cable del enchufe, lo que le llevó algún tiempo, pues estaba bien fijado a la pared. No le importaba que se produjera un cortocircuito ni recibir una descarga eléctrica. No ocurrió ninguna de las dos cosas. Maria arrojó el teléfono al otro extremo del dormitorio, donde se hizo pedazos contra una esquina en mitad de un fuerte estruendo.

Después volvió a la cama. Sin embargo, para su sorpresa, no lloró.

No SABÍA CUÁNTO tiempo llevaba ahí tendida, intentando no pensar en nada, sin conseguirlo. La inundaban demasiados recuerdos, pero era la consideración de Aristo hacia el hecho de que la Kennedy fuera madre de dos hijos lo que la turbaba más que ninguna otra cosa. La adoración a María, madre de Dios, estaba profundamente enraizada en la Iglesia ortodoxa griega, lo que podría explicar su comportamiento. Al fin y al cabo, Aristo había perdido a su madre muy pronto y él mismo era un padre que había tenido que sufrir agrios conflictos con sus hijos desde que se había separado de la madre de estos. Además, también había vivido el fallecimiento de un pequeñín, algo que Maria no olvidaría jamás.

Llamaron a la puerta.

—*Signora* Callas —llamó el mayordomo—, tiene una llamada telefónica. No sé por qué no funciona, pero no he podido redirigírsela. Su línea comunica. *Mister* Burton le ha llamado ya tres veces desde el hotel Plaza Athénée.

Se llevó la mano a la dolorida frente. Notaba los dedos fríos, pero la piel le ardía. Se masajeó las sienes, aunque aquello no le sirvió para aclararse las ideas.

—¿Burton? ¿Qué Burton?

—*Mister* Richard Burton. El actor.

Lo conocía, por supuesto. Richard Burton y su mujer, Elizabeth Taylor, no solo eran vecinos de Aristo en el The Pierre de Nueva York, también habían sido huéspedes en el *Christina* en el pasado, cuando ella aún estaba con él. Burton siempre le había caído bien, a Maria le gustaba su encanto británico.

—Dígale que ahora voy —exclamó, aunque no estaba segura de cómo iba a lograr salir de la cama y llegar hasta el teléfono del despacho con la cabeza zumbándole de aquella forma.

Para su sorpresa, lo consiguió al primer intento. Se colocó una bata por encima y se dirigió hacia allí, donde echó un vistazo al espejo. Su aspecto la horrorizó. Le entraron náuseas, que igual podían deberse a sus condiciones físicas como a su reflejo en el espejo. Agarró, titubeante, el auricular que Ferruccio le ofrecía.

—Maria Callas —se presentó.

—Soy Richard —respondió la voz al otro lado de la línea—. Te llamo porque me imagino que te vendrán bien algunos ánimos.

Había leído los periódicos. Seguro que también había visto la televisión. Y ¿por qué no?, lo más probable era que para entonces el mundo entero supiera que Aristóteles Onassis iba a casarse con la Kennedy. No con la Callas. Sus náuseas se recrudecieron. Necesitaba un calmante con urgencia.

—Bueno, tengo mucho que hacer —suspiró.

—A lo mejor puedes hacer un hueco para mañana por la noche. Le he pedido a Rex Harrison que te invite a la *premier* de su nueva película. Un mensajero te llevará la entrada. Es una adaptación de una obra teatral, *La mosca tras la oreja*, una comedia adorable, nos lo pasaremos bien. Además, luego está la correspondiente fiesta de presentación y después iremos todos al Maxim's. ¿Qué te parece? ¿Quieres venir?

La propuesta sonaba maravillosa, pero no se sentía preparada para dar un paso tan grande. Sola no. Sin el hombre al que tanto había amado. Con la conciencia de que no había alma que no supiera con quién se iba a casar Aristo.

Entonces, en ese instante, pensó que ninguna mujer tenía derecho a ser más famosa que la *diva assoluta*.

—Sí, yo… —comenzó a balbucear.

Sin embargo, él la interrumpió con cordialidad.

—Ponte guapa, Maria. Mañana tienes permiso para hacerle sombra incluso a Liz. *Lumpy* no pondrá ningún reparo.

Ella rio. No tanto por el divertido apelativo cariñoso con que se había referido a Elizabeth Taylor, *gordinflas*, como de puro alivio. Existían más seres humanos aparte de ella que no le rendían pleitesía a *mistress* Kennedy. Daba igual lo que Aristo decidiera o si al final la boda se celebraba o no; ella tenía amigos famosos que la apoyaban. Gente que la quería bien. Había llegado el momento de demostrárselo al mundo. Y, sobre todo, de restregarle a Aristo lo que había rechazado con tanta facilidad.

30

París
21 de octubre de 1968

La Callas había vuelto. Resplandeciente. Majestuosa. Admirable. Etérea, como si flotara.

Maria había tardado más de veinticuatro horas en recuperar la forma, al menos en lo que a su apariencia se refería. No podía decir lo mismo de su corazón roto y de su alma destrozada, pero, no en vano, era una intérprete. Así pues, en el *théâtre* Marigny, y, a continuación, en Maxim's, interpretó el papel de su vida. En el estreno de *La mosca en la oreja*, fue como si todo el mundo hubiera hecho un pacto por evitar cuestiones espinosas. Ni uno solo de los invitados a la *premier* le habló de la esperada boda, aunque por supuesto todo el mundo lo sabía. Más tarde, bebió, bailó y se divirtió como si nada hubiera ocurrido, lo que le permitió absorber una cantidad ingente de energía, como cuando afrontaba una ópera. No sabía cuál de los dos ejercicios era más exigente.

La prensa se arremolinó en torno a ella. Bajo la luz de los focos que decoloraban la alfombra roja, los *flashes* de las cámaras no resultaban tan terroríficos como en otros sitios, aunque Maria debía mantener los ojos entrecerrados, porque tanto resplandor la cegaba. Los periodistas la asediaron a preguntas sobre la inminente boda, pero ella se sabía de memoria el guion de sus respuestas.

Con voz firme y sosegada, y una sonrisa en los labios, contestó:

—Lo sabía desde hacía tiempo. Onassis me lo había contado. En lo que a mí respecta, estoy feliz, y yo siempre me alegro cuando otros son felices.

Ya en la oscuridad de la sala de cine, se relajó.

Lo cierto era que no se creía esa boda. Aristo la había llamado tan desesperado y al mismo tiempo había sonado tan convencido que estaba segura de que terminaría por cancelarse. Durante los casi noventa minutos en los que pudo aprovechar para calmarse, se preguntó cómo reaccionaría si volviera a cruzarse con él. Sin embargo, conocía bien la respuesta: a pesar de todo lo que había ocurrido, lo amaba. Lo perdonaría. Y, cuanto más pensaba en ello, más crecía su esperanza.

No hizo falta mucho esfuerzo para que el resto de la velada fuera una fiesta de lo más animada para la Callas.

Dos DÍAS DESPUÉS, sus fotos aparecieron en toda la prensa mundial. Al siguiente, con titulares aún más destacados, se publicaron las de Jacqueline Kennedy y Aristóteles Onassis en su presentación como pareja recién casada, nada más salir de la capilla de Skorpios.

«Siempre seguirán apareciendo días que me parecerán los peores de mi vida», pensó Maria.

31

Milán
30 de marzo de 1960

SOÑÓ CON SU *madre.*

Hacía diez años que se habían visto por última vez. Por aquel entonces, Maria cantaba Aida *en Ciudad de México y había invitado a Evangelia. Como era lógico, le pagó el vuelo desde Nueva York, así como la habitación de hotel, pero cada céntimo merecía la pena con tal de mostrarle a su madre el éxito que había alcanzado como soprano. La Callas había triunfado en su gira sudamericana, por lo que Evangelia tenía que formar parte de las ovaciones y sentirse orgullosa de ella, satisfecha de una vez con todo lo que su hija pequeña había logrado. Sin embargo, por grande que fuera el anhelo de Maria por lograr el reconocimiento de su madre, esta era incapaz de amar a nadie que no fuera Iacinthy. Era lo mismo de siempre; Maria podía esforzarse hasta el límite de sus fuerzas, pero nunca sería suficiente. Mientras la crítica elogiaba su actuación, su madre le ponía reparos. Quería reconvertir el abrigo de pieles con el que Maria pretendía obsequiarla en dos estolas de visón para que la hermana mayor pudiera disfrutar también del regalo. Terminó por exigir que le consiguiera un anillo de diamantes a su hermana, a pesar de que Meneghini le había comprado dos y con uno ya tenía más que suficiente.*

En ningún sitio parecía estar a salvo de Evangelia. Su madre parecía querer perseguirla incluso hasta la casa que quería comprar en

Suiza con Aristo. Era su «proyecto suizo», como le gustaba llamarlo: una casa en las montañas, rodeada de lagos, que pudiera convertir en su futuro hogar familiar. Aristo había dicho que en Suiza era donde un niño podría criarse más seguro. Su hijo. Entonces su madre, la abuela de la criatura, se había presentado allí para destruirlo todo...

—¡María!

Aunque no hablaban desde hacía diez años, supo de inmediato que no era la voz de su madre. El tono no se correspondía con las imágenes que tenía en la cabeza, a pesar de sonarle muy familiar.

—¡*Signora* Lengrini, por favor, despierte!

Aquel nombre extraño la devolvió por fin a la realidad. El recuerdo de su madre solo había sido un sueño. Un sueño terrible, demasiado real. Era algo frecuente con las anestesias. Se sentía débil y somnolienta, le resultaba difícil mantener los ojos abiertos, pero por fin recordó dónde estaba y por qué.

Sentía los labios resquebrajados y la garganta reseca. Sin embargo, logró hacer la única pregunta que era importante para ella en ese momento.

—¿Cómo está mi bebé?

—El *dottore* Palmieri la verá de inmediato —respondió la voz femenina que se había referido a ella con pseudónimo.

Era lógico que dejaran al experimentado médico la labor de dar las buenas nuevas, en lugar de que la tarea recayera en una enfermera a quien ni siquiera se había informado oficialmente de su verdadera identidad. Aunque, con toda probabilidad, había reconocido a la diva. Sin embargo, se ceñía a las reglas y a los nombres falsos, lo que tranquilizó a Maria.

Se había registrado como Maria Lengrini en la recepción de la clínica privada Dezza. Era una medida de precaución, para guardar las apariencias. No solo pretendía que la prensa no se enterara de que iba a traer un niño al mundo; tampoco quería que Meneghini llegara a saber de su embarazo por ningún canal y pretendiera así ejercer derecho alguno sobre un bebé que no era suyo bajo ningún concepto. Además, la sentencia de divorcio de Aristo aún no era firme, por lo que, de momento, lo mejor era mantener a Tina al margen.

Maria había logrado guardar el secreto de manera excepcional. Frente a Bruna y Ferruccio, no había podido ni querido ocultar los cambios en su cuerpo ni en su personalidad. Sin embargo, con la excepción de sus dos trabajadores domésticos y de Aristo, no había ningún otro ser humano que compartiera con ella la mayor alegría de su vida. Dado que había evitado las actuaciones en público desde el otoño anterior y ya no pisaba los escenarios, nadie se había dado cuenta de que un niño crecía en su vientre. Rechazó las ofertas de interpretar *Medea* en París, y lo mismo ocurrió en Covent Garden y en La Scala. Por primera vez en la vida, quería concentrarse solo en su vida privada, no deseaba nada más que poder ser mujer y madre.

Con el tiempo, Aristo se había recuperado del *shock* de volver a ser padre y había comenzado a hacer planes para su hijo. Aunque le había dejado claro a Maria que Alexander sería su único heredero, le garantizaría a su nuevo descendiente la tranquilidad económica, como hacía con su hija. No contento con eso, también le prometió que se implicaría igual que ella en su educación, e incluso le propuso comprar una casa en Suiza en la que el niño pudiera crecer. Su hijo. Maria estaba convencida de que le daría un varón a Aristo. Pensaron juntos el nombre. Homer, como el tío de él. Alexander también se llamaba como uno de sus tíos. Además, era un nombre que podía traducirse con facilidad al italiano, aunque en ese país no se utilizara con frecuencia.

Maria recordó sus conversaciones sobre el futuro. Su futuro. Era increíble la forma en la que el *tempo* de su vida había cambiado en solo un año; ahora parecía el *allegro* de una pieza, la sección más rápida y animada. Con la imagen de los últimos meses aún en la memoria, una sensación de bienestar se extendió por todo su cuerpo. Entonces, el agotamiento volvió a apoderarse de ella. Quería dormir, solo dormir...

—¡*Signora* Callas! —dijo una voz que esa vez reconoció con claridad como la del *dottore* Palmieri.

Sumida como estaba en sus pensamientos, no había oído llegar al médico. Estaba de pie, junto a su cama, e intentaba evitar que volviera a quedarse dormida. Abrió los ojos, pero no podía distinguir la expresión en su rostro sin las gafas puestas.

—¿Cómo está mi bebé? —Cada palabra que emitía le hería la garganta.

—Por desgracia, debo informarla de que... —El doctor se interrumpió, indeciso, antes de continuar—: *Signora* Callas, lo lamento mucho, pero su hijo ha muerto. Solo ha vivido dos horas. Sus pulmones no funcionaban bien.

La pesadilla. Todavía estaba aturdida por la anestesia. El miedo que la había atenazado ante la posibilidad de un parto convencional, que la había llevado a solicitar una cesárea, se había manifestado de forma tan clara en su consciencia como el nombre falso que había dado al personal del hospital. La fecha para la intervención que había acordado con el médico, con el convencimiento de que ocho meses de embarazo eran suficientes. Así podría sorprender a Aristo con su hijo recién nacido para cuando volviera de su crucero por las islas Canarias con Winston Churchill. Lo tenía todo tan bien planeado...

—*Signora* Callas, ¿ha oído lo que le he dicho?

Hizo un ligero movimiento y experimentó un dolor paralizante en el bajo vientre. Entonces, sintió que una mano le apretaba los dedos con fuerza. Ni siquiera se había dado cuenta de que tenía los brazos cruzados sobre las sábanas. «Como los de un muerto», pensó.

—Lo lamento profundamente —le aseguró el *dottore* Palmieri—. Nuestra clínica no está preparada para este tipo de emergencias, pero hemos hecho todo lo que hemos podido. Ya había una ambulancia de camino para llevar a su hijo a una unidad pediátrica especial, pero era demasiado tarde.

Estructurar todo lo que el médico le decía en un discurso ordenado le costaba un esfuerzo inabarcable. Eran frases pegadas las unas a las otras, cuyo contenido solo captaba de vez en cuando. El cerebro le funcionaba con lentitud, como si estuviera paralizado. No entendió lo que estaba ocurriendo hasta que reconoció a Bruna, que la tomaba de la mano. Su doncella y confidente estaba sentada junto a ella con expresión hermética. Tenía las mejillas empapadas en lágrimas.

—¿Homer está muerto? —Era una pregunta, una afirmación y una exclamación, todo al mismo tiempo.

—Lo siento mucho, muchísimo —repitió el médico.

Todo se volvió negro. La cama de hospital comenzó a dar vueltas como un carrusel. Maria intentó aferrarse a Bruna e incluso llegó a precipitarse hacia delante al sentir que caía en un profundo y oscuro pozo. Entonces, perdió el conocimiento.

EL ABOTARGAMIENTO POR la medicación que le inundaba las venas y la mantenía con vida. El médico, las enfermeras que se afanaban a su alrededor en muda preocupación. Bruna, que permanecía noche y día a su lado, casi sin descanso. Maria se sentía como atrapada en el vacío. Una operación tan difícil no carecía de secuelas físicas y la muerte de su hijo la había arrastrado hasta el abismo. ¿Habría llegado la hora de dejarse ir, de despedirse de la vida para siempre? Quería llorar, pero no podía. Quería rezar, pero no encontraba la manera de llegar hasta Dios. En el fondo, ya ni siquiera era capaz de pensar.

Cuando la ingresaron, había solicitado un teléfono privado en su habitación. Tras todos los acontecimientos, se había olvidado del aparato que aguardaba sobre la mesilla, por lo que el agudo sonido del timbre la asustó y la arrancó del eterno ciclo de somnolencia, tristeza infinita y desesperación profunda en el que se encontraba sumida. Agitó, aturdida, la cabeza.

Tras el tercer tono, Bruna descolgó.

—¿Sí? —dijo, y la dureza inicial de su voz cambió, se suavizó ligeramente—. Sí, *signor* Onassis. Está aquí. Se la paso.

Sin más comentarios, le tendió el auricular.

—Maria, ¿qué ha ocurrido? —Entre los sonidos típicos de una llamada desde el mar, ella reconoció un timbre de profunda preocupación en la voz de Aristo—. He intentado llamarte a casa, pero Ferruccio me ha dado este número. ¿Qué tal estás?

Era evidente que se encontraba a bordo, no en tierra firme, sino en alguna isla. Lo vio como si lo tuviera delante, en la sala de radio que, a esas alturas, conocía tan bien, quizá con el capitán al lado. Con toda probabilidad, su amado se lo estaba pasando bien en el barco. El viaje no iba a tardar en verse empañado. Durante un instante, se planteó si debía contarle la verdad. Sin embargo, él insistió:

—Maria, ¿por qué estás en el hospital? ¡Dímelo!

—Nuestro hijo ha muerto al nacer —admitió.

Le costó pronunciar cada palabra. No era solo el contenido lo que la destrozaba. Tras la operación, no podía beber nada, tenía la garganta seca y dolorida, y su voz era solo un graznido.

Silencio. Ruido de fondo.

Por miedo a que quizá él no la hubiera entendido, lo intentó otra vez.

—Homer está muerto. Solo ha vivido dos horas. Alexander sigue siendo tu único hijo.

Al principio parecía que la línea se había interrumpido. Después, se oyeron respiraciones profundas y entonces ella comprendió que lo que estaba oyendo eran sollozos contenidos. Aristo estaba llorando.

En ese momento, también sus ojos se inundaron de lágrimas.

Apretó el auricular como si fuera su mano y lloraron juntos su pérdida.

32

París
Octubre de 1968

Las noticias sobre la boda de Onassis lo cambiaron todo. A Maria le afectó profundamente. No eran solo los celos, era la decepción. Aristo no solo había tenido la desfachatez de admitir sin reparos que en realidad no quería casarse con Jacqueline Kennedy, sino que, además, le había mentido con todo el descaro. Al verlo en retrospectiva, recordaba que la había llamado desde Atenas, lo que era el golpe de gracia. Sin embargo, a pesar del *ko* técnico, no cayó a la lona. Se tambaleó, pero no cayó. Por el contrario, había llegado el momento de la venganza.

Mientras el mundo entero era testigo de cómo la feliz pareja disfrutaba de su luna de miel a bordo del *Christina*, en Maria se desataba una tormenta de emociones. En pleno apogeo de su furia, agarró el teléfono y llamó a Mary a Dallas.

Las dos amigas hablaron de esto y aquello, por supuesto también del matrimonio Onassis, hasta que por fin Maria, de forma deliberada pero casual en apariencia, añadió:

—Todo esto me habría resultado mucho más fácil de sobrellevar si no me hubiera hecho aquel aborto.

Mary reaccionó con consternación.

—¿Qué? ¿Qué aborto?

—¿No te lo había contado? —dio la impresión de indignarse ante su propio descuido—. Bueno, es que es una cuestión que me he guardado durante años porque me resultaba demasiado dolorosa. —Tomó aliento y afirmó con voz temblorosa—. Aristo me obligó a abortar. Hará un par de años. No quería tener más hijos, sobre todo no quería ningún varón que le hiciera sombra a Alexander.

Ya estaba. Había hecho lo que tenía que hacer para avergonzar a Aristo. Había vuelto contra él las mismas armas con las que había tratado de destruirla: las mentiras.

—Pero ¿por qué? Es decir, ¿por qué nunca habías dicho nada? ¡Es horrible! ¡Increíble!

En realidad, mientras planificaba su venganza, albergaba serias dudas sobre si su versión sería creíble, por lo que le sorprendió que Mary no dudara del supuesto aborto ni durante un segundo. Al fin y al cabo, su mejor amiga debía saber que ella jamás habría consentido en realizarse una interrupción del embarazo, daba igual lo que Onassis quisiera. Aunque Mary no supiera jamás nada de aquel pequeñín incapaz de respirar por sí mismo, aun así, debía conocer lo profunda que era la fe de Maria. Podía pasar por alto que siempre había deseado tener una familia propia y conservado la esperanza conseguir una, pero no el hecho de que la Iglesia prohibía la interrupción voluntaria del embarazo. Sin embargo, en aquel momento, Mary parecía ciega a toda explicación racional. Su amiga la creía sin concesiones.

—Ay, sí —suspiró Maria—. No puedo ni pensar en lo mucho que me arrepiento del aborto. Sacrifiqué por él la mayor alegría de mi vida. Ahora estoy sola. Sola por completo. Me ha abandonado por otra, y yo, por su culpa, renuncié a mi hijo.

—¿Cuándo ocurrió eso? Ojalá hubiera podido estar allí contigo.

—Oh... Hará un par de años...

Por alguna razón, se resistía a decir la fecha concreta de su embarazo para darle aún más credibilidad a la invención.

—Me da mucha pena —afirmó Mary con un candor y una sinceridad que podían percibirse a miles de kilómetros de distancia por una línea telefónica—. Ari es un cerdo. No hay otra cosa que pueda decirse de él.

Satisfecha ante tal éxito, pidió después conexión con un número de Manhattan. Lo más probable era que los Gatsos hubieran estado en Grecia para celebrar la boda con Onassis y la Kennedy, pero para entonces Anastasia ya debía de haber vuelto a casa. Maria tuvo suerte.

—Ha sido una boda memorable —la informó la mujer del socio empresarial de Ari en Nueva York—. Sin embargo, Maria, ya te digo yo que, sea lo que sea lo que haya en juego con todo eso, no es amor. Ari y Jackie no parecen tenerse ni siquiera cariño. No se tomaron de la mano ni se besaron ni una sola vez desde el «sí, quiero».

—Yo… —comenzó a decir Maria, que no quería conocer ninguno de esos detalles.

Sin embargo, Anastasia estaba efervescente como la botella de Perrier sobre el escritorio de la diva.

—Los hijos de Ari están horrorizados, como es lógico. Alexander está fuera de sí. Lo único adorable de la boda fueron los niños Kennedy, que son un auténtico encanto. En cualquier caso, toda la ceremonia daba una cierta impresión de apatía, como si lo que estuvieran cerrando fuera un acuerdo comercial. En Wall Street se dice que la familia Kennedy ha tirado de todos los hilos que ha podido para casar a Jackie con Ari. Incluso hicieron que las primeras noticias se publicaran sin que ellos dos lo supieran, para forzar las cosas. Hay quien llegó a insinuar que a él lo ha pillado totalmente desprevenido. Sin embargo, es probable que eso solo sean habladurías malintencionadas de gente que no lo quiere bien.

El eco de un recuerdo resonó en la mente de Maria. La voz de Aristo por teléfono mientras le contaba que le habían dado gato por liebre. Era posible que le hubiera dicho la verdad, pero ella lo había dejado en la estacada. Sin embargo, mientras Anastasia le hablaba de los rumores de supuestos contratos millonarios que circulaban por sus círculos sociales, comprendió que la víctima de su romance con la viuda del presidente no era él, sino ella misma. Ella era la que no había tenido ninguna culpa de todo aquel enrevesado drama y no permitiría que la forzaran a aceptar un papel ingrato en él.

—Bueno, pues si solo se trata de un asunto comercial, al menos no tendremos que preocuparnos por la salud de *mistress* Kennedy —interrumpió el chaparrón de su amiga—. No hay ningún riesgo de que algún día se quede embarazada y Aristo la obligue a hacerse un aborto. Como me ocurrió a mí.

—¿Qué? —gritó Anastasia—. ¿Cuándo? ¿Por qué?

Maria repitió casi palabra por palabra toda la historia que le había contado antes a Mary. Una vez más, se sorprendió de la rapidez con que la habían creído. Pensó en la mala imagen que Aristo debía de haber proyectado frente a sus amigos desde que se separaron. Era extraño cómo la reputación de un hombre tan encantador, simpático y generoso como Onassis pudiera cambiar tanto en un plazo de tiempo tan corto por culpa de una nueva conquista, sobre todo a los ojos de las mujeres, incluso aunque estas lo conocieran bien. Lo que Maria estaba contando en ese momento bajo un supuesto pacto de silencio era demasiado emocionante y escandaloso como para no correr como la pólvora, y dejaría por los suelos la imagen de Aristo durante mucho tiempo.

Medea le grita a su querido e infiel Jasón que se vengará a través de la sangre de sus hijos, y que él podrá buscar otra mujer, pero el arrepentimiento no lo dejará jamás vivir en paz. Que ella misma se alegraría de marchar al Inframundo.

Sin embargo, sentía cualquier cosa menos alegría ante su venganza.

Onassis llamó a Maria por sorpresa a París apenas una semana después de la boda. Con toda probabilidad, había oído los rumores que ella había desatado. Como mínimo, Anastasia le habría contado de inmediato la historia del aborto a su marido, y Costa, a su vez, se la habría hecho llegar a Ari. Lo único que sorprendió a Maria fue que el recién casado sacara tiempo durante su luna de miel para hablar con ella.

—Dile que no estoy aquí —le indicó a Ferruccio cuando este le tendió el auricular.

El leal sirviente dudó.

—El *signor* Onassis ha afirmado que sabe que está usted en casa.

¿Sería su destino tener que cruzarse una y otra vez con el hombre al que había amado más que a nadie? Ya iba siendo hora de que, a la vista de todas las pruebas, las diosas del destino dictaran sentencia a favor de Maria. Sin embargo, no ayudaba a su causa que Aristo siempre lograra quebrar la calma que ella se esforzaba tanto por construir.

—No quiero hablar con él. Dígaselo, por favor.

Aunque sabía que hacía lo correcto, la decisión de rechazarlo de nuevo le rompió una vez más el corazón.

Era pronto por la tarde. Sin embargo, se retiró a su dormitorio y se tumbó. Se refugió en la cama y se cubrió la cabeza con las mantas, pero no sirvió de nada. No lograba expulsar la imagen que la perseguía.

—*Signora* Callas —dijo Ferruccio mientras llamaba a la puerta—, por favor, disculpe las molestias. ¿Qué debo hacer? El *signor* Onassis está en la entrada y exige hablar con usted.

A lo mejor Anastasia tenía razón y el matrimonio con Jackie Kennedy no era más que una mentira. Sin embargo, Ari podía haberle puesto fin antes de que fuera demasiado tarde.

Ya estaba harta de sus mentiras. De todas las mentiras. Incluso de las suyas propias, las que habían llevado a Aristo hasta allí.

—No quiero hablar con él y no quiero verlo. ¡Por favor, Ferruccio, haz que se vaya!

Se avergonzaba de haberse vengado. Por otra parte, también le daba miedo la furia con que él respondería.

Lo cierto era que Aristo no estaba dispuesto a dejar que lo despacharan sin más.

Diez minutos después de las últimas instrucciones, el mayordomo volvió a llamar a la puerta del dormitorio.

—El *signor* Onassis está tirando piedrecitas contra la ventana. Se ha hecho fuerte en el sendero del jardín que rodea la casa.

Maria ya había escuchado los chasquidos, pero no lo había relacionado con Aristo. En París, los servicios de recogida de basuras pasaban a las horas más insospechadas. También podrían haber sido manifestantes que arrojaran piedras por la calle. Las protestas estudiantiles llevaban meses desarrollándose, y aunque nunca habían llegado hasta la Avenue Georges-Mandel, eso no significaba que no pudieran abrirse paso hasta allí.

Que Onassis se comportara como Romeo le parecía romántico en cierto sentido. Sin embargo, Maria se sentía demasiado mayor y demasiado melancólica como para salir al balcón a hacer de Julieta.

—¡Llame al portero! —le aconsejó Ferruccio—. Y, si este no logra librarse de él, llame a la policía.

Después de eso, el criado ya no volvió más.

33

París
Noviembre de 1968

MARIA HABRÍA DESEADO no haberse enterado de nada de las primeras semanas del famoso matrimonio. Por desgracia, los *paparazzi* perseguían a Aristo y a la Kennedy a cada paso que daban, y publicaban con todo lujo de detalles su recién estrenada felicidad. Cada vez que leía un periódico, Maria siempre se topaba con ellos. Quiso dejar de leer las noticias, pero se sentía atraída por ellas como por arte de magia. Era como hacía ocho años, cuando se publicó el libro de su madre; en aquel momento, Maria declaró que no había leído ni una sola palabra de aquella farsa. Sin embargo, en realidad no había podido arrancárselo de las manos, aunque se había ofendido con cada palabra. Ahora, de igual manera, cada vez que se encontraba con una foto de ellos dos, quería pasar de página, pero, en lugar de eso, se quedaba enganchada al texto, hasta que terminaba arrojando el periódico a un rincón, presa de la rabia.

Mientras tanto, Aristo no la dejaba en paz. Solo le hicieron falta un par de días para aceptar aquella decidida negativa; sin embargo, apenas un par de semanas después, le envió rosas. Al día siguiente, llegó otro ramo; y otro más después. Las flores confundían a Maria. Le recordaban sus inicios, cuando él la cortejaba, y le resultaba muy difícil creer que aquel fuera el

324

medio elegido para manifestar su enfado por los rumores que ella había iniciado. Poco a poco comenzó a albergar la sospecha de que quizá no sabía nada sobre los rumores del aborto y quería hablar con ella por otro motivo. Pero ¿qué era lo que perseguía? ¿Sería que se arrepentía de haberle roto el corazón una y otra vez? En cuanto ella lograba aumentar la distancia que los separaba, él la recortaba. Sin embargo, mientras tanto, por fin había logrado establecer las relaciones empresariales en los Estados Unidos que siempre había deseado. Aunque no le habían concedido la ciudadanía, su segunda esposa sin duda le habría abierto las puertas a lucrativos negocios entre Boston y San Francisco.

Tras las flores, llegaron incontables llamadas. Cuatro semanas después de la boda, su insistencia se había vuelto tan molesta que Maria había decidido contestar para ahorrarles a Ferruccio y Bruna la ingrata tarea de defenderla de aquel hombre poderoso al que amaba más que a nadie.

—No quiero hablar contigo —le dijo—, así que escúchame sin más, Aristo: se acabó. Tú mismo lo dijiste. Si tu vida no te gusta tal y como es ahora, eso es problema tuyo. Tú lo quisiste así.

—Si cenas conmigo esta noche, podemos hablarlo con calma.

En la voz de Aristo se percibían simpatía, encanto, esperanza. Sonaba casi como si la estuviera cortejando. Desde luego, no como un recién casado.

—Pero ¿es que te has vuelto loco? —chilló ella.

—Te recojo a las ocho. Deberíamos ir a Maxim's; tienen una nueva remesa de caviar recién traída de Irán. Parece que es excelente.

—¿Qué dices? No quiero comer caviar contigo.

—Entonces pide *filet de bœuf*. Sé cuánto te gusta la carne de ternera, sobre todo poco hecha.

Se acordaba de los pequeños detalles. Maria comenzaba a sucumbir a su encanto. Su voz interior dio la voz de alarma y le recordó que conocer sus preferencias culinarias después de nueve años juntos no tenía nada de especial. Sin embargo, la conmovía que quisiera verla a toda costa. Además, ¿qué importaba que quedaran para cenar? No sería más que sentarse en una mesa de su restaurante favorito, a la vista de todo el mundo, para conversar sobre los viejos tiempos. En cuanto quisiera, podía levantarse y marcharse con viento fresco. ¿Qué tenía que perder?

«El corazón», pensó.

—De acuerdo. Estaré a las ocho y media en Maxim's —prometió.

MAXIM'S NO ERA solo uno de los restaurantes más famosos de la ciudad, sino también uno de los más tradicionales. Conservaban el mobiliario original de estilo modernista; incluso la invasión alemana había respetado los revestimientos de las paredes, los espejos, los techos acristalados multicolores y los muebles tapizados de terciopelo rojo, de forma que era posible transportarse de vuelta al mundo un tanto frívolo del *Art Nouveau* en plena *rue* Royale. Maria adoraba aquel lugar, con su atmósfera tan especial, sus elegantes clientes y su exquisita cocina.

Cuando aquella noche atravesó el baldaquino rojo del portal, recordó aquella alegre fiesta en la que le había robado el protagonismo a Elizabeth Taylor. Había sido grandioso. ¿De verdad solo habían transcurrido cuatro semanas? Aquel día había ido ella sola. Hoy, Onassis la saludaba con una copa de champán desde la mesa, lo que no era menos fabuloso.

Era consciente de que los ojos de al menos la mitad de los presentes se volvían hacia ellos. Estaba impecable, con un vestido de cóctel negro, sencillo pero eficaz, y joyería inusualmente discreta que había elegido ella misma para darle un toque menos formal a la cita. Cuando alguien quedaba con un viejo amigo, no hacía falta engalanarse en exceso.

Brindó con Aristo, se rio por la fórmula griega que este había elegido para hacerlo y recordó que llevaba un mes casado con Jackie Kennedy. La sonrisa se le congeló de inmediato y comenzó a dar respuestas menos prolijas a las preguntas que él le formulaba sobre sus planes de futuro. No pidió más que *escargots à la provençale*, pues no tenía intención de comer nada más que unos pocos caracoles, bajos en calorías y ricos en proteínas. En parte por la línea, pero también por los nervios. Sentía una agitación interior solo comparable a la de su primera cita.

—Es probable que el año que viene haga una película —comentó con tono neutro, como si contestara a un periodista durante una entrevista—. Pier Paolo Pasolini quiere hacer una versión del mito de Medea para la gran pantalla y cree que no hay nadie que pueda interpretarla mejor que yo.

—Siempre te he dicho que podías acrecentar tu popularidad a través del cine —replicó Onassis mientras se servía huevas grises sobre una tosta de trigo sarraceno—. ¿Cuándo comenzará el rodaje?

—Debería ser el próximo mayo, en los estudios Cinecittà de Roma.

—Te acompañaré —añadió él con la mayor naturalidad.

Hasta ese momento, ella había agradecido el cambio de tema. Lo miró fijamente.

—¿Cómo dices?

—He dicho que te acompañaré —repitió él con simpatía y una mirada resplandeciente que penetraba incluso sus sempiternas gafas ahumadas—. El cine siempre ha sido un medio que me ha interesado, pero es un mundo con el que, hasta ahora, nunca he tenido relación.

—¿Y qué dirá tu mujer de todo esto? —se le escapó.

Se enfadó consigo misma por sacar a la Kennedy a colación y, con ello, casi invitarla a la mesa, pero no pudo evitarlo.

Aristo se encogió de hombros con indiferencia.

—No lo sé, y tampoco es que me interese. Ya ha vuelto a Nueva York con los niños.

—¿Qué?

—Me dijo que quería irse a casa.

Entonces, bajó el volumen de la voz. Aunque entre ellos hablaban en griego, una lengua que con toda probabilidad entenderían pocos clientes del restaurante, al parecer temía la posibilidad de que alguien lo oyera.

—Hace un par de meses me suplicó que la mantuviera alejada de los Estados Unidos. Después del atentado contra Martin Luther King y del asesinato de su cuñado Bobby en un plazo tan corto de tiempo, temía por sus hijos. Por supuesto, también ella se sentía amenazada. Al parecer, ahora ha cambiado de opinión.

«Me han dado gato por liebre.»

Aquellas palabras de hacía cuatro semanas resonaron en su memoria.

—¿Y tú? —preguntó.

Él sonrió con ironía.

—Yo, aquí estoy. Contigo.

—No es eso a lo que me refiero.

—Jackie me está costando una fortuna. Poco a poco se va volviendo más cara que un petrolero y de verdad que no tengo ni idea de para qué necesita todos los vestidos, los bolsos y los zapatos que se compra. Ahora quiere otro yate mucho más grande que el *Christina*. ¿A que es una locura? Se gasta mi dinero como si entrara en una especie de trance —dijo, y sus últimas palabras adoptaron un tono burlón con el que parecía querer resaltar lo superficiales que le parecían los deseos de su esposa.

Pensativa, Maria jugueteó con los caracoles con el tenedor especial con que se servían. Aunque la mantequilla condimentada emitía un aroma delicioso, terminó por dejar el cubierto a un lado. No quería hablar con Aristo de su vida privada, pero la conversación había tomado una senda en la que era casi imposible evitar la cuestión de su matrimonio. Además, como había admitido en silencio ante sí misma, tenía curiosidad.

—No me has contestado —dijo por fin—. ¿Qué vas a hacer tú? ¿También te mudarás a Nueva York?

—No. No pienso hacerlo. Para mí, la *suite* en The Pierre es más que suficiente. De hecho, prefiero sin duda mis viviendas europeas. París, Atenas, Skorpios. Me gustan mucho más que Manhattan.

Tomó la servilleta, de un tejido blanco inmaculado, y se limpió los labios con suaves toques antes de volver a arrojarla con decisión junto al plato, como si su destino estuviera entretejido en el lino.

—Maria, no la necesito. —Se contuvo, pero después continuó con dulzura—: Lo contrario que a ti. A ti te necesito.

Así de simple. Así de acertado. Así de maravilloso.

Sin embargo, Maria negó con la cabeza. Aristo se comportaba como un niño que rechaza un juguete y luego se piensa que basta con una simple pataleta para volverlo a recuperar. Pensó en las semanas posteriores a su marcha del barco, en lo mal que lo había pasado mientras esperaba en vano noticias de él. Todo lo que había ocurrido no podía arreglarse con solo unas palabras. En sus fantasías, siempre se había imaginado cómo reaccionaría cuando él regresara, pero nunca se lo había tomado realmente en serio. En los libretos, en estos casos, la mayoría de las veces se producía algún giro extraño que hacía posible que los amantes se reunieran al fin. Sin embargo, ¿funcionaría igual la vida más allá de los escenarios? ¿Sería para siempre?

Además, tampoco podía estar segura de que todo aquello no fuera sino un capricho pasajero producido por que se sintiera solo sin Jackie. En cualquier caso, de ninguna manera podía ser tan fácil como él se proponía. ¿Cuántas veces se habían dicho ya aquellas cosas?

—Se acabó, Aristo. Tú lo quisiste así.

—Mmm —murmuró él y añadió—: No te librarás con tanta facilidad de mí.

¿Qué estaba diciendo? Maria tenía el corazón desbocado, pero mantenía una calma aparente.

—Quiero volver a concentrarme en mi carrera.

—Estupendo. Hazlo. Siempre te he admirado por tus éxitos. Aquella vez que cantaste en Epidauro me sentí muy orgulloso de ti. No me refiero al pequeño concierto *entre nous*, sino cuando interpretaste *Norma* delante de quince mil personas. Nunca había vivido una experiencia más hermosa y sublime…

Él siguió hablando del pasado, despertando recuerdos. Maria lo escuchó, se dejó transportar por sus palabras hasta aquellos tiempos, los años más felices de su vida. Por aquel entonces, en su afán de consolarla por el dolor de la pérdida de su hijo, Aristo la había colmado de toda la dulzura, el amor, el cariño y la atención de los que fue capaz. Justo en ese momento, él evocaba los sentimientos de antaño con las viejas historias. Ella le dejó hacer, aunque la inmersión en sus recuerdos no bastaría para insuflar nueva vida al vacío que sentía desde su separación.

34

París
Un año después,
finales de octubre de 1959

MARIA ARREGLABA LAS flores, pero con ello no hacía más que echar a perder la decoración. Los pétalos se le caían constantemente entre los dedos temblorosos.

—¿Por qué estás tan nerviosa? —quiso saber Mary.

—Es la primera vez que Aristo regresa a esta casa —respondió titubeante—. He logrado mantenerlo apartado de aquí durante casi un año. Es cierto que nos hemos visto de vez en cuando, pero ir a comer con él a un restaurante o coincidir en la cena de un amigo común es muy diferente a vernos aquí, donde en su momento fue casi el señor de la casa.

—¿Y por qué no has reservado una mesa en Maxim's para hoy? —insistió Mary.

Miró el comedor con la mesa arreglada con elegancia para ocho comensales.

Maria había reunido a los invitados y organizado el menú sin apenas tiempo. Por suerte para ella, su amiga se encontraba ya en París en el transcurso de un viaje por Europa, por lo que pudo aceptar la invitación a pesar del corto plazo, además de ayudarla con los preparativos.

—Él insistió en venir a mi casa.

Maria suspiró y alzó los brazos como muestra de resignación antes de volver a dejarlos caer.

—Tengo que verte esta noche —le había anunciado Aristo por teléfono—. Acabo de llegar al aeropuerto y después iré para allá. Por favor, prepara algo rápido para comer. Tengo mucha hambre.

Hasta aquel día, había logrado esquivar sus intentos de acercamiento igual que Ulises había logrado pasar navegando entre Caribdis y Escila. Él viajaba a París con regularidad y siempre insistía en verla. En aquellas ocasiones, parecía darle completamente lo mismo que Jackie se encontrara en ese momento de compras junto al Sena. Quedaba con Maria sin miramientos y, si bien era verdad que procuraba evitar los encontronazos con la prensa, tampoco se ocultaba de la opinión pública. Más tarde o más temprano terminarían por aparecer en los periódicos las primeras fotos de Maria y Aristo, que parecían copias de los antiguos titulares. «Solo somos amigos con vínculos empresariales», le decían a la prensa. Con el tiempo, volvió a hacerse tan familiar, a acercarse a ella de esa manera suya tan encantadora, tan divertida, que comenzó a abrirle de nuevo el corazón. Eso, a pesar de que la herida había sido lo bastante profunda como para no permitirle abrir del todo las puertas a una reconciliación, y mucho menos las de su dormitorio, aunque ambos tenían muy claro que allí era a donde él quería llegar.

París no era el único sitio donde Aristo había buscado su proximidad. Cuando en mayo había marchado a Roma para ponerse frente a las cámaras en su primera película, *Medea*, él no la había acompañado, pero la llamaba al hotel casi cada día. Cuando el set se trasladó a Turquía y, después, a Siria durante los meses de junio y julio, las llamadas se hicieron menos frecuentes, pero solo porque la conexión telefónica en Oriente Próximo era peor. En cuanto el rodaje se retomó en el norte de Italia, las llamadas se reprodujeron con tanta frecuencia como antes.

Aquella ininterrumpida presencia de Aristo en su vida tan pronto la conmovía como la turbaba, hasta hacerla caer casi en el pánico. Una cosa era verse de vez en cuando con un antiguo amor, rodeados de otras personas, y otra muy diferente era confiarle y debatir sus experiencias en el mismo ambiente de antigua confianza y cercanía, aunque fuera por teléfono. Se estaba divirtiendo mucho al participar en actuaciones cinematográficas y esperaba tener la oportunidad de participar en más películas. Le habló de sus esperanzas de futuro, igual que de su encuentro en el bazar de Aleppo con una pitonisa que le había leído en la mano una muerte prematura. «Pero no sufrirá», le había dicho la anciana. Como era lógico, aquello la había afectado mucho.

—Olvídalo —le aconsejó Aristo, aunque sabía que era muy supersticiosa, por lo que insistió—. En lugar de eso, piensa en que deberíamos vivir cada día como si fuera el último.

Con ello, en realidad, lo que quería decir era que era mejor no dejarlo para mañana si podía tener a Aristo hoy.

MARY LA RODEÓ con un brazo.

—Durante un tiempo pensé que lo único que buscaba Ari era la publicidad. Ya había conseguido a Jackie Kennedy, así que ahora te quería de vuelta. ¿Por qué tener a una mujer famosa si puede tener a dos? ¿No es verdad? Sin embargo, en tu casa no habrá ningún periodista que pueda veros juntos. Tendremos que temernos que va en serio.

—Por eso he invitado a mis amigos —respondió Maria—. No quiero estar a solas con él.

—¿De qué quieres que te protejamos? ¿De la pasión de Ari o del amor que sientes por él? —Su amiga la besó en la mejilla—. Vamos, sonríe, cariño. La Callas revolucionó el mundo de la ópera con su capacidad interpretativa. Tú serás capaz de recibir a Aristóteles Onassis en tu casa y, aun así, resistirte a sus encantos.

—Claro. Por supuesto.

Rio con fingida despreocupación, aunque en el fondo se preguntaba, angustiada, si en realidad sería capaz de rechazar a Aristo durante mucho más tiempo.

FUE EL ÚLTIMO de los invitados en llegar.

Maria estaba tan nerviosa que, hasta su llegada, no hacía más que hablar de trivialidades con sus amigos, destrozar más flores, tirar al suelo copas de champán y esperar con las mejillas encendidas como una colegiala a que llegara su admirador. Al igual que las demás damas presentes, llevaba un vestido de cóctel, mientras que los caballeros llevaban esmoquin. Había pedido etiqueta de cena para darle un motivo y un marco formal a la visita de Aristo. Al no tratarse de algo privado, podría guardar las distancias.

—Me alegro de volver a estar aquí —dijo a modo de saludo y abrazó a Maria.

Ella lo guio al salón, donde esperaban los demás invitados.

—Por favor, toma asiento. Estamos con los aperitivos. ¿Qué quieres beber?

—Un whisky, por favor.

Se dirigió hacia la mesa del bar, que estaba allí donde la había dejado hacía año y medio, la última vez que había estado en aquella casa.

—No te preocupes, ya me sirvo yo mismo.

Se sirvió una copa generosa en un vaso de cristal y después deambuló hacia el sofá para tomar asiento.

La conversación, que se había interrumpido un momento por los saludos, retomó su curso. Maria hablaba de la versión final de la película y del estreno, que estaba planificado para finales de diciembre en Milán; alguien preguntaba si el piloto británico Jackie Stewart ya se había coronado campeón del mundo de Fórmula 1; otros discutían sobre la fascinación del momento por la exploración espacial y por el grupo de rock Deep Purple, que pronto tocaría en Londres con la Royal Philharmonic Orchestra. Lo único que ninguno mencionaba eran los horrores de la guerra de Vietnam. Todos los conocían, pero nadie quería hablar de ellos. Al menos, no aquella tarde, durante el aperitivo previo a una cena entre amigos.

Aristo se quitó la americana y se aflojó la corbata roja. Después, se encendió un puro. Mientras inhalaba el humo de su habano, Maria notó que le posaba la mano en el muslo.

Ella estaba apoyada en el brazo del sillón en el que estaba sentada Mary, justo el sitio más cercano al sofá.

El contacto la dejó sin aliento. Observó sin decir palabra el dedo con el que él jugueteaba con la pesada seda de su vestido. Era un gesto que reflejaba confianza entre ellos, pero, sobre todo, en sí mismo. Algo que había hecho igual que se había quitado la americana, sin preguntar. Era el comportamiento de un hombre que estaba convencido de que estaba donde debía estar. En ese salón. Junto a aquella mujer.

Sus amigos continuaron como si nada, pero Maria notó que un buen número de pares de ojos se volvían hacia Aristo y ella. Nadie hizo ningún comentario. Todos esperaban a ver cómo reaccionaba.

Supo que aquel era el momento en que debía tomar una decisión. ¿Qué ocurriría entre ella y Aristo a partir de entonces? ¿Debía pararle los pies? ¿O debía permitir ese primer paso y, después, el siguiente? Ella era la directora y debía montar la escena.

Aristo le acarició la pierna y le sonrió.

Mary soltó una risita nerviosa.

Maria dudó. Aristo había logrado que lo recibiera en su casa. Ahora, la obligaba a poner las cartas sobre la mesa, tanto si quería como si no. Sin embargo, le agradecía que dejara en sus manos la decisión.

No cabía duda de que no era lo correcto, y quizá algún día él le rompiera el corazón de nuevo, pero no podía haber nada más hermoso que saber que estaba de nuevo a su lado. Se pertenecían el uno al otro. Maria y Aristo. Era su destino.

Penélope había esperado diez años el regreso de Ulises. Maria solo había necesitado unos quince meses.

—Bienvenido a casa —le dijo.

Notas

Aristóteles Onassis murió el 15 de marzo de 1975 en el Hospital Americano de Neuilly-sur-Seine, en París, de una grave enfermedad. Por aquel entonces, ya había iniciado el proceso de divorcio con Jackie Kennedy, pero no se había dictado sentencia, por lo que ella conservó la condición de viuda. Durante su matrimonio, la pareja apenas compartió tiempo en común, mientras que a Onassis se le empezó a ver en público desde poco después de la boda y cada vez con más frecuencia junto a Maria Callas. Maria afirmó con contundencia frente a la prensa que solo eran «buenos amigos», pero todos los indicios apuntan a una intimidad mucho mayor, como corroboran las observaciones de sus amigos, conocidos, compañeros, así como las fotografías de los *paparazzi*.

Aunque la práctica totalidad de las biografías de Maria Callas y Aristóteles Onassis en los años posteriores dieron credibilidad a la historia de la amistad, personalmente albergo serias dudas a la vista de las numerosas pruebas documentales existentes. Al fin y al cabo, estamos hablando de adultos, y no de dos adolescentes; es decir, que eran dos personas que debían tener muy claros sus sentimientos y necesidades. Sin embargo, lo que resulta más revelador en cuanto a la continuidad de la relación entre ellos es el comportamiento de Jackie Kennedy al respecto. En lugar de poner de manifiesto la superioridad de los votos conyugales, la esposa oficial dio muestras públicas de celos frente a la ¿cómo llamarla? amiga, contendiente, compañera, amante o alma gemela de su marido. Por ejemplo, Jackie insistió en que Onassis fuera con ella a un restaurante en el que había comido con Maria Callas poco tiempo antes.

No le bastó que le regalara las joyas que Maria se había dejado olvidadas a bordo del *Christina* en el verano de 1968, sino que ella misma compró también las piezas de préstamo con las que la artista había deslumbrado en eventos públicos, como, por ejemplo, los pendientes de esmeraldas de Harry Winston que Maria llevaba en su reconciliación con Renata Tebaldi. Además, Jackie prohibió a la otra que visitara en el hospital a un Onassis agonizante. Aunque en aquel momento se encontraba en Nueva York, se aseguró de que a Maria, residente en París, no se le permitiera el acceso: una prohibición un tanto excesiva para alguien que no era más que una amiga. Sin embargo, hay algo más: Ari Onassis está enterrado en un panteón en la isla de Skorpios, mientras que Maria Callas, tras su muerte en París el 16 de septiembre de 1977 por un infarto (o por un corazón roto), ordenó en su testamento que sus cenizas se esparcieran en el mar frente a Skorpios. Un gesto bastante grandilocuente entre dos amigos y compañeros; para dos amantes, por el contrario, simbolizaría su unión para toda la eternidad.

Onassis dijo en una ocasión que su matrimonio con Jackie había sido el mayor error de su vida. La mayor tragedia de su vida, no obstante, había sido, sin lugar a dudas, el accidente de avión que le costó la vida a su hijo Alexander cuando no tenía más que veinticinco años. Por si fuera poco, fue su padre quien tuvo que tomar la decisión de retirarle el soporte vital cuando cayó en un coma irreversible, el 23 de enero de 1973. Onassis nunca se recuperaría del todo. Tampoco Tina, que por aquel entonces se había casado por tercera vez, en esa ocasión con el armador Niarchos, lograría reponerse de la muerte de su hijo.

Murió por causas aún desconocidas, en París, el 10 de octubre de 1974.

Superar todo aquello supondría una carga terrible para la hija de Onassis, Christina. La niña superprotegida y siempre anhelante de amor materno se convirtió en una adulta con constantes y profundas depresiones. Le regaló el barco homónimo al Estado griego, se casó tres veces y se divorció otras tantas, y en 1985 tuvo una hija a la que llamó Athina, como su madre. El 19 de noviembre de 1988 murió en Buenos Aires de una sobredosis de fármacos. Athina, que nunca llegó a conocer a ninguno de los protagonistas de la mayor tragedia griega de nuestros tiempos, es una célebre amazona y vive en Suiza. Vendió la isla de su abuelo en 2013 a la hija de un oligarca ruso: la también amazona Ekaterina Dmítrievna Rybolóvleva adquirió Skorpios por 100 millones de dólares con la intención de reforzar la economía de la isla griega. La tumba de Onassis permanece en aquel lugar, como siempre.

Jackie pasó el resto de su vida en Nueva York, donde trabajó como editora y mantuvo una relación con el empresario de los diamantes belga-estadounidense Maurice Tempelsman. La mujer que fue el gran icono de la moda en los sesenta y los setenta murió el 19 de mayo de 1994.

Giovanni Battista Meneghini se aferró de una forma u otra a su relación con Maria Callas durante el resto de su vida. Se aseguró de que todo en la villa de Sirmione, junto al lago de Garda, quedara igual que como ella lo había dejado. Incluso su bata siguió colgando de la puerta de su dormitorio. Tras la muerte de Maria, adquirió a través de diversas subastas en París los muebles, cuadros y recuerdos que esta dejó como patrimonio. Murió el 21 de enero de 1981. La vivienda junto al hotel Cortine Palace es propiedad privada en la actualidad y no puede visitarse. Sin embargo, en su antiguo lugar de residencia en Sirmione, son muchos los que recuerdan a Maria Callas.

La película *Medea* de Pier Paolo Pasolini, con la que Maria Callas regresó a la escena pública, recibió la alabanza de la crítica, pero no fue un éxito. Fue la primera y última incursión de la diva en la gran pantalla. Al menos, en vida. Fanny Ardant brillaría más tarde interpretando a la Callas, mientras que un documental mostraría sus actuaciones y entrevistas. Además, la vida de Aristóteles Onassis se llevó al celuloide en numerosas ocasiones.

Entre 1971 y 1972, Maria Callas impartiría clases magistrales en la renombrada Juilliard School de Nueva York, el mejor conservatorio de Estados Unidos. Por petición de su amigo y antiguo compañero sobre los escenarios, Giuseppe Di Stefano, planeó junto a él una gira conjunta para 1973 y 1974, que por desgracia se convertiría en una despedida de su público: la voz de ambos intérpretes ya no conservaba su antigua capacidad. Tras esto, se retiró de nuevo de las tablas. Dejó innumerables actuaciones y una industria de la ópera que revolucionaría no solo con su do de pecho, sino sobre todo con su capacidad interpretativa.

Cuando comencé mi carrera periodística como redactora a finales de los setenta, la historia de Maria Callas y Aristóteles Onassis seguía aún en boca de todos, sobre todo en la presencia de los supervivientes: Christina Onassis, Jackie Kennedy y Battista Meneghini vivían todavía su propio drama operístico. Por eso, esta historia supuso para mí un retorno a mis inicios profesionales y el proceso de documentación me resultó relativamente sencillo, puesto que sabía bastante bien dónde buscar. La sorpresa fue descubrir los detalles de la relación sentimental entre Maria y Aristo, e incluso (o más bien, sobre todo) la personalidad de Maria Callas, con la que tuve la oportunidad de reencontrarme. Adoro a Gabrielle Coco Chanel y a Édith Piaf, las protagonistas de mis novelas anteriores. Sin embargo, con ninguna he podido identificarme a un nivel tan personal como con Maria Callas.

Quizá se deba, entre otras muchas características en común, al hecho de que yo también encontré al amor de mi vida a una edad relativamente tardía. Maria Callas tenía treinta y seis años cuando comenzó su relación con Onassis, mientras que yo conocí a quien después sería mi marido a los cuarenta y dos. Con esto quiero decir que sé algo de la psicología de los enamorados que ya no son unos críos y que cuentan con alguna que otra experiencia vital. No tiene nada que ver con mariposas en el estómago, sino más bien con el comportamiento de los participantes. Por eso no me creo, por ejemplo, lo que algunos de los biógrafos de Maria Callas y Aristóteles Onassis escribieron sobre las circunstancias de su primera noche juntos, aunque, por supuesto, no son más que especulaciones.

En teoría, el encuentro tuvo lugar en uno de los botes salvavidas del barco *Christina*, durante el primer crucero que realizaron juntos, algo que me parece imposible. Para empezar, me resulta un tanto inverosímil, dado que estaban a bordo de un barco con una tripulación de al menos cuarenta miembros y en el que también viajaban las por entonces parejas de ambos y los hijos de él, además de Winston Churchill como invitado. No habría tenido ningún sentido que, desde el primer hasta el último día del viaje, Onassis se hubiera preocupado por mostrar ante su gran mentor unos modales exquisitos y al mismo tiempo se hubiera escabullido con su amante a una barca, en donde cualquiera los podría haber descubierto. Es aquí donde la edad y la personalidad de la pareja salen a colación; como hemos dicho, no estamos hablando de dos críos de catorce años, sino de la por entonces mujer más famosa del mundo y de uno de los hombres más ricos y poderosos. El capitán de Onassis, así como Anthony Montague Browne, siempre manifestaron en diversas entrevistas que la historia del bote salvavidas, a tenor de las circunstancias a bordo que ya he mencionado, era una soberana tontería. Por eso, he recurrido a mi fantasía personal y he desarrollado mi propia teoría.

Sin embargo, esa ha sido la única libertad que me he tomado en esta historia.

Agradecimientos

No se puede escribir una novela como esta sin ayuda y apoyo. La competente asesora que me ha guiado por el mundo de la ópera ha sido la soprano Ilona Nymoen, a la que estoy profundamente agradecida. También quisiera darle las gracias a Tanja Stumpf, de Creta, por permitirme echar un vistazo a la vida cotidiana en Grecia. No obstante, si algún error al respecto se hubiera colado en la novela, toda la responsabilidad recae en mí en exclusiva. Como es lógico, este libro nunca habría existido sin el equipo de la editorial Aufbau Verlags, sobre todo mi editora, la directora de contenidos de libros de bolsillo Stefanie Werk, que ha sido quien más trabajo ha tenido conmigo, pero por supuesto también del director editorial Reinhard Rohn y del director digital Oliver Pux. Os estoy muy agradecida. Quisiera también incluir de manera explícita a Inka Ihmels y Helena Becker en estos agradecimientos, porque hacen un trabajo inmenso con la venta de derechos de mis novelas para que estas hayan podido traducirse hasta el momento a dieciséis lenguas. Todo ello no habría ocurrido de no haber sido por mi maravillosa agente, Petra Hermann, y sin sus reconfortantes correos electrónicos es posible que nunca hubiera llegado a escribir algunos de estos capítulos. Todo mi agradecimiento para ti. Por último, un abrazo imaginario para mi familia, que me ha acompañado durante los altibajos de esta novela y que me proporciona amor, seguridad y distracciones del trabajo. Estáis aquí en último lugar, pero sois los primeros en mi corazón.

MUJERES ICONO QUE DEJARON HUELLA

ENTRE EL ARTE Y EL AMOR

Michelle Marly

MADEMOISELLE
COCO
Y LA PASIÓN POR EL NÚMERO 5

MAEVA

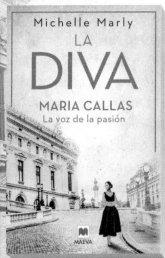

Michelle Marly
LA DIVA
MARIA CALLAS
La voz de la pasión

MAEVA

Leah Hayden
MISS GUGGENHEIM
Peggy Guggenheim, la galerista
que cambió el mundo del arte

MAEVA

REFERENTES FEMENINOS
QUE HAN PASADO A LA HISTORIA

Aquí puedes comenzar a leer

MISS
GUGGENHEIM

Junio 2022

Una novela única sobre Peggy Guggenheim,
la fascinante galerista que vivió un gran amor
y cambió el mundo del arte.

Siempre hice lo que quise y nunca me importó la opinión
de los demás. ¿Liberación de la mujer? Yo era una mujer
liberada antes de que hubiera un nombre para eso.

Peggy Guggenheim

Venecia, 1958

EL CASCO NEGRO y pulido de la góndola se deslizaba sin esfuerzo por la superficie de color turquesa. Sin hacer el menor ruido, el gondolero hundía el remo en el agua con unos movimientos gráciles y eficientes. Lentamente iban dejando atrás los palacios del Gran Canal. Ya se veía el puente de Rialto. Su piedra, normalmente tan blanca, lanzaba destellos amarillos a la luz del sol vespertino y contrastaba con el cálido ocre y carmín de los palacios colindantes.

Peggy iba reclinada sobre un cojín en la parte trasera de la embarcación. Con la mano derecha acariciaba un cachorro *lhasa apso* acurrucado en su regazo; deslizaba con suavidad los dedos del brazo izquierdo, que llevaba estirado, por la superficie del agua. Lucía un vestido veraniego largo y blanco, adornado con unas perlas en forma de gotas y unos delicados bordados, que le resaltaba el bronceado. Escondía sus vivarachos ojos tras unas extravagantes gafas de sol cuya montura blanca se asemejaba a las alas de un insecto. Los venecianos llevaban años acostumbrados a ver a aquella mujer tan peculiar en su góndola privada, y Peggy sabía el nombre que le habían puesto: l'*ultima dogaressa*, la última dux femenina. A ella le divertía el apodo. Obsequió al hombre que iba sentado al frente con una sonrisa cariñosa.

—Cómo me alegro de que por fin hayas venido a visitarme, Frederick.

Frederick Kiesler asintió con la cabeza. Era un hombre delgado y menudo, con unos ojos penetrantes y el pelo ralo y gris. Ese día también iba muy acicalado, con traje y pajarita. Peggy no lo había visto nunca vestido de otra manera, pues, a diferencia de ella, que no siempre se tomaba la moda muy en serio, Kiesler le concedía gran importancia a su aspecto exterior. De hecho, el cansancio por el viaje de Nueva York a Venecia solo se reflejaba en su rostro.

—Tenía que ver qué había sido de tus cuadros después de que cerraras tan mezquinamente mi galería de Nueva York —dijo él; en su sonrisa había un atisbo de reproche.

—¿Tu galería? —Peggy se echó a reír—. Querrás decir más bien mi galería.

—Está bien. Pero yo fui el arquitecto que la construyó y a día de hoy tú sigues siendo famosa por su diseño.

Peggy hizo un gesto de asentimiento.

—Tienes razón. En realidad, la *Art of this Century* era nuestra galería.

Kiesler guardó un momento de silencio. Paseó la mirada por el agua verde del canal y se detuvo a contemplar los palacios de ventanas góticas y el rico colorido de los postes de amarre. Luego dijo:

—Menudo sitio tan bonito te has buscado. Desde luego, Venecia es más pintoresca que Nueva York. Y tú siempre has dicho que querías regresar a Europa cuando terminara esa absurda guerra. Sin embargo... —Suspiró—. Sin embargo, he lamentado que cerraras la galería de Nueva York. Sin ti el mundo del arte ya no es el mismo. —Hizo un gesto para quitar importancia a sus palabras—. Pero ¿qué estoy diciendo? Solo a mí se me ocurre hacerte reproches. Lo importante es que te vaya bien aquí.

—Y me va bien —corroboró Peggy—. Después de los años tan agotadores que pasé en Nueva York, la tranquilidad y la belleza de esta ciudad me sientan de maravilla. Y no sabes la cantidad de gente que viene a diario a visitar mi palacio para ver la colección. A veces me siento desbordada; entonces me limito a cerrar la puerta y no dejo entrar a nadie. —Se rio con malicia.

Entretanto, la góndola había llegado a la amplia curva del Gran Canal y se disponía a pasar por debajo del elegante Ponte dell'Accademia. Ante ellos se alzaba la majestuosa iglesia de Santa Maria della Salute, cuya soberbia cúpula marcaba el punto en que el Gran Canal se abría a la laguna.

—Enseguida llegamos —dijo Peggy—. ¿Puedo presentaros? El *palazzo* Venier dei Leoni. ¡Mi palacio! —Kiesler se volvió para mirar mientras la pequeña barca ponía rumbo a un edificio blanco de muy escasa altura en comparación con los demás—. Se construyó en el siglo XVIII —explicó Peggy—. Pero se les acabó el dinero y solo levantaron una planta. Aunque precisamente por eso me gusta tanto. En la azotea se pueden tomar deliciosos baños de sol.

Kiesler soltó una carcajada.

—Como arquitecto estoy pensando más bien en mis colegas, cuyos clientes de repente dejaron de pagarles. —Guiñó un ojo a Peggy.

Entonces el gondolero amarró la embarcación y los ayudó a subir a la pasarela. La entrada del palacio estaba flanqueada por dos leones que daban nombre al edificio. Dentro hacía una temperatura muy agradable. Peggy dirigió a Kiesler por varias habitaciones hasta que por último abrió la puerta de un gran dormitorio. Este dejó la maleta y echó una ojeada a su alrededor. Detuvo la mirada ante un cuadro un tanto enigmático que colgaba encima de la cama.

—Max Ernst, *El atuendo de la novia*. —Kiesler sonrió y se acercó a la pintura que tan bien conocía. Representaba a una mujer de cuyos estrechos hombros colgaba un manto rojo por el que asomaba la cabeza de una lechuza. Una especie de hombre-pájaro, más pequeño y con un largo plumaje verde, señalaba con la punta de una lanza el sexo de la mujer. Se volvió hacia Peggy, que aún seguía en el marco de la puerta—. Gracias por alojarme en esta habitación. Este ha sido desde siempre uno de mis cuadros favoritos de Max.

Ella asintió ensimismada.

—Sí, es precioso. Uno de los primeros que le compré. En 1941, en Marsella, el día en que todo empezó entre nosotros. Y eso que enseguida intuí que la novia era su amada Leonora. —Le guiñó el ojo y volvió a mirar el cuadro—. A veces, ni yo misma me lo creo. Fue una época tan emocionante.

1

LA CUESTA SE iba empinando cada vez más y a Peggy le costaba respirar. Cuando llegó a un recodo del camino, se detuvo. A su derecha, el pedregoso paisaje de pequeños pinos piñoneros descendía hacia el mar. No podía apartar la vista del gris claro de las rocas, el jugoso verde de las flores y, al fondo, el mar de color azul oscuro. Inspiró profundamente el aire impregnado por el aroma del tomillo silvestre, el romero y la lavanda. ¡Cómo amaba esa costa! La mirada de Peggy siguió paseando por el rocoso acantilado hasta posarse en la resplandeciente ciudad blanca. A aquella hora, Marsella dormitaba somnolienta bajo el ardiente sol del mediodía; solo un buque de guerra gris atracado en el puerto recordaba que esa impresión tan apacible era engañosa. Dejó de contemplar el paisaje, miró la hora y se asustó. ¡Llegaba tarde! El polvo arenoso se arremolinaba a su paso apresurado por el camino. Ya no podía faltar mucho. Allí, a las puertas de Marsella, se encontraba la villa Bel Air, donde tenía una cita a la que llegaba con cinco minutos de retraso. Pero, en su opinión, la puntualidad estaba sobrevalorada. Sonrió al acordarse de que en su familia casi ninguno era del mismo parecer.

Al fin llegó a la villa, un sólido edificio de tres pisos con grandes ventanales rodeado de un jardín y unos plátanos de sombra de gran altura. La puerta del jardín se abrió con un chirrido y Peggy entró. El jardín estaba muy asilvestrado. Bajo sus zapatos crujía la grava entreverada de maleza. La fachada marrón rojiza de la casa y las contraventanas verdes tenían el revoque desconchado. Se alisó con una mano la falda, que le llegaba hasta la rodilla, mientras con la otra tocaba el timbre. No tuvo que esperar mucho tiempo.

—¡Peggy! —Un hombre delgado con el pelo castaño oscuro y gafas redondas abrió la puerta—. Pase. La estábamos esperando.

—He calculado mal el tiempo que podría tardar en llegar hasta aquí. —Sonrió a modo de disculpa y Varian Fry le devolvió la sonrisa.

—Aquí el tiempo es lo único que nos sobra. —Sabía a qué se refería—. Max la está esperando. Creo que está en el jardín. Un momento.

Fry la dejó sola en el oscuro vestíbulo. Peggy se acercó al espejo que había encima de una chimenea de piedra y se miró. Para ser una mujer de algo más de cuarenta años, se la veía muy juvenil. La melena negra le llegaba casi hasta los hombros. Tenía la cara y los brazos bronceados por el sol, haciendo juego con los ojos de color castaño oscuro. Incluso la nariz, quizá demasiado grande, llamaba menos la atención en la penumbra del vestíbulo.

Peggy se apartó un mechón de la frente. ¡Menos mal que no la veía así Benita, su hermana mayor! Un vestido normal y corriente, una sencilla gargantilla, el polvo amarillo en los desgastados zapatos de escaso tacón… Así no se vestía ninguna Guggenheim. Pero su hermana preferida había muerto al dar a luz a su hijo, y ella no le concedía ningún valor a la ropa cara ni a las joyas. Necesitaba el dinero para otras cosas. Para el arte.

—Venga por aquí, Peggy. Le he encontrado. —Fry había regresado y la acompañó a cruzar un comedor grande que daba al jardín.

Max Ernst se hallaba debajo de un plátano muy alto, junto a su caballete. Les daba la espalda.

—Trabaja sin interrupción. Supongo que lo hace para olvidarse de cómo le ruge el estómago. Nuestras raciones son poco abundantes. —Fry se echó a reír, pero ella sabía que no hablaba en broma.

Después de darle una palmadita en el brazo, bajó los escalones de piedra que conducían al jardín. Avanzó con cautela, para no molestar.

—Sé que está ahí. —Max dio un último retoque al cuadro, metió el pincel en un bote con aguarrás y se volvió.

Peggy le tendió la mano.

—Señor Ernst, no quisiera interrumpirle.

—No lo hace. Habíamos quedado y… —Miró la hora—. Me ha permitido trabajar más tiempo del esperado. —Peggy se puso a su lado—. ¿Qué ve usted? —La observó con los ojos entornados.

La mujer ladeó la cabeza y contempló detenidamente el cuadro, que estaba pintado con una técnica desconocida para ella.

— — — — — — — — — — — —

Continúa en tu librería

— — — — — — — — — — — —